スワン

JN098097

呉 勝浩

角川文庫
23255

目次

#「湖名川シティガーデン・スワン」本館略図

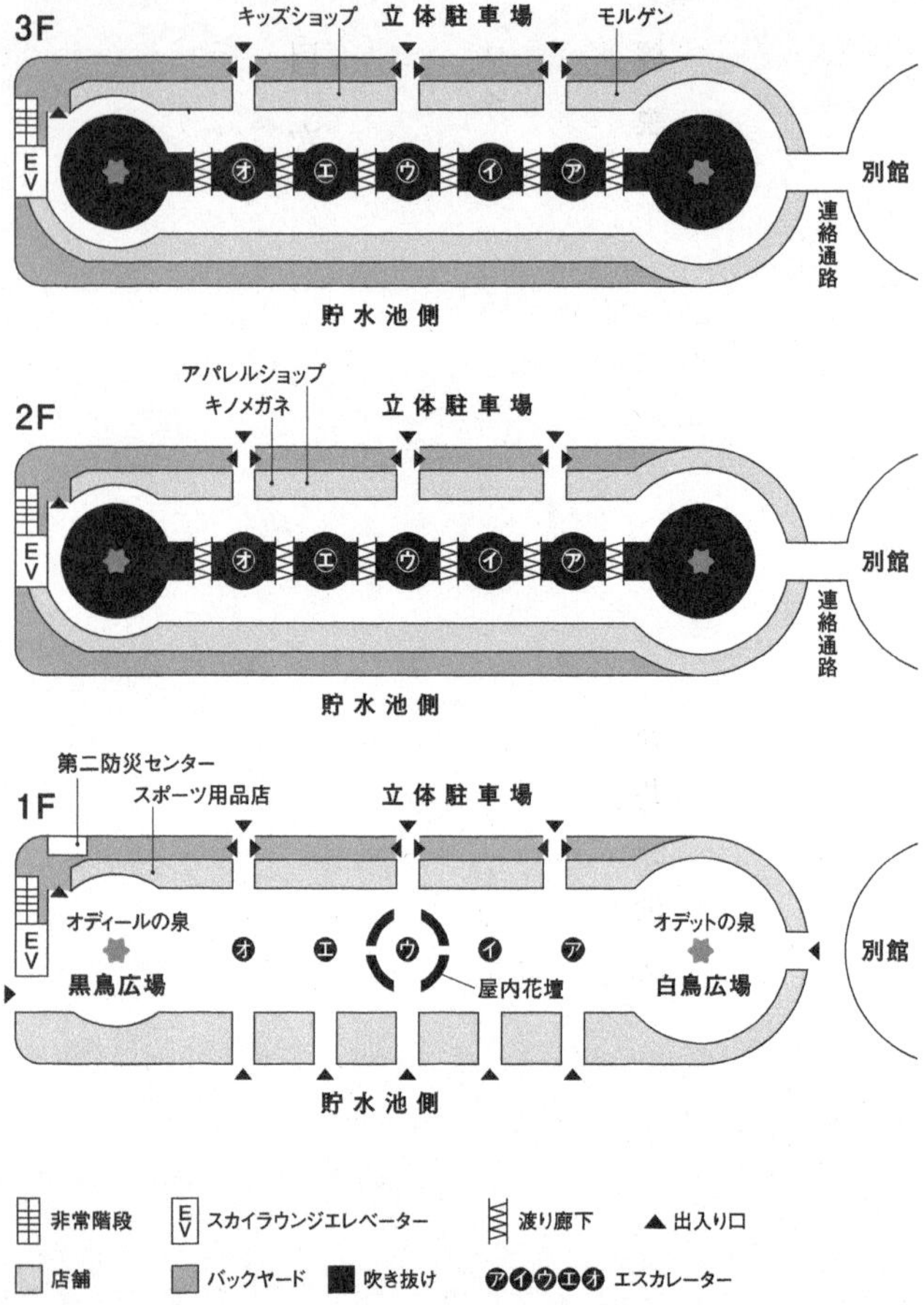
3F
キッズショップ
立体駐車場
モルゲン
EV
オ
エ
ウ
イ
ア
別館
連絡通路
貯水池側
2F
アパレルショップ
キノメガネ
立体駐車場
EV
オ
エ
ウ
イ
ア
別館
連絡通路
貯水池側
1F
第二防災センター
スポーツ用品店
立体駐車場
EV
オディールの泉
黒鳥広場
オ
エ
ウ
イ
ア
屋内花壇
オデットの泉
白鳥広場
別館
貯水池側
非常階段
スカイラウンジエレベーター
渡り廊下
出入り口
店舗
バックヤード
吹き抜け
アイウエオ エスカレーター

四月八日　日曜日——

AM10:00

うすい雲が太陽にかかっていた。なのに空は、おどろくほど青かった。ありったけの幸福を、塗りたくったかのようだった。

四月は残酷な季節だと、イギリスの詩人はうたった。わかるけれど不満もある。べつに残酷なのは、四月だけじゃない。

「ねえ、ヴァンさん」

肩をつつかれ我に返った。妙におどけた幼い声がせわしなく話しかけてくる。「こっち見てくださいよ。ほら、あれです、あれ」

いわれるまま、丹羽佑月《にわゆづき》はふり返った。この半年でヴァンという呼び名にもすっかり慣れた。

首をのばし後部座席のサイドウインドウへ目をやると、アスファルトの道が光を浴びていた。順番待ちの車列にならぶ佑月たちのハイエースを車が次々追い越してゆく。

片側二車線の国道だった。前を見ても後ろを見ても、きれいにまっすぐのびている。ごみごみした都会とちがい、見上げるような建物はあまりなく、それがよけいにくっきりと直線性を際立たせていた。前へ進んでいるというよりも奥に吸い込まれていく錯覚を覚えるほどで、ここへくるまでの道行き、佑月は助手席のシートにゆられながら何度となく「消失点」という言葉を思い浮かべた。中学生のころ、美術の授業で教わったとき、妙に胸がざわついた記憶がある。すべてが消え失《う》せる地点。そこにたどり着いたらどうなるのか。考えると恐ろしかった。

大人になって気づいた。ほんとうに恐ろしいのは、むしろその先があることだ。終わらないということだ。絵画の技術じゃない現実の消失点は、近づくぶんだけ遠ざかる。

「ヴァンさん、ほらほら」

後部座席の男――サントに促され、絶え間なく行き交う車両の先をぼんやり見つめる。反対車線の路肩に、一台の乗用車が停まっていた。ライトブルーのファミリーワゴンだ。ちょうどぽっかり草むらになった空き地があった。車を降りている父親らしき男性、母親らしき女性、そしてまだ幼い男の子。男の子がもじもじと短パンをおろす。しゃがんで介助する母親の後ろで、父親が呆《あき》れ気味に頭をかいている。トイレが我慢できなかったのだろう。

サントの早口が聞こえる。

「ああいうの、おれ、マジ許せないんすよ。だってあのガキのションベンを、誰かが踏むかもしれないじゃないですか。臭いがつく可能性もあるでしょ？　てめえのガキの不始末は、てめえの車で始末しろって話ですよ」

草むらでは母親が、ポケットティッシュで息子の手をふいている。

「あいつらも、どうせ行き先はここなんでしょ？　見かけたらおれ、まっ先にやってやりますよ」

「好きにしたらいいさ。運よく出くわしたらね」

ええ、そうします、ぜったいそうします、おれ、やってやりますから――。

と、車体が動いた。ハイエースが車一台ぶん前へ進んだ。座り直すまぎわ、佑月の目に五分刈り頭が映った。運転手をつとめるごつい男――ガスはむっつり押し黙ったまま、目の前の車列をにらんでいた。三人のメンバーのなかでとび抜けてたくましい身体つきをした彼は文句もいわず、都心からここまでずっとハンドルをにぎっている。

「っていうかこの列、どうにかなんないんすか？」

運転免許すらもっていないサントが悪態をついた。

ハイエースが到着したとき、すでに順番待ちの列ができていた。二車線道路の側道、立体駐車場へつながる特設レーンの最後尾にならんで十分、のろのろと前進を繰り返し、ようやく入り口が見えてきたところである。

「もういいじゃないすか。そこらに駐《と》めて歩きましょうよ。いまさら駐禁きられたって痛くもかゆくもないんだし」

「痛いよ。準備の途中で誰かに咎《とが》められたら」

だからわざわざこの立体駐車場を選んだのだ。それぞれの「出発点」に都合がよい場所を。

「ああ、うぜえっ！」醜い叫び。「駐車場不足って経営陣どんだけ無能なんすか？　素人じゃないんだから計画してつくれって話でしょうが。責任問題ですよ、こんなの」

絵に描いたようなくそガキだなと、佑月は可笑《おか》しくなった。まあ仕方ない。未成年だからほんとにガキだし、おまけにネット遊びしか能がないニートくんだ。おかっぱ頭に細いあご。薄っぺらい胸板。威勢は虚勢。朝からずっと、声は上ずっている。

いいさ。少しは我慢してやろう。彼のいうとおり、どうせすべてはいまさらだ。

「ちくしょう、こいつら、ほかに行くところねえのかよ」

ねえんだよ――。皮肉な想いで、佑月はそんな返事をのみ込んだ。

メンバーのうち、湖名川《こながわ》出身者は佑月だけだった。埼玉県の東部、さいたま市に隣接するこの地域で彼は育った。生まれは西のほうだが記憶はない。小中高と湖名川で暮らし、大学で東京へ出た。ほとんど実家に寄りつかず、もう七年間、家族とは音信不通だ。新宿《しんじゅく》まで車でおよそ一時間。池袋《いけぶくろ》なら十分短縮。典型的なベッドタウンに遊べる場所などそうはない。

いや、ここしかない。

単調な風景をぶち壊す巨大な白い塊――湖名川シティガーデン・スワン。

高さこそ三階にとどまるが、この本館の建物は横に、そして奥へ呆れるほどのびている。国内最大級の敷地面積を誇るショッピングモール。今も昔も湖名川市民の生活の中心をなす施設だ。

佑月もずいぶん世話になった。初めての映画、初めてのゲームセンター、初デート……。

べつに、恨みがあるわけじゃない。

なんの気なしにバックミラーをのぞくと、反対車線のファミリーワゴンは消えていた。草むらが陽に照って輝いている。

彼らの目的地がスワンなら、向かった先は別館の屋上駐車場か、わりと駐めやすい有料の青空駐車場のどちらかだろう。青空駐車場の奥には池がある。大きな貯水池だ。

ハイエースが、また一台ぶん前に進んだ。サントはぶつくさ愚痴をならべている。気にしているのかいないのか、ガスはむっつりしたままだ。

車が吸い込まれていく立体駐車場の入り口を見つめ、消失点か――と、佑月は思った。

AM10:10

川を越えると風景が変わる。それを目の当たりにするのが片岡《かたおか》いずみは好きだった。ふぞろいな建物や小さな公園などが散らかっているこちら側から、川を挟んだあちら側へ。ほんの数秒、橋を駆け抜けるあいだ、車窓は水面《みなも》に満たされる。それが川を渡りきったとたん、がらりと変わる。定規で区切ったような一画が視界を覆う。高さもサイズも色も形もほとんどおなじ戸建て住宅が、かっちり鮨詰《すしづ》めになって、まるで玩具《おもちゃ》のブロックでつくった箱庭みたい。

　橋を渡ったんじゃなく、じつはトンネルを抜けたのかしらと錯覚するほどその切り替わりは劇的で、ふわっと意識が浮かびそうになる。舞台の幕が上がったように、思わずつま先《ポワント》で立ちたくなる。

　この浮遊感を楽しみたくて、たとえ車内がガラガラでも席に座らず、いずみはドアにへばりつくことにしていた。とくにこんな晴れた日は、川面がきらきら輝いて、さしずめ光のトンネルをくぐる気分を味わえる。

　なのに今日は、まったく楽しくない。

　ミニチュアめいた箱庭を過ぎ、背の高いマンション群が車窓を埋めたとき、ぴょん、とスマートフォンが鳴った。

〈おは。なにちゅう?〉メッセージの主は芹那《せりな》だった。

〈おっす。おら移動中〉いずみの返信に芹那が質問を重ねてくる。〈スワン?〉

〈いえす〉〈れいの?〉〈いえす〉

泣き顔のスタンプを添えると、〈決闘、乙〉と返ってきた。

〈いざとなったらぶっとばしんしゃい〉

芹那の落ち武者みたいなネコのスタンプに苦笑しつつ、いずみはメッセージを返す。

〈法律、こわし〉〈弁護士、高し〉〈いざのときはカンパよろ〉

送られてきたネコスタンプは無表情で、これにもいずみは笑ってしまう。

〈あとで報告する〉〈待ってる。がんばりんしゃい〉

やりとりを終え、ため息をひとつ。がんばるといってもねえ……。

芹那がおなじ高校だったらよかったのに。クラスまでいっしょでなくても、昼休みとか放課後につるめたら、きっと心強かった。

我ながら勝手な注文だ。地元の友だちとは距離を置く――。一方的にそう決めたのはいずみだし、こんな薄情者に連絡をくれるだけでも芹那には感謝すべきだ。甘えすぎてはいけない。おおげさにいえばいずみにはいずみの生き方があり、芹那には芹那の世界がある。いまはこの、気軽に愚痴をいい合えるくらいの距離が、たぶんちょうどいいのだ。

それにしても――とあらためて、いずみはこの憂鬱《ゆううつ》な日曜日のお出かけに思いを馳《は》せた。

まったくもって、すこぶるたいへんに、理不尽だ。

用があるならそっちから訪ねてくるのが筋じゃない？　なんでわたしが電車に乗って三つも駅を越えなくちゃならないの？

明日に始業式をひかえたこのタイミングで、わざわざいじめられるために。

げっそりとしたため息がもれる。高校デビューは完全に失敗した。入学早々クラスメイトに目をつけられて、嫌われて、くだらないからかいがはじまった。からかいはやがて攻撃と呼べるものに変化し、気がつくとクラスじゅうが手に手を取り合い、いじめの輪を組んでいた。そのうちおさまるとみくびっていたのがまずかったのか、たんに運が悪かっただけなのか。

学校だけの話ならまだ耐えられた。不運のきわめつきは、いじめの号令を発した張本人がおなじクラシックバレエの教室に通う生徒だったということだ。何が悲しくてそんな奴と放課後も顔を合わせなくちゃならないんだ。おまけにこうして呼び出されるなんて馬鹿げてる。

電車が湖名川駅のホームへ滑り込む。窓に、Tシャツを着た細身の少女が映る。黒髪をポニーテールにまとめ、すっぴんで、ピアスやネックレスもしていない。この純朴そうな女子高生を自己採点するならば、せいぜい六十五点というところ。

かまうもんか。わたしには武器がある。ステージの上で跳ぶグラン・ジュテ。誰にも負けない自慢のジャンプ——。

脳裏に、古館小梢《ふるたちこずえ》のつんと澄ました笑みが浮かんだ。いずみを呼び出した顔面偏差値Aクラスのサディストのほほ笑みが。

ぶっとばす、ねえ……。芹那のアドバイスを思い出しながら、いずみは電車を降りた。足は西口改札へ向かった。湖名川シティガーデン・スワンの最寄《もよ》り改札である。

AM10:20

吉村菊乃《よしむらきくの》はスカイラウンジのいつもの席に座り、あの女が寄ってくるのを忌々しげに待っていた。

今週も、自宅を出たのは午前九時ちょうど。湖名川シティガーデン・スワンのオープン時刻に玄関ポーチをわたりながら、まるで出勤みたいだねえ、と思った。それなら遅刻だと苦笑した。

近所の停留所に着いたとき、ぴったりバスがやってきた。待たずに乗れたのも車内がガラガラなのも毎週のこと。ふわっと差し込む陽の光に、ブラインドを下ろすかどうか決めきれないまま、バスは目的地へ走った。

湖名川駅前まで三十分もかからない。バス停から西口改札方面へ歩き、そばにあるスワンのエスカレーターで二階へ上がる。すぐ目の前に大きな自動ドアが現れる。まさしく玄関口だ。これをさっそうとくぐるのが菊乃にとって、雨が降ろうが槍《やり》が降ろうがゆずれない、日曜日をはじめる儀式であった。

自動ドアの先はガラス張りの通路になっている。車道をまたぐ空中の連絡通路だ。清潔で品が良く、道幅はおどろくほど広い。これがピーク時にはしっかり混雑するのだから侮れない。まだ余裕があるこの時刻に通路の中央を悠々と闊歩《かっぽ》するのが菊乃は好きだ。人ごみにのまれて歩くのは疲れるし、危ないと感じることも多い。認めたくはないけれど、八十も間近の年齢になると足もとがおぼつかないときもある。

歩を進めるたび、背筋がのびていく気がした。ささやかな高揚と、なんとなしの誇らしさ。この通路から連想するのは空港だ。

夫が元気だったころ、よくふたりして海外旅行に出かけた。目を瞠《みは》るような景色や、舌が引っくり返るような料理。ありふれた路地にも発見があった。おなじ場所をぐるぐる回るタクシー運転手、汚いミサンガを売りつけてくる路上販売人。笑えない危機もあった。言葉すら通じない見ず知らずの他人に助けられ、優しさが世界をつないでいるのだと半ば本気で思ったりした。

三ツ星ホテルの値段でウサギ小屋のようなホテルをつかまされたことだって素敵な経験と断言できるが、しかしいちばん楽しかったのは、これから出発するという直前、搭乗口へ向かうひと時だった。「はしゃぐんじゃないよ、みっともない」とたしなめてくる夫こそ、じつは舞い上がっていたことを菊乃はちゃんと気づいていた。

事業を息子の秀樹《ひでき》に譲ってから夫が亡くなるまで、十年にも満たない期間ではあったけど、思い出はいまも輝いている。

それでというわけでもないが、日曜日のお出かけに、菊乃は精いっぱいお洒落《しゃれ》してのぞもうと決めていた。

秀樹の嫁は「おめかししてウォーキングですか」と顔をしかめ、孫娘は「ウォーキングじゃなくてランウェイだもんね」とおだててくれる。いつの時代、どこの国でも嫁はうるさく、孫はかわいいものなのだ。

連絡通路の先にお出迎えのオブジェが見えた。駅と直結するスワン別館のエントランスだ。円い噴水のウエルカムオブジェはたいした大きさでなく、水柱も気持ち程度の高さしかない。石造りのへりもいささか安っぽいのだが、決まった時刻に作動するからくり仕掛けのおかげでぎりぎり面目を保っている。正式名称は「ジークフリートの泉」。常連客はたいていみんな「王子の泉」と呼んでいる。

それを横目に、菊乃は進んだ。

エントランスを抜けると一気に視界が広がった。目の前にはエスカレーターを備えた吹き抜けスペースがある。そこから左右へ木目調のタイルの床がうんとのび、そこらじゅうに店舗が連なっている。上下左右、どちらを向いても開放感でいっぱいだ。デジタル案内板が映す円い全体図にびっしり記された店名は、字が細かすぎて菊乃の目をチカチカさせる。別館といえど一階から三階まで隈《くま》なく回ろうと思えばゆうに数時間はかかるだろう。通路や壁ぎわに置かれたソファやベンチは飾りではなく、切実なセーフティネットなのである。

菊乃は吹き抜けに沿って歩くことにしていた。ひらけた空間が気持ちいい。昼前でさほど混んでもおらず、気分はショッピングモールの女王様だ。無人で動くエスカレーターを眺められるのもこの時刻ならではの特典だった。

しばらく行くとふたたび連絡通路が現れる。眼下の交差点を斜めに渡り、別館から本館へ。

ひときわ大きな吹き抜けスペースにたどり着く。広さだけなら別館も負けていないが、ここはちょっと迫力がちがう。胸の高さくらいあるフェンスから下をのぞくと、一階の広場は白を基調とした暖かみのある色合いで、巨大な円を形づくっている。上は三階のさらに先、ガラス張りの天井まで、空間がすこんと抜けている。壁の装飾もやたら細かく凝っていて、バロックだかロココだか菊乃にはわからないが、ともかく由緒ある塔だとか神殿といった風情だ。エスカレーターすら、ここでは古代が生んだ奇跡に見えるからおもしろい。

そしてここにもからくり仕掛けの噴水がある。広場の真ん中に置かれたそれは王子の泉よりひと回り大きく、素材もデザインも二倍か三倍こだわっていて、おそらく値段もはるかに高い。

スワン名物、「オデットの泉」。みなの呼び名は「白鳥の泉」。ゆえにここは白鳥広場。まあ、そのまんまだ。

白鳥広場はソファやベンチがたくさん置かれ待ち合わせの定番スポットになっている。特設ステージを組みヒーローショーやコンサートを催すこともある。菊乃もたまに足を運ぶが、数分眺めて立ち去ることがほとんどだ。やはり人ごみは苦手である。

暖かさに誘われガラスの天井を見上げる。ほかの場所より一段高くなったそこから降り注ぐやわらかな陽の光を浴びていると、何やら荘厳な気分になってくる。

休憩もかねてお手洗いに寄り、壁ぎわのソファに腰かけてひと息ついてから、菊乃は後半戦にのぞんだ。

白鳥広場から先は、長い直線的なつくりになっている。二階と三階の通路は真ん中を吹き抜けが貫いていて、左右にわかれたフロアの行き来には渡り廊下を使わねばならない。ほどよい間隔でエスカレーターが設置されており、その場所の吹き抜けはちょっと大きくなっている。

そろそろ人が増えはじめていた。家族連れやカップルに追い抜かれるたび、歳だねえと、がっかりする。

白鳥広場から数えて四つ目のエスカレーターを過ぎる。この先が、菊乃の目的地だ。本館のどんつき。五つ目のエスカレータースペースの向こうに、透明な筒がすうっと空へのびている。五階ぶんくらいの高さだろうか。このエレベーターの頂上に、菊乃が目指すスカイラウンジはあるのだった。

やれやれ。ようやく着いたね。

さすがにくたびれた。悔しいが、ウォーキング呼ばわりもあながち的外れじゃない。呼んだエレベーターを待つあいだ、菊乃は一階を見下ろした。

最後の噴水は、白鳥の泉に負けぬ大きさと立派なつくりをしていた。待ち合わせに便利な広場になっている点もおなじだ。ただ噴水の、水を囲うへりが、黒い。床のタイルもそれに合わせたモノトーンになっている。例のごとくここを「オディールの泉」と呼ぶ者はわずかで、通称は「黒鳥の泉」だ。

到着したエレベーターに乗り込む。箱が屋根を越え、さらに上空へのぼってゆく。本館の最北端にそびえるエレベーターの筒から見ると、正反対の屋根がこんもり盛り上がっているのがわかる。白鳥広場のガラス天井だ。

上からだと細長い長方形の建物にしか見えないが、じつはこのスワン本館にはちょっとした遊び心が隠されている。エレベーターの筒がのびるこちら側の地上から向こう側の盛り上がった最上部まで、側面の白壁に銀色の線が斜めに走っていて、これを遠くから眺めると羽をたたんだ鳥の身体に見えなくもない。つまり建物自体を白鳥に見立てた趣向になっているのだ。するとこのエレベーターの筒はまっすぐのびる長い首。道路を挟んでとなり合う巨大な貯水池を湖とみなせば見事、「白鳥の湖」が出来上がる。ついでにいうと緑と茶色の外壁をもつ別館は白鳥が棲《す》む森のイメージなのだとか。ここまでくると呆れるより可笑しさが勝り、菊乃はこの冗談をわりと気に入っている。

エレベーターがスカイラウンジに到着した。乗ったときと逆側のドアが開く。白鳥の頭は全面ガラス張りの壁から四月の陽光を受け入れていた。二十くらいあるテーブルに客の姿はまばらだ。

厨房《ちゅうぼう》との仕切りになったカウンターへ目をやったとき、むっと眉間《みけん》にしわが寄った。

制服姿の若いウェイトレスが、おなじような顔をした。またきたのか、という顔だ。

ふん。またきたよ。文句でもあるのかい？

ぷいっと視線を外し、案内も待たずに店の奥、白鳥のくちばしのほうへずかずか進む。年明けから勤めだしたらしいお団子頭の彼女とは、どうも馬があわない。さっさと辞めてしまえばいいのに――。

こうして午前十時二十分現在、菊乃は貯水池を見下ろす窓ぎわのいつもの席に腰をおろし、お団子頭の彼女が注文をとりにくるのを忌々しげに待っているのだった。

AM10:30

ようやくハイエースを立体駐車場に駐めることができた。日曜日は一時間待ちも珍しくないが回転率はそこそこ良い。図体《ずうたい》はディズニーランド並みでも多くの地元民にとってスワンは近所の便利な施設にすぎず、日用品を買って帰る者もいるし食事だけして出ていく者もいる。モール内にはフィットネスクラブや英会話スクールといった生活に密着した施設もある。かつて丹羽佑月がここを訪れる主な目的はＤＶＤのレンタルと書店通いだった。

「アマゾンでいいじゃないっすか」

サントが神経質に笑った。「ネトフリでいいし。わざわざ出かけるなんて無駄無駄ですよ」

佑月は適当に受け流した。本は手に取って選ぶ主義だし、当時はまだネットフリックスのような配信サービスは充実していなかった。しかしそれを伝えたところで、この青っ白《ちろ》い少年は納得しないだろう。納得させる気もない。それこそ無駄だ。

サントにとっては自分の信じる世界だけが正しい世界で、真実なのだ。

そして人間とは、きっとおおむね、そのようなものなのだ。

これを言い表す気の利いたことわざか警句じみた表現を探してみたが、すぐには浮かばなかった。ボードリヤールあたり、何かいっていそうな気がするのだけれど。

「というかいまどき、コンテンツに金を払うなんて縄文人ですよ」

映画も音楽も漫画も小説も、すべてネットを通じて無料で手に入るんです。どうせクリエイターは広告費で稼ぐんだ。ビタ一文だって払う必要なんかない。これは大企業から搾取されまくってるパンピーの正当な権利ですよ――。

「ざまあみろってんだ」

ひひひ、と痙攣《けいれん》するようなサントのうめきに、いったいこの話のなかで彼が何に対し「ざまあみろ」と投げかけたのか、佑月にはわからなかった。わからなかったが、ことさら粘っこい彼の口ぶりは胸に響いた。もしもサントの伝記を書くなら、帯の惹句《じゃっく》は「ざまあみろ!」だと佑月は思う。

「しっかし見た目、マジで玩具みたいっすね」

手にしたブツをねっとり眺め、サントがいった。手のひらにおさまるサイズのグリップ。ぬっとL字に突き出た胴体。子どもでもわかるその形状。ごろっと無骨な、拳銃《けんじゅう》だ。

「質感ちゃちいし、重量感ないし」

「二発で使い切りの仕様だからだ」

ぼそりと、ガスが応じた。今朝合流してから、彼がサントに応答するのは初めてだった。

「強度の代わりにコンパクト化した。暴発のリスクを抑えるために威力も弱くしてある。仕留めるときは連射するほうがいい」

「ふうん」サントの笑みがひくついた。「猫は、一発でいけましたけどね」

着替えを済ませた佑月たちはハイエースのシートを倒した後部座席で向かい合っていた。窓は即席のカーテンでふさいである。熱っぽい車内灯にむしむしと汗をにじませながら、三人の目は山盛りの拳銃に注がれていた。ガスが自前でつくった模造拳銃に。

それっぽいのは形状だけで、金属がむき出しの見た目からして本物でないのはあきらかだった。海外のマニアが公開している設計図をもとに試行錯誤を重ね、3Dプリンタと板金技術を駆使し完成に漕《こ》ぎつけた――らしいが、正直あまり興味はない。ただ事前に確認した性能に関しては合格点をあげてもいいだろう。

ひとりあたり二十個、合計六十個。弾丸もガスの手製だ。計画が決まってからの半年間で、よくここまでそろえたものだと、この点は素直に感心している。

「猫と人では骨格の強さがちがう。人は、思ってる以上に頑丈だ」

ふたたび「ふうん」とサントがうなった。どこか見下すような響きがあった。

ガスが淡々とつづける。「狙うのは頭部がいい。眉間を直撃すれば一発でも充分だろう」

「前にもそれ、聞きましたけど？」サントが肩をすくめる。「まあ、どっちでもいいっすよ。楽しめれば」

いつにも増して挑発的な物言いだった。緊張ゆえだろうと佑月は察する。びびっているのだ。

一方のガスはふだんと変わらぬ仏頂面だ。筋肉質の大きな身体に五分刈り頭。細い瞳《ひとみ》は不機嫌にも見えるし、泰然としているようにも見える。

「君のほうは大丈夫なの？」

「なんすか、その言い方」佑月の問いに、サントが顔を赤くした。「おれがしくじるとでも思ってんすかっ」

「そういう意味じゃない。ただの確認だ」

「調子のんないでくれません？　ムカつくんすよヴァンさんの、その余裕ぶったムカつく態度」

「悪かったよ。だけどここで言い争っても仕方ないだろ？」

ちっ――。舌を鳴らしつつ、サントは自分のデイパックを漁《あさ》った。それから放るようにゴーグルをよこしてきた。

プラスチックのしっかりしたフレームだった。飾りのレンズに薄く傷がついていた。中古品なのだろう。

佑月は、右のこめかみの部分に備えつけられた小型カメラにふれた。

「配信は十一時からです」

すべてはプログラム済み――。そう主張するかのように大きなノートパソコンを開き、サントはキーボードを軽快に叩《たた》いた。

「ぜんぶ自動なんだね」

「当たり前でしょ？　まさか終わってからここに戻ってきて、こちょこちょいじるつもりだったんすか？」

佑月は肩をすくめて応じた。

「何もかも記録されます。永遠に残るでしょうね。ヘタレは未来永劫《えいごう》、馬鹿にされつづけることになりますよ」

ひひひ。

「ヴァンさんのブツもくださいよ」

佑月は釣り竿《ざお》のケースを三つ、ふたりの前に置いた。チャックを開ける。中から、黒く艶《なま》めかしい棒状の物を取り出す。

すっと鞘《さや》を払うと、美しい刀身が車内灯に照らされた。サントが息をのんだ。ガスの熱い視線を感じる。

祖父の家の物置からくすねてきた日本刀である。

「まあ、銃がきれたときの保険みたいなものだけどね」

「――いいなあ。こいつであの家族連れを斬っちゃいたいすね。ガキの首をはねて、ママさんのケツに突っ込んだらおもしろくないですか？」

「やめろ」

強い声がした。ガスが、サントをにらんでいた。

「変態みたいな真似はするな。汚《けが》れる」

「はあ？」サントが目を見開いた。「汚れる？　なんすか、それ。汚れるゥ？　けがれるううう」

ひゃっひゃっひゃっひゃと笑いだす。

「マジ、ガスさん、ウケますよ！　いや、マジで。汚れるもくそもないでしょう。手当たり次第にぶっ殺そうって奴らが、何をきれいに保とうっていうんすか？」

ガスは反応しなかった。

「まあ、いいや。ここまできたらお互い、ごちゃごちゃ説教はなしでいきましょうよ。どうせもう二度と、会うこともないんだし」

「そうだな」とガスが答えた。「会うことはない」

「ええ、せいせいしますね」

「ところで、このカメラはどうやって動かせばいいんだ」

サントがのけぞった。「スイッチを入れるだけでオッケーに決まってるじゃないですか！　猿でもできるから安心してちょ」

ひゃっひゃっひゃっひゃ――。

「あ、それともガスさんもしかして、いつもかけてる牛乳瓶の底みたいな眼鏡といっしょにゴーグルのかけ方とバナナの皮のむき方をお家《うち》に忘れてきちゃったのでは？」

「サント」ガスが、サントの背後を指さした。「見られてるぞ」

「へ？」

サントがカーテンの閉まったサイドウインドウをふり返った。ガスが模造拳銃を手に取った。流れるような動作でサントの後頭部に銃口を当て、引き金を引いた。

ドン、ドン。

ずるっ。

サントはドアに万歳の恰好《かっこう》でへばりついて倒れた。身体が痙攣していた。後頭部にあいた穴から血がどくどくと流れた。

「あらら」佑月の口から笑いがもれた。「汚れちゃいましたね、シート」

「――べつにいいだろ。返すわけでもないんだ」

この車を手配した男がそういうのなら、佑月に文句はなかった。

三人が知り合ったのはネットの掲示板とSNSだ。半年前から直《じか》に会い、いっしょに準備を進めてきたが、本名すら名乗り合っちゃいない。自己申告を信じるならガスの年齢は三十代半ば。かつてパイロット志望で防衛大学校に在籍し、視力の低下を理由に退学したという。

「ええ、かまいません」佑月は笑う。「使える拳銃の数が増えたし、『エレファント』の主人公もふたり組です」

ガスは黙ったままサントの血と、死体が垂れ流す汚物から守るように拳銃を引き寄せた。佑月もそれにならった。

「ルートはどうします？」日本刀を差し出しながら尋ねる。「サントくんの代わりに、ぼくと白鳥からはじめてもらってもいいですけど」

佑月とともにスタートし、別館へ乗り込んでジークフリートの泉を目指す。これが予定していたサントの動きだ。

「変更はいらない」鞘をにぎったガスが、ぼそりという。「おれは、黒鳥からやる」

了解です、と佑月は返す。銀行強盗や要人暗殺ってわけじゃない。お互い好きにすればいい。

「ぼくは二階からそちらへ向かうんで。鉢合わせしないように気をつけましょう」

ガスがこくりとうなずき、腕時計を見た。「そろそろ出る」

腰を上げたガスに声をかける。

「じゃあ一時間後——靖國《やすくに》で会いましょう、かな」

不謹慎なジョークに、ガスが小さく唇をゆがめた。

AM10:40

山路《やまじ》智丈《ともたけ》が大きなあくびをしたとき、後輩の小田嶋力《おだじまちから》が詰め所に戻ってきた。正式名称は「第二防災センター」だが、智丈には詰め所のほうがしっくりくる。

「本日も盛況なり」

小田嶋が肩をすくめ、やれやれといったふうに眉《まゆ》を寄せた。

「この調子じゃ、今日は出動祭りになるかもですよ」

智丈のそばのデスクへ向かい、椅子をみしりと鳴らす。この後輩はラグビーでならした立派な体軀《たいく》の持ち主で、いかにも頼れる警備員という見てくれだ。再就職組の智丈はというと、いまいち覇気のない垂れ目にひ弱そうなで肩。たるみはじめた腹回りにいくばくかの貫禄《かんろく》があるやなしやという体たらくである。

「そういえば、さっそく子どもが転んでたなあ」

「山路さんの前で？」

「うん。ぶつかりそうになってさ。危なかった」

「そりゃあヒヤッとしますね」

子どもの怪我より親の文句が面倒だ。「なんでよけないんだっ」と怒鳴られたり、「あんたのせいで転んだんだぞっ」と責められたり、後日クレームの電話をいれられたり。

「まあでも、カメラに残るだけここはマシですよ。年末に行かされた現場はひどかったですもん。屋外のイベントでカメラなし。揉《も》めたら悪い悪くないの水掛け論で」

「揉めたの？」

「少しだけ」と、小田嶋が照れたように頭をかいた。「喫煙所でもないのに煙草吸ってたおっさんに注意したんです」

相手は家族連れの父親で四十代くらい。若い警備員に注意されたのが気にくわなかったのか、吸いかけの煙草を小田嶋の靴に投げつけてきたという。

「ムカついて、迫っちゃって」

「あ、それはまずいね。まずいよ。気持ちはわかるけど」

「ええ。反省はしてます。いちおう」

小田嶋がからりと笑い、智丈はやれやれと息を吐く。

警備員とはいうが、べつに特別な権限があるわけじゃない。アルバイトに毛が生えた程度で、むしろよけいに気をつかう。喧嘩《けんか》腰でのぞめば威圧的、高圧的だと苦情の種になりやすい。たとえ客同士が殴り合い寸前の喧嘩になろうと、実力行使は禁じられている。後ろから羽交い締めなんてもってのほか。身体を割り込ませ、殴り殴られを阻止するくらいがせいぜいなのだ。警備会社から派遣されている智丈たちの立場では、店舗側が守ってくれないこともある。理不尽なクレーム一発で出勤停止というケースも少なくない。

ゆえに基本スタンスは穏便路線一択だ。「注意」というより「お願い」。命令口調はぜったい避ける。わめき散らす不良少年をなだめるために、なぜかこちらが謝りたおす。周囲の客は冷たい視線を浴びせてくる。なんでぺこぺこしてるんだ？　その制服はコスプレか？　情けない――。

そういう仕事なのだと、智丈は割り切っていた。割り切らなくちゃ心がもたない。心がへたると何もかもが嫌になる。嫌になると、いろんなものが壊れてしまう。壊すわけにはいかないから、やり過ごす。世の中とはそういうものだといい聞かせて。

「でもほんと、気をつけてね。客と喧嘩になって、いきおいで辞めちゃう子って多いから」

去年の夏にもひとり、もめ事を起こした後輩がいる。客にからまれ思わず手を出す――。ありがちにして最悪のケースだった。本人の意固地な性格から会社とも衝突し、結局、後味の悪い自主退職にいきついた。彼の教育係だった智丈も嫌味な上司にこってりとしぼられた。

「馬鹿といっしょにしないでくださいよ」小田嶋が苦笑で応じる。「ちゃんと我慢しますって。だってここ、天国ですもん。めったにないラッキー配置でしょ？」

現場だ。

その点は智丈も大いにうなずく。湖名川シティガーデン・スワンはまちがいなく良い現場だ。

いま、この詰め所には智丈を含め十人の警備員が勤めており、うち五人が巡回に出払っている。第二防災センターは主に本館を担当する部署だが、この広いフロアの、それも三階ぶんをたった五人でカバーするなんて物理的に不可能だ。十人全員でやったって似たようなものだろう。しかし店側は人件費をかけたくない。そこで導入されたのが最新式の防犯カメラシステムだった。

智丈が座るデスクには九つのモニターがビンゴカードのようにならんでいる。それぞれに行き交う人々の姿が映っている。動きは多少ぎこちないが昔に比べると格段にきれいなカラー映像だ。フロアの天井に設置された防犯カメラは、店舗を除く共有エリアのおよそ九十五パーセントをカバーしていて、それだけに数は膨大だった。モニターはそのなかのひとつをランダムに、ばんばん切り替えながら延々と映している。九つぜんぶに目を凝らし、真剣に異変を探そうとすれば気が変になるだろう。そもそも人間の能力を超えている。

代わりに働いてくれるのがAIだ。不審な挙動やトラブルを自動で察知し、アラーム音を鳴らす。それを主任クラスの人間が確認し、出動か否かを決める。たんなる過剰反応で問題なしの場合も多いが、効率の良さに疑いはない。このシステムのおかげでスワンの警備員は詰め所でのんびりできる。オープン時と閉店時に入り口や駐車場に立つのはほとんどポーズにすぎない。

恵まれている。ほかの現場の同僚からやっかまれるたびそう思う。

望んだ転職ではなかった。給料だって下がった。けれど丸五年ここに勤めるうちにすっかり腰が落ち着いた。もっかの悩みは家のローンと子どもたちの進学問題、そして運動不足である。

「あのおばあちゃん、今日もきてました?」

朝イチで駐車場の見回りをしていた小田嶋が、コーヒーをすすりながら訊《き》いてきた。

「ああ――」朝は別館とつながる連絡通路の入り口に陣取っていた智丈は、宙を見上げ記憶を探った。頭に、すたすた歩いてくる真っ青な服が浮かんだ。「――見かけたよ。けっこう良さそうなカーディガンを羽織ってたっけ」

「靴は」

「いつもどおり」

小田嶋がニヤリとする。もはや名物になっている「日曜日のおばあちゃん」だ。毎週昼前に現れ、まっすぐスカイラウンジへ向かう彼女はいつもめかし込んでおり、しかし靴だけは歩きやすそうな運動靴なのである。それがアンバランスで、小田嶋などは彼女を話題にするときちょっとからかうような口ぶりになる。

「金持ちも歳には勝てませんか」

「金持ちかはわかんないよ」

「スカイラウンジの女の子がいってましたよ。ムカつくって」

「なんで」

「わがままで偉そうなんですって」

ふうん、と智丈は返した。だからって金持ちとはかぎらない。それに君たちだって、いつまでも若くはないんだよ——そんなお説教はひかえる。ここは職場だ。できるだけ快適に、安楽に、お金をもらうための場所。それ以上でもそれ以下でもない。説教するおっさんの無力さは、とっくに思い知っている。

ぴーん、とアラームが鳴った。

中央のモニターの左上に、注意を促す赤い丸印が点灯する。智丈はそれを見て、おや、と身を乗り出した。どうせまた転んだ子どもにでも反応したのだろうと思ったが、どうやらちがう。

来場者であふれる通路の真ん中で、女性がひとり、おろおろと周囲を見回していた。

AM10:50

亀梨洋介《かめなしようすけ》は緊張と、ほんのちょっとの苛立《いらだ》ちを抱え四角いベンチソファに腰かけていた。スワン本館の一階。広場を囲うように配置されたベンチソファは、洋介と同様にくつろぐ客たちで埋まっていた。お年寄り、家族連れ、そしてカップル。視界の先で大きな噴水――白鳥の泉が水柱を立てている。洋介の背後にあるカフェの有名チェーン店でコーヒーやパイを買い、のんびり噴水を眺める者もいる。近くのマンションで暮らす洋介にとって、スワンは学校とおなじくらい馴染《なじ》みのある場所だ。

腕時計を見る。ふだんはスマホで済ませているが、今日は入学祝いの品を引っ張り出してきた。

十時五十分。

チノパンのポケットからスマホを取り出す。着信もメッセージもない。

苛立ちが増す。すでに二十分、待ちぼうけをくっている。

なんだよ。昨日はあんなにはしゃいでいたくせに。

菅野《すがの》由衣《ゆい》はバイト先の先輩だ。去年の秋口、大学のそばの居酒屋で働きだしたとき、仕事のイロハを教わった。ちゃきちゃき動き、元気いっぱい。憎まれ口も愛想のよさで許されるタイプの女性である。

初めはムカついていた。カメ、カメと気安く呼ばれ、「うるせえな、ブス」と心のなかで悪態をついていた。それがいつの間にやら仲良くなって、気がつけば心惹《ひ》かれていた。

洋介はこれまで、女に困ったことがない。すらりとした長身に、すっきりした顔立ち、我ながら気が利くし弁もたつ。おかげで小学校のころから彼女が途切れたためしはなく、クラスや学年で、学校で、あるいは地域で、モテモテだった。それなりのランクを求める女の子が寄ってきて、こっちもランクを見極めて、付き合ったり離れたりを繰り返した。歴代の彼女のなかにはファッション誌の読者モデルになった子もいる。

そんな洋介だから、大学でもとっかえひっかえ、女遊びに精を出すつもりだった。じっさい新歓コンパで彼女を見つけ、サークルで愛人を見つけ、飲み屋でセフレを見つけた。愛人とセフレのちがいはよくわからないが、ともかくそういうふうに楽しんでいた。ところが去年、三年生になったとき、急にすべてがつまらなく思えた。理由は不明だ。就職活動やら卒業やらが迫ってきたこととも無関係じゃないのだろうけど、はっきりはしなかった。仕送りで遊びほうけ、金が尽きれば女たちにおごってもらう生活に、ついに飽きがきたのかもしれない。

なんとなくはじめたバイト。やたらと活気のある居酒屋はサークルOBが店長をしている店で簡単に採用された。汗水たらすのはセックスのときだけと決めていた洋介は初日でうんざりし、二日目で辞めたくなり、三日目で辞める決心をし、四日目の休む理由を探していたところに、由衣が現れたのだ。

思い返すと当時の自分は「いらっしゃいませ！」の掛け声すら適当で、オーダーまちがいを謝りもしない典型的駄目バイトくんだった。そんな洋介に由衣は容赦なかった。次の日も洋介が出勤したのは、このくそ女を惚《ほ》れさせて、ゴミのように捨ててやろうという暗い欲望のためだった。

それがどうして、こうなってしまったのやら。

由衣は十八で親もとを離れ、たったひとりで生計を立てていた。学校に通うわけでもなく、ふたつのバイトを掛けもちし、お金を貯めていた。いつか自分の店をもちたいのだと彼女は語った。小さな定食屋、あるいは弁当屋。五年がんばった、あと三年もすれば――。

付き合ってくれと頼んだのは洋介のほうだ。由衣はぽかんとしていた。なんだか急に可笑しくなって、思わずふたりで笑い合った。定食屋も弁当屋も、洋介にはダサい仕事に思えたが、なぜだか由衣といっしょなら悪くない気がした。

せっかくだから一度は就職してみろと由衣にいわれ、いまは外食チェーンを狙っている。学んだノウハウが、いずれふたりの店の役にたつかもしれないからだ。

メッセージが届いた。〈すまん。寝坊った。走る〉

走るって、池袋から何キロだよ――。

思わず笑ってしまう。そのことにあらためておどろく。昔の自分なら予定はキャンセルし、ナンパに繰り出していただろう。

洋介の地元が湖名川だと知り、スワンに行ってみたいと誘ってきたのは由衣のほうだ。洋介は渋った。ここだと、知ってる人間に出くわす確率が高い。泣かせた女、恨まれている男。山のようにいる。

それでも由衣の願いなら応じてあげたい。ときめきや強烈な性欲とはちがう、何かこう、そばにいたいという感覚。そばにいてほしいという感覚。

緊張は、すきあらば由衣を家族に紹介しようと企《たくら》んでいるせいだ。

人生ってほんと、何がどうなるかわからないな。

苦笑をもらした拍子に、ふと、目を奪われた。駐車場のほうから歩いてくる奇妙なロン毛の男。ごついゴーグルをかけ、重そうなレザーのショルダーバッグを担ぎ、ごつごつしたチョッキを着ている。そして腰に、時代劇のような刀を差している。

イベントの出演者？　そう思って広場を見渡すが、とくにステージなどは見当たらない。

時刻は間もなく十一時。噴水の前で屈伸運動をはじめたロン毛を、洋介はぼんやり眺めた。

ロン毛が、ごついゴーグルにふれた。辺りを見回し、洋介に目を留めた。口もとが、ニコリと広がった。

知り合いだろうか。ゴーグルのせいでよくわからない。

ショルダーバッグに手を突っ込んだロン毛が、ゆっくりこちらへ歩きだす。なんだろう、誰だろう——洋介の疑問をよそに、どんどんどんどん、近づいてくる。

と、由衣からメッセージが届いた。

〈電車、乗った。楽しみ〉

ちぇっ。勝手いってらあ。でもまあ、そうだな。

楽しもう。

そんな返信をしよ、ドン。

AM11:00

「ちょっとあなた、待ちなさい！」

呼び止めると、お団子頭のウェイトレスがふり返った。不貞腐《ふてくさ》れた顔つきにカッと頭に血がのぼり、吉村菊乃はテーブルを拳《こぶし》で叩いた。それからフォークを、皿のナポリタンに突き刺した。「あなた、これが何か知ってるかしら？」たっぷり嫌味をまじえ、フォークを掲げる。

不満げな表情を隠しもせず、相手がぼそりと答えた。「……ソーセージですけど？」

「ええ、そうね。びっくりだわ」大げさに、菊乃は肩をすくめた。「わたし、このお店のナポリタンが大好きなのよ。毎週のように食べてるの。もう数えきれないくらい」

毎週日曜日、たどり着いたスカイラウンジでゆっくり紅茶を飲んで疲れを癒《いや》す。お腹がすいたところでナポリタンを注文する。食欲次第でサンドイッチのときもあるが、いま、それはどうでもいい。

お団子頭の彼女の顔がどんどん曇ってゆく。それが菊乃の苛立ちに拍車をかけた。

「ソーセージはハムに替えてちょうだいといったはずよ！」

「――いつもの、としか伺ってませんけど」

「それが『いつもの』でしょっ」

ぶすっとしたまま、「じゃあ替えてきます」と皿を下げようとする。

「待ちなさい」堪忍袋の緒がぶちっと切れた。「その態度は何？　お客さまは神さまだって教わってないの？」

「それはちがうと思います」お団子頭の彼女が、堂々と菊乃を見下ろした。「なんでもいうことを聞けるわけじゃないですし、『気に入らないからタダにしろ』とかいわれても困ります。できるサービスしかできません」

「まっ」

菊乃は目を丸くした。「できないことなんてひとつも頼んでいないじゃないっ」

「『いつもの』でぜんぶわかれっていうのが無理です。だってウチに『いつもの』なんてメニューはないですから」

絶句するよりない。なんだその屁理屈《へりくつ》は！

夫が興した物流会社で、菊乃は長年ばりばり働いてきた。取引先のわがままに付き合ったりご機嫌をとったりは当たり前のこと。それが客商売だと性根に染みついている。

いくら若いアルバイトといえど、非常識がすぎるんじゃないか？　こっちは毎週通っている上客なのに。

「店長さんを呼んでちょうだい」

はん、と鼻で笑われた。

「早くしなさい！」

怒鳴りつけると、ほかのテーブルに座る客たちがそっと眉をひそめる気配を感じた。まるでワイドショウでやり玉にあがるクレーマーの気分だ。怒りでフォークをにぎる手が震えた。せっかくのお出かけが台無しだ。

カウンターへ向かうお団子頭の背中が憎らしくてたまらない。いっそこの手で絞め殺してやろうか——。

ドン。

カチャン。

とつぜんの破裂音にびっくりし、にぎっていたフォークを床に落としてしまった。思わずといった調子で天井を見上げる。ガラスの向こうに、さわやかな青空が広がっている。

次の瞬間、下の階から、悲鳴。

AM11:10

〈防災センターより連絡です。ただいま館内において火災が発生いたしました。ご来場のみなさまは係員の誘導に従い、速やかに安全な場所へ避難してください〉

火災ねえ。

ドン、ドン。二階へ上がるエスカレーターの上に立った丹羽佑月は、手すりに背中をあずけた体勢で、二階の通路を走る中年カップルに模造銃を連射した。一発目と二発目のどちらが当たったかはわからないが、夫らしき男性が肩口を押さえすっ転んだ。女性のほうが悲鳴をあげて駆け寄った。なかなか澄んだソプラノだ。

射程距離はそこそこあるが、遠くからでは威力が落ちる。あの男は大した怪我じゃないだろう。運がいい。

空の拳銃をぽいっと投げ捨てる。下から、カーンと音が響く。一階を見下ろすと、白鳥広場はひどいことになっていた。ベンチのそばで人が倒れ、床に人が倒れ、白いタイルに血が赤い染みをつくっていた。撃ち終えて捨てた拳銃がバラバラと黒い点を打っている。手当たり次第に撃ちまくった結果にしては美しい模様じゃないかと佑月は思う。

エスカレーターで運ばれるあいだ、ぐるりと周囲を見渡した。白鳥広場の中心を、天にのぼっていく感覚だった。悲鳴や泣き声に自動音声の館内放送が加わってうるさいことはうるさいが、意外に耳障りではなかった。天井から降り注ぐ四月の陽光。この巨大な円柱の、ひだまりのシェルターが、二十一世紀製バベルの塔が、あたかも丹羽佑月のためにあるみたいだ。

目の端を何人か、走っていく者がいた。素敵な気分なので見逃してあげる。

肩にずっしりと食い込むレザーのショルダーバッグから新しい拳銃を取り出す。二階に着く。すぐそばの携帯ショップの店先に、店員らしき女性が突っ立っていた。両手を胸におろおろしている。パニックで思考停止という感じだ。

佑月と目が合い、口をパクパクさせた。

「火事だそうですよ、お嬢さん」

構えた拳銃の引き金を、ボブカットの彼女の、喉《のど》のあたりをめがけて引いた。ぎゃっ、といううめきとともに彼女がへたり込んだ。弾がかすめた首から血がしたたっている。

この距離で外すとは。自分のセンスのなさに呆れながら二発目のトリガーを引く。

ガチッ。

引ききれずに固まった。弾詰まりだ。その場合はすぐに捨てろとガスはいっていた。製作者の忠告に従い拳銃を放り、あらためて新しいやつをにぎる。そのあいだも、ボブカットの女は腰を抜かして震えているだけ。楽なもんだ。

ドン。

額にしっかり銃口を当て、撃った。脳みそが飛び散るなんてことはない。しょせんは自家製、そこまでの威力はない。けれど彼女は糸が切れたように突っ伏した。それで佑月は満足し、ついでだから残った弾をお腹のあたりに撃って、空の拳銃をぽいっと捨てた。

二発しか撃てない模造拳銃は消耗品もいいところで、すでに佑月は十個ほど消費していた。仕留めた獲物は六体くらいか。いちいち確認していないから生き死にまでは定かじゃない。

ドン、ドン、きゃあ！　ぽいっ。

出くわす獲物に銃弾を浴びせながらアンティークショップやカフェをやり過ごす。ゆるくくねった直線状の通路は中央が吹き抜けになっていて、左右にフロアがわかれていた。見通しはいいが人影は目につかない。まだ残っているのは、よほどどんくさい奴だろう。

獲物に逃げられても深追いせず、佑月は悠々と通路を進んだ。目的地に着くのは正午の予定だ。あまり早すぎると恰好がつかない。何より日曜日の真っ昼間にガラガラのスワンを闊歩するという貴重な時間を楽しまないのは罪だろう。

立ち止まってみたり、ふり返ってみたり。スワンという巨大で空虚なオブジェをじっくり観賞し、堪能する。佑月のためだけに存在するアートを。

やがて一階フロアの奥のほうから、ドン、ドンという音がした。きゃああ！　という叫びがセットで聞こえた。黒鳥の泉からスタートしたガスにちがいない。思ったより距離がある。場所はちょうど白鳥広場と黒鳥広場の中間地点だ。とっくにすれちがってもいいころなのに。

一階の、花壇がある広場を、逃げ惑う客たちが猛然と走ってきた。映画のワンシーンを眺める気分で見下ろし、せっかくなので上空から狙い撃ちしてみたが、さすがにこの距離とあのスピードでは当たらなかった。老いも若きも男も女も、スプリンターみたいないきおいで走っている。火事場の馬鹿力ってやつかしら。

ガラスが割れる音がつづけざまに響いた。ガスはずいぶんのろのろやってるらしい。警察がくるまでだいたい十分間。防災センターもパニックになるだろうからもう少し猶予があるかもしれない。警備員は無視していい。奴らはしょせん飾りにすぎない——ガスはそう断言していた。半信半疑に思っていたが、事実、佑月たちを止めようとする勇者はただのひとりも現れていない。幸運に恵まれているのか、現実とはしょせんこんなものなのか。

と、体格のいい五分刈り頭の男が一階フロアに現れた。ガスだ。声をかけようかと思ったがやめておいた。取り憑《つ》かれたような速足には鬼気迫るものがあり、下手に刺激をすればこちらに敵意が飛び火しかねない危うさが漂っている。ドン、ドン、ガシャン。砕けたショウウインドウへもう一発。マネキンが爆発。はは。イカれてやがる。やみくもに拳銃をぶっ放しながらずんずん進む五分刈り頭を狙って拳銃を構えてみる。当たる気がせず、佑月は背を向けた。

渡り廊下を使って左右のフロアを行ったりきたりしながら、通路沿いにならぶ店舗をのぞく。逃げ損なった者がいたりする。震える彼らや彼女たちに笑顔で近づき、「大丈夫ですよ」と声をかける。そして銃弾を浴びせる。

ドン、きゃあ！　ドン、ぽいっ。

ひと気がなくなった通路に、ミリタリーブーツがコッツン、コッツンと気持ちよい音をたてる。

コッツン、コッツン、ドン、きゃあ！　ドン、ぽいっ。

気がつくと佑月は鼻歌をうたっていた。『ワルキューレの騎行』から『密室の恐怖実験』へ。タランティーノは天才だが、少し才に溺《おぼ》れすぎている気がしないでもない。

コッツン、コッツン、大丈夫ですよ、ドン、きゃあ！　ドン、ぽいっ。

エスカレーターがある吹き抜けはガラス天井になっていて、やわらかな光が差し込んでいた。そこを通り過ぎるたび、得もいわれぬ崇高な気持ちになった。

コッツン、コッツン、大丈夫ですよ、ドン、ドン、嫌っ、やめて、お願い、ドン、ドン、ぽいっ、ドン、ガチッ、ちぇっ、ぽいっ。

通路の正面から走ってきたカップルが、佑月を見て足を止めた。馬鹿じゃないの？　なんで足を止めるんだ？　そのままのスピードで駆けてこられるほうが弾を当てにくいのに。

白鳥広場でもそうだった。目の前で人が銃殺されているのに、ほとんどの客は動けずにぽかんとしていた。まったくの木偶《でく》人形、当てやすい射的の景品。まあ「その他大勢」とはこんなものだろう。見せ場もなく死ぬような連中は、しょせんエキストラ、モブ要員にすぎないのだ。

ドン、ドン、ぽいっ。あれほど重たかったショルダーバッグが羽のように軽くなってゆく。

そろそろ目的地が見えてくる。この計画を思いついたとき、まっ先に決めた旅のゴール。丹羽佑月という登場人物のエンディング、消失点。

AM11:30

ちくしょう、あの野郎っ！

避難を促す館内放送がうるさかった。苛立ちをぶつけるように大竹安和《おおたけやすかず》は、本館一階フロアを白鳥の泉へずかずか進んだ。汗が止まらなかった。血液が沸騰しそうだった。ズキズキと背中が痛む。ちくしょう、あの野郎――。進みながら、手当たり次第に模造拳銃を撃った。左右を埋める店舗のショウウインドウが砕け、マネキンが破裂した。

ひたすら足を動かし、撃ちつづける。拳銃は使いきる。死んだサントのぶんまでぜんぶ。残したところで意味はない。

一時間はもつだろうと安和は踏んでいた。警察への通報が五分、到着まで五分。状況確認と来場者の安全確保、犯人にどう立ち向かうか、武器使用を許可するかどうか。そんなこんなで三十分は対応が遅れるはずだ。いざ制圧となったところで町のお巡りさんに思いきった行動はとれまい。県警本部に指示を仰ぐにちがいない。上層部とてこうした事態は不慣れに決まっている。無駄な時間が積み重なるだけ、被害者は増えつづける。事なかれ主義の帰結。平和ボケの末路。国民よ、思い知るがいい。これが我が国の現実なのだ。

吹き抜けの上空にぶら下がるバルーンを狙う。弾は当たらず、むなしく銃声が響いて終わった。空の拳銃を壁に向かってぶん投げる。背中の痛みが増してゆく。

視界の向こうに動く標的があった。ジーンズショップから転がるように、茶髪のチャラい少年が出てきた。べそをかきながら逃げだす背中を、撃つ、撃つ。銃声にびびったのか、少年は頭を抱えてうずくまった。弾は、またもや当たらなかった。さっきからぜんぜん当たらない。視力のせいか？　ちゃんとコンタクトを着けてきたのに。

少年は腰を抜かしたように足をばたつかせながら、必死に動こうとしていた。ショルダーバッグに手を突っ込む。一個つかむと、バッグは空になった。残りはチョッキに差した一つだけだ。

銃口を向け、撃つ。少年は「ひぃ」とうめきながらよたよたと床を這《は》う。当たらなかった。連射しようとして、ガチッ、という手応《てごた》えを感じた。引き金が引ききれない。弾詰まりだとわかり、発作的に投げつける。くそ、くそ。くそっ！　拳銃は少年を越え、遠くのほうでカーンと音を響かせた。安和は駆けだし、腰に差した日本刀を抜いた。いきおいのまま少年の背中に斬りつけた。斬りつける、斬りつける、斬りつける。何もかもぶっ壊してやる。

しかし少年は死ななかった。亀のように丸まって斬撃《ざんげき》に耐え、もがき、逃げようとしていた。見苦しい。日本男児なら闘うか潔く散るべきだ。

刀を構え、ふん、と突く。首の後ろにずぶりと刺さる。ぬるりとした手応え。少年は祈るように手を空中へ突き出し、だらんとなった。その様子を見下ろしながら、茶髪にしてるおまえが悪いんだと安和は思った。

首から刀を抜く。血があふれた。人間を斬るとその脂で刃の斬れ味が悪くなる。安和は少年の柄シャツで血のりをふきとった。自分には日本刀のほうが合っているのかもしれない。ぬるりとした手応えに、魂を洗われる感覚があった。

皮肉なものだ。時間もコストも労力も、拳銃づくりにいちばんかかった。試作品ができるまで三ヵ月、射程距離や殺傷能力を向上させるのに二ヵ月、量産に一ヵ月。3Dプリンタの購入費用と材料費、作業場として借りたガレージの賃料で総額五百万円くらい。金はヴァンが用意してくれたが、設計から量産まで、すべて安和が受けもった。

寝食を忘れ没頭した。防大受験よりものめり込んだ。実現可能性を優先し、なるべくシンプルな構造にする必要があった。しかし連射式はゆずれない。反撃された場合の対応速度が段ちがいだからだ。条件を満たすアイディアを求め片っ端から資料にあたった。言葉の壁は自動翻訳アプリとウェブ辞典で対処した。閃《ひらめ》きがおとずれたのはイギリスの大学生が公開していた3Dプリンタ銃の資料を読んでいたときだ。「二発だけのリボルバー」。発砲と同時に弾を込めた薬室が回転して入れ替わり、次弾をセットする。薬室をふたつに絞るのでさほど複雑でもない。使い捨てと決め、強度の問題もクリアした。本体はABS樹脂やナイロンを加工し、シリンダーと弾が通るバレル部分はアルミニウム合金のカバーで覆う。暴発対策だ。合金は身内の工場経由で手に入れた。加工も自分で行った。こうして見た目は中膨れのベレッタ型だが、じつは内部にシリンダーを備えたオリジナル拳銃が出来上がった。

苦労はこれで終わりじゃなかった。むしろ本体以上に弾丸がやっかいだった。海外とちがい日本で実弾にふれる機会などない。扱いをまちがえれば指が飛ぶくらいの事故は簡単に起こる。ここでも頼れるのは世界中に生息するマニアの先生たちだった。ネットを漁り試行錯誤を繰り返し、苦心の末に22LR弾を模したスチール製の弾丸をつくりあげた。火薬の入手はヴァンやサントに協力させて乗りきった。

命中精度、耐久性、射程距離、殺傷能力……。完成品の性能は、国内で可能なハンドメイドの最高峰にちがいない。その自負はあったし、愛着ももっていた。なのに結局、自分は日本刀に心を奪われている。

不思議と悔しさはなかった。これが日本文化の奥深さかと、むしろ誇らしかった。

茶髪の少年を踏みつけ、安和は進んだ。足どりは軽かった。まっすぐに歩けた。呼吸も整っている。

ずっと苛立ちにまとわりつかれていた。ヴァンと別れ黒鳥広場へ急ぎ、十一時、作戦決行ののろしを吹き抜けの上空に轟《とどろ》かせ、呆気《あっけ》にとられた客たちを撃ちながら目的地へ向かった。順調だった。そこまでは順調だったのだ。

つまらないミスをして、心がゆれた。多くの時間を無駄にした。あと一発でとどめを刺せたのに……悔やんでも悔やみきれない失態だ。その動揺が、射撃の精度に影響している。弾はろくに当たらず、標的には逃げられ、体温が上がる一方で足もとは冷えていった。

迷いがあった？　あるいは恐怖？　まさか。おれはヴァンの目の前でサントを撃ったじゃないか。あの下劣な餓鬼を粛清したんだ。安っぽいモラルは乗り越えている。そのはずだ。

あれはたんなる油断――。しかし苛立ちはふくらみつづけ、銃弾は逸《そ》れつづけ、標的には逃げられつづけた。血液が逆流するような吐き気を覚え、それを打ち消すように拳銃を撃ちまくり、そのたびに新しい苛立ちが充塡《じゅうてん》された。館内放送で拍車がかかり、沸騰した頭は無駄撃ちを命じつづけ、背中の痛みが激しさを増し、まるで追い立てられるような焦燥に窒息しそうだった。

それがいま、すっかり消えた。疲れも痛みも焦りも。不純物を、きっと日本刀が浄化してくれたのだ。

ずらりとテーブルがならぶフードコートを横目に安和は歩いた。間もなく目的地だ。ゴーグルを外して投げ捨てる。こんなもの、もう要らない。

白鳥広場に着く。一瞬、立ちくらみを覚えた。ふだんならにこやかな人びとであふれる場所に、いまは傷を負って這いつくばる中年男性や息絶えた若者が転がっている。見渡すかぎり、十体近くあるだろうか。おびただしい死の場所へ、誘われるように踏み入った。

映画のように、美術のように――。ヴァンはそんな戯言《たわごと》を口にしていた。なんだそれは。くだらない。大義なき殺人はケダモノか変態のすることだ。サント同様、彼もまた粛清すべき種類の人間だった。それを慈悲で、生かしてやっただけなのだ。

偉そうにするな――。安和は倒れている人間を日本刀で突き刺した。次々と突き刺した。仰向《あおむ》けになったビール腹の男性、店の制服を着た女性、眼鏡をかけたワイシャツの男性。

背中を丸めた女性を刺す。深い手応えがあった。

ふと、噴水のほうから視線を感じた。警察という単語が頭をよぎった。力をこめて刀を抜き、身構えた。

制服警官も完全武装のSATもいなかった。いたのは男性だった。噴水のへりに、老人がちょこんと腰かけていた。小汚いポロシャツを着、手ぶらで、うつむきかげんにもにょもにょ口を動かしている。床に散らばる死体の山や、日本刀を携えた安和の姿に動揺するでもなく、彼のたたずまいは茫洋《ぼうよう》としていた。

安和は構えを解き、日本刀を左手に持ち替えた。チョッキに残った最後の拳銃を抜き、老人に向けた。老人は反応しなかった。よだれを垂らしていた。

しばし向き合った。

ドン、ドン。

銃弾は脳天とあごに命中した。老人は背中から噴水の中へ落ちた。水しぶきがあがった。それを見つめる安和の手から、拳銃がこぼれた。

高揚はなかった。やはり自分には、手応えのない武器は向いていないらしい。

そのとき、噴水から音楽が流れはじめた。クラシックなど興味もないが曲名は知っている。かつて教えられたのだ。チャイコフスキー作曲、『四羽の白鳥の踊り』。

曲に合わせ、噴水から人形がせり上がってくる。白い衣装の少女像はつんと胸を張り、両手を広げている。まっすぐのびた右足でつま先立ちし、左足は直角にのびている。クラシックバレエの名作として有名な『白鳥の湖』、そのヒロイン、オデットだ。全身があらわになるや、彼女は回転をはじめる。別館ではジークフリート王子が、黒鳥広場では黒い衣装のオディールが、おなじように回っているはずだ。日に三度、決まった時刻に動く仕掛け人形。三十二回転のグラン・フェッテ。

束の間、安和は立ちつくした。くるくる回る人形から目が離せない。見飽きた光景だった。曲も聴き飽きている。たしかにひさしぶりではあるけれど、どうしてこれほど新鮮に感じられるのか、不思議でならない。

まるで演出みたいな絶妙なタイミングで、羽ばたきが聞こえた。天を仰ぐと、はるか頭上のガラス天井の、さらに上空、澄みきった青空を、数羽の鳥が横切った。

意識のなかから音楽が遠ざかり、静けさに包まれた。

なぜ、こんなことになったのだろう。

よくわからなかった。わかる必要もなかった。いまさら考えたところでしょうがない。なのに考えてしまう。

おれは、この国の体制と治安に一石を投じたかったのだ。簡単に銃器を密造できる時代に、平和を壊すことはたやすいのだと、わからせたかったのだ。社会を守るとは何か。国を守るとは何か。それはきっとおれにしかできないことなのだ。この勇敢な啓蒙《けいもう》的革命行動は歴史に刻まれるべきなのだ。頭の悪い人間はたんなる暴力行為と断ずるだろうが、かまわない。汚名を背負ってでもやらねばならないときがある。十年後、二十年後の未来のために、犠牲は必要なのだ。

そう。これは私利私欲を超えた、愛国心ゆえの行いである。行いである。行いで——。

——後悔？　馬鹿な。だとして、三十七年の人生の、いったいどこまでさかのぼって悔いろというんだ。

頭痛がした。ズキッと背中に痛みが走った。うるさい。館内放送がうるさい。『四羽の白鳥』がうるさい。

あの夏の日がよみがえる。醜い面をした男たちにぶつけられた挑発、威嚇、女たちが放つ哄笑《こうしょう》――。

正当防衛。教育的指導。何がまちがっている？　叱責《しっせき》。そして嘲笑《ちょうしょう》。

死ね。全員死ね。おれをなめた馬鹿どもはひとり残らず地獄に落ちろ。後悔するのはおまえらだ。

頭痛、苛立ち。どうして涙が――。

次の瞬間、後ろから組みつかれた。首に腕が絡みついた。反射的にあごを引いた。それでも絞めつけてくる圧力にめまいがした。

「動くなっ！」

上ずった男の声だ。警官？　いや――。

相手の息が、頬にかかった。目が、こちらを見ているのがわかった。

わずかに、首にかかる力がゆるんだ。「おまえ――」相手の声がする。「――大竹？」

迷いはなかった。どうせ初めからそのつもりだった。背中の痛みが、決意を後押ししてくれた。

日本刀を両手で逆手に持ち直し、高くかかげる。いきおいをつけ、刃を、自分の腹部に思いきり突き刺した。その瞬間、安和は思った。

死ね。みんな死ね。そして後悔しろっ。

ざまあみやがれ——。

へその辺りから、刃がずずずと侵入してくる。かすんでゆく視界の中で、白いドレスの仕掛け人形が回りつづけている。

AM11:40

これは現実なのか？

自分の胸を拳で叩いた。何度かそうして、気を落ち着けた。

カジュアルなシャツやジーパンが積まれた棚と陳列台のあいだに、人間の身体が転がっている。赤い血液、鼻をつくその臭い。うめき声。

どうする？

自問した。どうすればいい？

口を押さえながらゆっくり近づく。顔面が弾《はじ》けている眼鏡の男性はあきらかに息絶えている。とっさに目をそらし、込み上げてくる胃液を飲む。

カウンターに寄りかかるようにして倒れている若い男性は胸に穴があき、うなだれている。こちらも手遅れだろう。

そのかたわらに、ロングヘアの女性が寄り添っていた。白いサマーセーターの腹に血がにじんでいた。首からスタッフ証を下げている。店員なのだろう。苦しそうな表情で嗚咽《おえつ》をもらしている。

「大丈夫ですか？　——馬鹿らしい台詞《せりふ》だった。いったい何が大丈夫だというんだ。

すぐに救急隊がきます。警察も」

そう声をかけた。それくらいしかいえることがなかった。彼女は反応しなかった。嗚咽も途切れ途切れになっている。

まずい兆候だった。棚から使えそうな服をかき集め、可能なかぎり止血を試みる。どう考えても不充分だが、いまはこれしかしようがない。

よろよろと店の入り口へ向かった。首を突き出し、左右を見渡す。ひと気はなかった。犯人は先へ進んでいる。

かちっ、と足に何かが当たった。見ると、銀色の拳銃が落ちていた。形はともかく、金属がむき出しで安っぽい。玩具のようだ。けれどこれが、男性ふたりの命を奪ったのだ。

通路へ目を移すと、奥にもいくつか拳銃が転がっている。お菓子を拾いながら森の中を進んで魔女の家にたどり着く——そんな童話があったような……。

通路の先からドンという銃声が響いて、腰が抜けそうになった。もう一発、ドン。

店の壁にへばりつき、深呼吸をする。胸を叩く。汗がとめどなく流れ、奥歯ががちがち鳴った。

ここまでにしよう。これ以上は無理だ。そもそも自分に、拳銃を所持したテロリストを制圧する義務などない。恰好をつければ命がない。

ふう、ふう。

通路で人が倒れている。せめて、あそこまで、進もうか。進んだところで、「大丈夫か」と声をかけ、止血の真似事をするくらいしかできないだろうが、しかし、行かねば。

――ほんとうに？

PM12:00

音楽が聞こえた。オルゴールのような音色だ。メロディは弾んでいる。音源は通路の先の突き当たり、黒鳥広場だ。

もうそんな時刻か、と丹羽佑月はゴーグルを外して捨てた。急がないと、そろそろ邪魔が入るころである。

歩を進めつつ、佑月は可笑《おか》しくなった。スワンは『白鳥の湖』を意識して建てられた。だから噴水を置き、仕掛け人形を設置した。白鳥オデット、黒鳥オディール、それにジークフリート王子。こいつらをくるくる回らせとけば恰好がつく――。いかにもチープな発想、チープな美意識。こうした世界の醜さが、佑月少年のきらきらした感性を錆《さ》びつかせてしまったのかしら。

そう考えると、笑えた。笑いながら、拳銃を撃った。とくに狙いもなく、気まぐれに。ほとんどの客が避難を終えている。有意義な獲物に出会う確率は低い。ガスの真似みたいで癪《しゃく》だったが、銃弾を余らせるよりはマシだろう。

ガス。図体だけ立派な腰抜け野郎。意気がってサントを撃ち殺していたが、肩は震えていた。目は泳ぎ、汗をだらだら流していた。途中で見かけた様子からも小心者ぶりがうかがえる。まったくもってピエロじゃないか。

ドン、ドン、ぽいっ。いよいよショルダーバッグが軽くなった。中にはあと四、五個くらいしか残っていない。

ドン、ドン。空の銃を放り捨てたとき、ひらけた場所にたどり着いた。眼下に黒鳥の泉が見えた。黒い衣装のオディールがくるくる回っていた。倒れている人間がいないか探してみるが、見当たらない。血の跡すらない。ふん。やっぱりな。しょせんガスはその程度の奴だ。

両手にひとつずつ拳銃をにぎる。ショルダーバッグは空になった。拳銃の残りはチョッキにおさめた四個と腰に差した一個だ。

佑月はエスカレーターで三階を目指した。用なしのバッグを宙に放る。妙に身体が軽くなった。同時に、ぽっかりとした気分になった。

初めその理由を、ゴーグルカメラの撮影が終わったせいだと解釈した。緊張が途切れてしまったのだと。映像に残そうと提案したのは、このドキュメントをたんなる記録ではなく「丹羽佑月の作品」にしようと思ったからだ。一方で、最後の最後は撮影しないと決めていた。名作や傑作には観客の想像力をかき立てる余白が必ず残っている。譲れない持論だ。

つまり、この虚脱の原因は、ほかにある。

何か、足りない。しびれるような快感、高揚。日常を超えた風景、研ぎ澄まされる五感。たしかにそれはあったけど、望んでいたとおりだったけど、けれどそれ以上じゃなかった。ゴヤの『マドリード、一八〇八年五月三日』やドラクロアの殺戮《さつりく》絵画を初めて目にしたときのような鮮烈を期待したのに。『ダイ・ハード』みたいに初めから終わりまで、わくわくするかと思っていたのに。

こんなものか、という失望が否めない。虚空に銃声を響かせたところで『ポンヌフの恋人』がすくいとった解放感にはほど遠い。

エスカレーターに運ばれながら、何が足りないんだろうと考えた。やはり敵か。これがアクション映画なら、主人公に負けない魅力的な敵役が欠けている。いやこの場合、佑月たちが敵役か。すると求められているのは逆境に打ち勝つ、強烈な個性をもった主人公ということか。そんなもん、どうやって用意すりゃいいんだよ。

自嘲しているうちに、三階に着いた。

透明な筒が天空へのびている。その先にある、消失点。

物足りない気持ちはある。だが潮時だ。美しいものはたいてい、引きぎわを心得ているものだ。

佑月は拳銃を手に、透明な筒へ向かう。この上にあるスカイラウンジ。そこが佑月のラストステージだ。

ボタンを押す。けれどエレベーターはこなかった。

ああ、と察した。異変に気づいたラウンジの客たちが上階で停めているのだ。その可能性をすっかり見落としていた。

ふっと感情が込み上げ、佑月はエレベーターのガラスドアを蹴《け》りつけた。この日初めて、明確な苛立ちを覚えた。台無しだ。これでぜんぶ台無しだ。

怒りにまかせドアを殴りつける。上空をにらむ。

しかしそこにエレベーターの箱はなかった。もしやと思い見下ろすと、箱の天井が見えた。一階に停まっている。

胸をなでおろし、もう一度ボタンで呼ぶが、やはり箱は動かない。電力が切られている？　しかしエスカレーターは動いている。

疑問はあったが考えても仕方なかった。下りのエスカレーターを駆け下りる。

黒鳥広場に着き、やっと状況がわかった。エレベーターの箱とフロアにまたがるように、女性が倒れていたのだ。胴体の部分が邪魔をして、ドアが閉まらなくなっている。

くそっ。ガスのボケが。ほんとによけいなことばかりしやがる！

佑月はうつ伏せになったその障害物に近寄り、八つ当たり気味に拳銃を撃った。後頭部と背骨のあたりに一発ずつ命中した。運動靴を履いた両足をつかみ、引きずり出した。

箱に乗る。スカイラウンジ行きのボタンを押す。『四羽の白鳥』がやむ。黒いオディールが噴水の底へ沈んでゆく。

箱は無事に動きだした。息をつく。これじゃあドタバタコメディだ。シナリオライターは死刑だな。

ふたたび、佑月は虚《むな》しさを覚えた。なんだ、これは。この締まりのない感じは。なんだかな。なんだかなだぜ、ほんとに。

上昇しながら外の風景を眺める。貯水池が目に入る。水面は静止画のように穏やかだ。あの池を死体で埋めて、真っ赤に染めるほうが美しかったかもしれない。

貯水池の向こうに湖名川市の町並み。ずらりとならぶ建物は奇妙なほどおなじ背丈で、まるで人工の地平線だ。丹羽佑月が育った町。そして真っ青な空。

箱が停まった。束の間の物思いを切り上げる。

ドアが開き、佑月は思わずのけぞった。

ああ――、そりゃそうか。

エレベーターが動かなかったんだから。ならばここに客が残っていたって不思議じゃない。

ドアの向こうで、不安げにこちらを見る顔、顔、顔。

「あっ――」

佑月が構えた拳銃に、三人ならんだ女たちの、真ん中の子が反応した。「大丈夫だよ」と佑月は答えた。

「大丈夫だから、動かないで」

救助を待ち焦がれていたのだろう。真ん中の彼女が絶望とともに息をのむのがわかった。その姿に、佑月は心のなかで喝采《かっさい》を送る。

なんてことだ。すごいギフトだ。ドタバタの甲斐《かい》があったってもんだ！

細長い手足、身体。派手さのない顔つき、気が強そうな目の感じ。そして可愛らしいポニーテール。何もかも彼女は、文句なく、佑月の好みにぴったりだった。

ここにいた。「物語」の主人公が。

スワンを見下ろす頂上で、ひとり孤高の死を遂げる――そんなエンディングはご破算となったけど、代わりにこのB級映画のフィナーレを飾る、とても素敵なアイディアが降ってきた。

佑月はにっこり笑い、箱の外へ一歩を踏み出した。

PM12:10

「名前は?」

男の声は優しかった。

「……片岡、いずみ」

自分の声はぎこちなかった。

「へえ、いずみ! いやあ、ぴったりだなあ。うん。大切だからね。名前は大切だ」

後頭部に銃口が当たっていた。男のもう片方の手にも拳銃がにぎられていた。男はそれを、いずみの前にならぶ面々へ向けていた。ぜんぶで九人が、両手と両膝《ひざ》をついて四つん這いになり、うなだれるように頭を下げ、組体操のように肩を寄せ合っている。

エレベーターでやってきた男はスカイラウンジの客たちに、テーブルをどけて四つん這いになるよう命じていた。抵抗し、頭を撃たれた店長が、カウンターのところに倒れている。

「いずみはこの辺の子かい?」

世間話のように男がいった。

「――いえ。ちょっと離れてて。市内だけど」

「ふうん、そっか。今日は何をしにきたの? 買い物? デート?」

「——誘われて」

「誰に？」

「……友だち」

「そっか。それは災難だったね」

にこやかに、男がつづけた。

「ねえ、いずみはさ、良い子だろ？」

「え？」

「ぼくにはわかるんだ、心のきれいな子が。ひと目でわかる。これまで外したことはない」

男が背中を向けているエレベーターは椅子でドアが閉まらないように押さえられ、助けがこないよう仕組んであった。

「ぼくはね、この世の中に巣くう心の汚い連中が死ぬほど嫌いなんだ。憎んでいるんだよ。自分勝手でわがままで、節度のない連中をね。自分の権利ばかり主張して、他人の権利を蔑《ないがし》ろにするみたいな、ずる賢さを美徳にしているような奴らをさ。弱い者を虐げて踏みにじり、これが現実なんだって開き直る。弱肉強食がほんとうなんだって胸を張る。その訳知り顔の、醜さったらないよね。いずみもそう思うだろ？　そんな奴ら、いなくなったほうがみんなのためだと思うだろ？」

「いえ、あの、はい」

「ぼくにはわかる。いずみはちがう。そんな汚い魂の持ち主じゃない。そうだろ？」

「──あの」

「そうだろ？」

「……はい」

よし、と男が満足げに笑う。

「いずみはぼくとおなじ側の人間だ。だからぼくはいずみを傷つけない。わかるね？」

とにかくうなずく。ほかの選択肢が浮かばない。

「だからいずみにもわかるはずだ。誰が、心の汚い人間か」

ドン。

とつぜん、耳もとで轟音《ごうおん》が響いて、四つん這いにならんだうちのひとりの、後頭部が弾けた。髪の薄い男性だった。彼はそのまま突っ伏した。

空気が張りつめた。ひっくとしゃくりあげる声がした。「静かにしてね」と男がいった。「うるさい奴は要らないから」

誰かが漏らしたおしっこの臭いがする。

「こいつは汚い人間だった。まちがいない。ぜったいだ」

撃ったばかりの拳銃を捨て、チョッキから次のやつを取り出し、男は愉快そうにつづけた。

「わかるだろ？　いずみもそう思ってただろ？　だっていずみ、彼を見たもんね」

「え？」

「動かないで」

ふり返ろうとした頭を必死に止める。

「さあ、次は誰にする？」

「……え？」

「選ぶんだ。いずみが」

自分の呼吸の音が、耳に届く。足もとから人々のすすり泣きが、同時にそれを必死に耐えようとしている気配が伝わってくる。

ドン。

右から三番目の女性が撃たれた。呆気にとられた。彼女を見たつもりはない。ただ少し、右に顔は動いたかもしれない。

いずみはとっさに、天井へ視線を逃がした。

「まだいるよ、いずみ。心の汚い人間が。それがぜんぶいなくなったら、この作品は終わりだ。みんな助かる」

みんな？　みんなって誰？

もう、足もとを見られない。

「選ばないなら、みんな死ぬ」

ドン。

誰が撃たれたのか。確認するのが怖い。

「さあ、いずみ。選ばないとどんどん死ぬよ」

「……なんで、こんなことを」

「なんで？　こんなこと？」

男は優しい声色でつづける。

「理由なんてないよ、いずみ。あるわけないだろ、そんなもん。少なくともいずみたちが納得できる理由はない。納得してもらうつもりもない。ただたんに、やってみたかっただけだからね。もうどうでもよくなって、ごまかしの幸せとか安定とか、お金とか美味《う》い食べ物や女の子にさ、興味がなくなっちゃったんだ。生きてるのがね、つまらなくなったんだよ。それで思いついたんだ。やりたくなったんだ。だからやってみようと決めたんだ。やる気があって、手段があった。実行した。足し算みたいに明快だろ？」

ドン。

「ぎゃあああ！」

女性の叫び声。

「うるさいってば」

ドン。

いずみはずっと、天井を見つめている。ガラスの向こう、抜けるような青空を。

「――そうだな。少しだけ理由はあるな。そう。いずみたちが、幸せそうにしているからさ。笑ったり喧嘩したり愛嬌《あいきょう》をふりまいたり、手をつないだり。うっとうしかった。だから教えてやろうと思った。四月は残酷な季節だって」

　男が左手の銃を捨て、チョッキの新しいやつをつかむ。すきはある。けれど誰も動かない。動けるわけがない。いずみ以外みな四つん這いで、顔は床を向いているのだから。

「ロメロの『ゾンビ』は観た？『ミスト』は？　スーパーやショッピングモールほど、悲劇にふさわしい場所はないと思わない？　ここにはなんでもあるけれど、ほんとうにほしいものはない――。はは、こいつはなかなかケッサクなコピーだな」

　後頭部に当たった銃口を、ぐりっとこすりつけられる。ポニーテールが、かすかにゆれる。

「さあ、選ぶんだ。いっしょに悪を暴くんだ。そうしないと終わらない。みんな死ぬことになる」

「……無理」

「無理じゃない」

　ドン。ぎゃっ。

　天井を見たまま叫ぶ。「やめてっ。お願いだからっ」

「やめないね。やめるわけない。だってやめたくないんだもの。楽しくて仕方がないんだもん」

　あっはっは！　ドン。ぽいっ。

「お願いだからっ！」

「じゃあ選べよっ」

男が日本刀を抜いた。それをいずみの首筋に当てた。後頭部にあった右手の拳銃が、生き残っている四つん這いのふたりへ向けられる気配。

どうしたらいい？　どうしたら――。

「次は、子どもを撃つよ」

反射的に、いずみは視線を下げた。

顔をこちらに上げた人物と目が合った。

ドン。

息ができなかった。思考が止まる。

「あっ、あっ、あっ――」

ドン。

撃たれて弾けた頭が、ぐらんとのけ反る。

次の瞬間、

「ほらね！」

耳もとではしゃぐ声。

「やっぱりこいつは悪だったんだ！」

状況が、理解を超えていた。目が、離せなかった。血だまりの中に、バスの模型。二千五百円もする玩具。

「だからいったろ？　いずみはちゃんと選べる子だって」

「ちがう……」

「ちがわない。いずみが選んだんだ」

ちがう。ちがう。ちがう。

「あー」男の声が、歌うような調子を帯びた。「なんて残酷なんだろう。残酷だね。世界はほんとに残酷なんだねえ。正義も倫理も、暴力の前には無力だねえ。――がっかりだ。がっかりだよっ。君はそうじゃないと思ってたのに！」

突如、声のトーンが変わった。大げさで、芝居じみたしゃべり方になった。まるでべつの人格が現れたかのように。

「でも君もおんなじだった！　自分が助かるために他人を差し出すくそ野郎だった！　ぼくが自分の楽しみのためにたくさん人を殺したのと、少しも変わりはしなかった。でもそう、それは君だけじゃない。みんな自分の都合で、機会と能力と必要さえあるならば、殺すんだ。他人なんて、虫けらみたいに踏みにじるんだ。そう。それが正しい世界のあり方なんだ。恥じることはないよ、君。君は正しい。一ミリの疑いもなく、正しい」

あっはっは！

「いやあ、楽しかった。満足さ。ありがとう。真実を見せてくれてありがとう。これでぼくの物語はおしまいだ」

耳もとにささやきが——。

「画家のピーテル・ブリューゲルはこう残した。——この世界が不実ゆえ、我は喪に服す」

彼の手から日本刀が落ちた。

「ねえ、いずみ。がんばりなよ。負けちゃ駄目だよ、逃げちゃ駄目だよ。ちゃんと生きて、ちゃんと幸せになるんだよ」

ドン。

徳下宗平《とくしたそうへい》の覚え書き

二〇一八年四月八日、日曜日。

埼玉県湖名川市、湖名川シティガーデン・スワン。

午前十一時から正午過ぎにかけて無差別銃撃事件が発生。

死者二十一名。重軽傷者十七名。

犯人A、大竹安和（37）。白鳥広場にて腹部を日本刀で刺し自害。

犯人B、丹羽佑月（26）。スカイラウンジにて頭部を撃ち自害。

犯人C、中井順《なかいじゅん》（19）。スワン本館の駐車場、ハイエースのなかで後頭部を撃たれて死亡。仲間割れ説が有力。　＊この車は大竹安和がレンタルしたものだった。

大竹安和は黒鳥広場から犯行を開始。銃を撃ちながら一階を白鳥広場へ向かった。

丹羽佑月は白鳥広場から犯行を開始。広場にいた大学生、亀梨洋介（21）の射殺を皮切りに、居合わせた人々に次々と銃弾を浴びせた。

吉村菊乃（78）が亡くなったのはスカイラウンジにつながるエレベーターの前である。

以下、被害者を列記。

パソコンやスマートフォンの履歴から、犯人グループの中心人物は丹羽佑月であったとみられている。丹羽と大竹安和はSNS上で軍事関連の話題を通じ意気投合していた。どちらからともなく誘い合い、計画を立案。遅れて中井順が参加。映画感想サイトで交流のあった丹羽が、ウェブ関連のスキルを期待し声をかけたと思われる。

（中略）

犯人グループは互いのやり取りにおいて大竹安和＝「ガス」、丹羽佑月＝「ヴァン」、中井順＝「サント」と呼び合い、グループを「エレファンツ」と称していた。これは米国の映画監督ガス・ヴァン・サントからとられた名とみられている。＊彼が監督した『エレファント』はコロンバイン高校銃乱射事件を題材にした作品だ。

丹羽佑月たちはウェブカメラ付きのゴーグルをつけ犯行に及び、十一時から正午までの一時間、みずからの行いを映像に残していた。映像は十分間ごとに小分けされ、事件当日の午後三時と午後六時に複数の動画サイトにばらまかれた。中井順があらかじめ、自動アップロードプログラムを組んでいたのだ。＊午後三時と六時はスワンの仕掛け人形が作動する時刻である。

犯行をリアルタイムで記録した動画ファイルは丹羽と大竹のものが六個ずつ、計十二個。警察が削除に動いたため、現在この動画の閲覧はむずかしくなっている。

（中略）

以上の不可解な点にもとづき、本件依頼人はくわしい調査を強く望んでいる。

十月——

1

白い砂の上にニョキニョキと、赤茶けた突起物が生えていた。こんもりとした緑色の塊に、ごつごつした小さな岩。岩の表面には引っくり返ったシイタケのような生物が張りついている。暗がりに横たわる長方形の空間はブルーライトに照らされ、まるで音の届かない海の底——、もしくは台詞《せりふ》を失くしたステージを思わせた。

「リュウキュウスガモを入れてみたんだ」

穏やかな声だった。呼びかけ未満の口ぶりだった。楽しい会話のためでなく、ご機嫌をうかがうわけでもなく、得意げな響きともぜんぜんちがう。苛立《いらだ》ちすら、そこにはない。あえていうなら「あきらめ」が、彼とわたしのあいだに満ちているのだと、片岡いずみは感じた。

水槽の奥のほう、細かな突起にまみれたカリフラワーみたいなサンゴの背後で、前回見かけなかった丈の高い海草がたゆたっていた。黄緑色のすっきりとのびた形は草原でゆれていても不思議でなく、青白い光を透過させながら水中をなでる様は薄いヴェールを連想させた。

育てるのがむずかしい品種でね——と、北代周吾《きたしろしゅうご》がつづけた。水質の維持に骨が折れる。かといってずっとかまってはいられない。いつもここで診察をするわけにもいかないからね——。

「もっと高価なろ過器を購入すれば安心なんだが、家内を説得する手間を想像すると徒労感が勝ってしまう」

北代が口を閉ざし、ぶぅうん、というかすかな機械の作動音だけが残った。

デスクチェアに腰をうずめたいずみは、壁ぎわの水槽と向き合っていた。デスクを挟んだ北代もおなじようにしていた。明かりを消し、カーテンも閉めきっているから、水槽のライトと開けっぱなしのドアから差し込む廊下の光だけが視界の助けだった。ドアの開放はいずみの希望だ。変な誤解をされたくないと理由をつけたが、孫と祖父ほど歳の離れた北代からよこしまな視線を感じたためしはなかった。ただ、密室が嫌だったのだ。

水槽の中は時が止まったみたいにじっとしていた。いずみと北代も似たようなものだった。

このアクアリウムには魚やエビがほとんどいない。動く生きものは疲れる、と北代はいう。ならば自分も許されるといずみは思う。活発さとかけ離れたヒト型オブジェ。でも北代は、うんざりしているにちがいない。オブジェにカウンセリングをほどこすなんて、どう考えたって気が滅入《めい》るから。

「学校は――」

その問いかけは水槽を向いていた。

「どうかね」

いずみは返事をしなかった。期待されているとも思わなかった。

「バレエ教室のほうだけでもと、お母さんはおっしゃってるが」

いつもどおりの台詞を、いつもどおりにやり過ごす。ずっと保ってきた一方通行のコミュニケーション。

いずみはぼんやり、水槽に映る少女を見つめた。我ながら生気のない顔つきだった。さえないトレーナーとデニムパンツ。むさくるしくのびた黒髪は、まるで腐った海藻だ。

「少しずつでいい。少しずつで」

北代がつぶやいた。独白のように。それはこの気だるい時間の終わりの合図。

北代メンタルクリニックを出ると曇り空が広がっていた。間もなく帰宅ラッシュという時刻だった。十分ほど歩けば三郷《みさと》駅南口に着く。いずみが母と住むハイツは駅を北口へ抜けて進んだ早稲田《わせだ》公園の手前にある。初め、母は近場のクリニックに反対していた。男性医師という点にも抵抗があったようだ。歩いて通えるところがいいと押しきったのはいずみだ。正解だったと思っている。でないとあの心配性な母は、いまでもきっと車で送り迎えするといって聞かなかっただろうから。

駅へ急いだ。三郷一丁目の交差点からのびる二車線道路の道沿いには銀行やコンビニがほどほどの間隔でならんでいる。交通量に比べ通行人は多くない。

バスロータリーの先に高架が見えた。その下に改札がある。そこを通り過ぎて高架をくぐるのがいつもの帰宅ルートだ。

けれど今日のいずみは、ICカードを入れたパスケースをかざし改札の中へと進む。西船橋《にしふなばし》方面ホームの階段を上がる。タイミングよくやってきた電車に、数人の待ち人とともに乗り込む。

車内もガラガラだった。楽に座れた。電車が動く。十秒もせず川の上を走りだす。三郷市と流山《ながれやま》市をわける江戸《えど》川を越えるあいだ、いずみは窓に背を向け、ぎゅっと目をつむった。

冷や汗が流れた。心臓をにぎりつぶされる感覚だ。

四月の事件以来、川を越えることに忍耐が必要となった。三郷は江戸川と中川《なか》に挟まれた土地で、武蔵《むさし》野線もつくばエクスプレスも、陸地だけのルートはない。いや、たとえ三郷でなくとも、生きている限り、それを永遠に避けつづけることは不可能だ。川だけでなくショッピングモールやカフェ、閉ざされた空間。

ゆっくり慣れていくしかない。黒から白へ、魔法のような回復はあり得ないから――。

北代のアドバイスは正しいのだろう。事実いずみはこの数ヵ月で徐々に外へ出られるようになった。突発的なパニック症状も影をひそめ、背を丸めながらではあるけれど、こうして電車にも乗れている。週に一度のカウンセリングを隔週に変えたのは、それなりの手応《てごた》えがあったからだ。

けれど学校となると、話がちがう。

まして、バレエ教室なんて。

南流山駅に停まったのち、電車は新松戸《しんまつど》駅に到着した。都内へ通じる常磐《じようばん》線が連絡しているため利用客は多い。いずみは腰を上げ、足早に電車を降りた。

にぎわいのある駅前に立ち、パンツの後ろポケットから紙を取り出す。Ａ４用紙に地図が印刷されている。それを頼りに、まずは消費者金融の看板を目指した。陽は暮れかけ、辺りには仕事帰りの会社員や買い物袋を提げた女性などが行き交っていた。

消費者金融のビルを過ぎると、にぎやかさがくすんでいった。建物が混み合っているせいか、おなじ二車線道路なのに三郷よりも窮屈な気がした。パチンコ店を越え、ほどなく指定の店にたどり着く。通り沿いにある、半地下になった中華料理店だ。営業している様子はない。それは事前に知らされていた。

約束の六時半を少し過ぎている。

あらためて、いずみは自分がここを訪れた理由を自問した。

決心をつけるように息を吐き、階段を下りてゆく。

動く気配のない片開きの自動ドアを両手でこじ開けようとしたとき、

「ああ、すみません」

ガラスの向こうから声がして、いずみは彼の存在に気づいた。

レジカウンターのそばからぬっと現れた男性が、中からドアを開いてくれた。

店内は暗かった。空気がひんやりとしている。左右にならぶテーブルは空っぽで、厨《ちゅう》房《ぼう》には人影どころか食器のたぐいも見当たらない。

「えーっと」ドアを開けてくれた彼はウェイターやシェフに似つかわしくない灰色の背広を着込んでいた。「片岡いずみさま、でしょうか」

どこかとぼけたしゃべり方だった。丸い顔に丸い眼鏡をかけていた。眼鏡の奥の瞳《ひとみ》も丸かった。永遠にびっくりしつづけているような顔つきだと、いずみは思う。

彼は手もとのバインダーといずみを見比べ、かすかに首をかしげた。

「失礼ですが、お母さまは」

「仕事です。わたしだけでは駄目ですか」

表情を変えないまま、彼はこちらをのぞき込んできた。

「そもそも母は関係ありません。関係あるのはわたしだけです」

「しかしいずみさんは――」

「十六歳です。もうすぐ十七になります」

ふたたび沈黙があって、それから彼はペンをにぎった手でおでこをかいた。

「べつに、お酒を飲むわけじゃないですよね」

「それは、はい、もちろん」

「なら、子どもあつかいはやめてください」

ふうん、と彼は鼻を鳴らした。すっとぼけた調子で。

「あの、まずは名乗ってもらっていいですか」

「これは失礼しました。わたくし、徳下宗平と申します」

馬鹿丁寧に名刺を差し出され、いずみは慣れない手つきでそれを受け取った。

『浅羽《あさば》法律事務所　弁護士　徳下宗平』

「お送りした招待状をお見せいただけますか」

名刺をポケットにねじ込み、ショルダーポーチから封筒ごと徳下に渡す。この手紙が自宅に届いたのは先々週のことだ。

中を確認した徳下は「たしかに」とうなずき、封筒を背広の内ポケットにしまった。

「できましたら身分証もお見せいただきたいのですが」

「……学校のやつしかないですけど」

「写真付きのものでしたらけっこうです」

「見せたら参加させてくれますか？」

呆《ほう》けた、という表現がぴったりな顔が返ってくる。

「参加させてもらえないなら見せる必要はないと思います。個人情報だし」

「たしかに」

徳下がおおげさにうなずく。

「今日の集まりについてお母さまはなんと？」

「行きたかったら行けばって」

「わたくしから直接ご連絡をしても？」

「仕事中だと伝えたはずです」

ふうん、とうなる彼の目前に、いずみは学生証を突き出した。

徳下の丸い目が大きくなった。

「文句でも？」

「まさか。とんでもございません」

ポニーテールだったころの写真が付いた学生証をしまい、徳下をにらむ。

「いいんですか？　時間、過ぎてますけど」

「ああ、たしかに。まずいです。みなさまに怒られてしまいます」

焦ったそぶりもなく、

「わかりました。では片岡さま、どうぞこちらへ」

徳下は店の奥へ歩きだした。

明かりの落ちた店内で、彼が向かう引き戸からは光がもれている。

招かれた個室の狭さに、神経がぴりっと尖《とが》った。

天井から吊《つ》るされたランタンのような照明が、中央の円卓をあたたかく照らしていた。回転台のある中華テーブルを直《じか》に見るのは初めてだ。

「みなさま、お待たせいたしました」

徳下の呼びかけに、先客たちが視線を投げてくるのがわかった。いずみはうつむきかげんにそれを受けとめた。赤く塗られた中華テーブルを見据え、目を合わせないように彼らをうかがう。

テーブルには、四人の男女がついていた。年齢はまちまちだが、いずみより若そうな者はいない。

「空いてる席に――」

「ドアを、開けたままでお願いします」

徳下が間抜けに目を大きくする。

「少しだけでいいから、お願いです」

返事を待たず、いずみは手近な椅子に座った。

徳下は戸を閉めきらないところまで引き、「では――」とテーブルの面々を見下ろした。

「本日はお集まりいただきありがとうございます。あらためまして、この会合の進行役をつとめさせていただく徳下宗平と申します」

東京都の弁護士会に所属していることと、自分の登録番号を淡々とつづける。

「お渡しした名刺の肩書について一点お断りがございます。わたくしが浅羽法律事務所にお世話になっていることは事実ですが、本件と浅羽の事務所は直接の関係がありません。問い合わせ等ございましたらわたくし自身にしていただければと思います」

「上司にクレームは困るというのか」

一番奥に座るポロシャツの男性が声をあげた。盛り上がった白髪の下の鋭い目つきが、じっと徳下を刺していた。胸もとで組んだ細い腕に血管が浮いているのを、いずみは視界の端で見てとった。北代と同年代に見えるが、体型も話し方の印象もまったくちがう。

「お叱りでしたら事務所にご連絡くださってかまいません」徳下がとぼけた口調のまま返す。「しかしながらこの会合は浅羽を通じわたくし個人が請け負っているものなのです。仔細《しさい》な事情は省きますが、わたくしにここでの成果を浅羽へ報告する義務はありませんし、するつもりもございません。よって問い合わせは二度手間となる可能性が高いのです」

「公認のアルバイトか。充分うさんくさいな」

白髪の老人に向かって徳下が目を大きくした。その沈黙にバツが悪くなったのか、老人が先に目をそらす。

「ややこしい話はいいのだけど」

老人の横の、席をひとつ空けた左隣に座る女性がふくよかな頬に手を当てぼやいた。

「そこの飲み物をもらえません？　なんだか喉《のど》が渇いちゃって」

「これはたいへん失礼しました」

恐縮したそぶりで頭を下げる徳下の背後に緑茶のペットボトルがならぶワゴンと、そして場ちがいなホワイトボードがあった。

「コーヒーと紅茶もありますが」

「紅茶は無糖？」

「ええ、そのようになっております」

ならそれをちょうだい、と女性がいう。薄手のセーター越しにも豊かな身体つきが見てとれた。いずみの母よりも少し上の年齢だろう。パーマをあてた短めのヘアスタイルが、いずみの目には少し野暮ったく映った。

徳下に訊《き》かれ、いずみは緑茶を求めた。彼は円卓をめぐって参加者ひとりひとりにペットボトルと紙コップを配ってゆく。

「飯もって期待してたんだけどなあ」

いずみの右手からだった。

「ビールとかさ」

青みがかったワイシャツの男性がペットボトルをふりながら、こちらを見てニコリと笑う。「ね？」

いずみは手もとの緑茶に視線を戻した。男性はパーマの女性よりずっと若く、すっきりした短髪をさらっと茶色に染めていた。会社員のようだが、ちょっと軽薄な印象だ。

「だって集合場所が中華料理屋なんだもん。仕事帰りにわざわざ出向いたわけだし、それくらいいって思っちゃうでしょ」

「申しわけございません。交通の便がよく、落ち着いて話し合える場所というのがここくらいしか見つかりませんで」

「まあ、いいですけど。でも、こんなつぶれた店舗を借りるって意外とむずかしくないですか？　仕事柄わかるんですよ、そういうの。もしかして依頼人の方って、けっこう立派な身分の人だったりします？」

「コナガワ物流の社長だ」白髪の老人が不機嫌そうに答えた。「手紙に名前があった。検索くらいしてないのか」

「へえ、やっぱお金持ちかあ。いや、すんません。これでもわりと忙しい身なもんで」

照れたように頭をかくワイシャツの男に、老人が顔をしかめた。

徳下が最後に飲み物を配った相手はパーマの女性の左隣、いずみの正面に座るスタジアムジャンパーの男性だった。彼はコーヒーのミニボトルに手をつけるでもなく、礼をいうでもなく縮こまってうつむいている。

「では、お飲み物も行きわたったようですし――」

「その前にいいかしら」

徳下の進行をパーマの女性が遮った。

「いちおう確認したいのだけど」

戸惑いと警戒がまじった口ぶりだった。

「手紙にあったとおり、ここでの会話はここだけのものなのね？」

「そうです」と徳下が即答する。

「じゃあ、名乗り合わなくていいという約束は守ってもらえるのかしら」

「もちろんです。お名前をはじめとするみなさまの個人情報を、わたくしがほかの方に明かすことはありません」

「おれはべつにいいですけどね。隠すほどたいした人間でもないし」ワイシャツの男性が割り込んだ。「ま、みなさんに合わせますよ。でも、君やあんたやAさんBさんじゃ話しにくいし、せめてニックネームがほしいと思いません？」

ワイシャツの男性といっしょに徳下が、ほとんど同時にほかの面々を見渡した。

「あんたはどう？　ずっと黙ってるけど」

ワイシャツの男性に手のひらで指され、スタジャンの男性がおどろいたように顔を上げた。

「お、おれは……」

「あ、ごめんごめん。無理にしゃべらそうってつもりじゃないんだ」

勝手に切り上げ、ワイシャツの男性は座り直す。

「おれから自己紹介させてください。呼び名はハタノで。波に多いに野原のノで波多野。

三十一歳、仕事は賃貸マンションの営業っす。嘘か真《まこと》かは、ご想像にお任せします」

これでいい？　と徳下を向く。

「けっこうです。仮に嘘でもわたくしは指摘いたしません」

満足げに笑みを浮かべた波多野が、白髪の老人を見やった。

「保坂伸継《ほさかのぶつぐ》。本名だ」

老人は、そういってむすっと口を結ぶ。

「わたしは――」と、ためらいがちにパーマの女性。「こういうのは苦手なのよ。AとかBでもいいのだけど……」

「好きな芸能人とかでいいんじゃないですか」

「じゃあ……イクタにしようかしら。生田斗真《とうま》くんの」

波多野が「似合ってますよ」と適当な合いの手を入れた。

「あんたはおれがつけてもいい？　あんた強そうだからドウザン。力道山《りきどうざん》の道山ね」

スタジャンの彼はうつむいて答えず、そのまま道山が採用となった。

「君はどうする？　ご希望なら考えてあげるけど」

「――片岡いずみ」

がたっと椅子の音がした。道山がこちらを見て口をパクパクさせていた。しん、と空気が固まった。波多野の合いの手もなく、保坂は目を吊り上げ、生田は手で口を押さえおどろきを表している。

「みなさま」徳下の、緊張感のない声が呼びかけた。「無用な詮索《せんさく》や邪推はおひかえいただくよう願います。疑心暗鬼や不和は、有意義な議論のさまたげになりかねません」

同意を得るように面々を見回す。

「繰り返しになりますが、ここでの会話はここだけのものです。みなさまの発言が週刊誌やワイドショウに流れることも、たとえば捜査関係者の耳に入るようなこともありません。ぜひとも自由闊達《かったつ》に意見を交わし合っていただければと思います」

「徳下さん」

いずみが尋ねる。

「お礼についても、ちゃんと説明してください」

「もちろんです」

徳下が大きくうなずいた。

「しかし、いましばらくお待ちください。まずはこの会合の趣旨をご説明しなくてはなりません」

お送りした手紙との重複もありますが、と断ってからつづける。

「依頼主は吉村秀樹氏。さきほど保坂さまがおっしゃってくださったとおり、株式会社コナガワ物流の代表取締役社長であらせられます。ご記憶の方もおられるかもしれませんが、秀樹氏は四月に湖名川シティガーデン・スワンで起こった無差別銃撃事件において、お母さまである吉村菊乃さんを亡くしておられます」

湖名川シティガーデン・スワンで起こった無差別銃撃事件――。その文言が発せられた瞬間、部屋の空気は張りつめ、いずみはみぞおちのあたりに痛みを感じた。

「日曜日にスワンへ出向きスカイラウンジでゆっくりランチを楽しむ。それが彼女の習慣だったそうです。犯人の男たちが最初の銃弾を放ったときも、菊乃さんはスカイラウンジのテーブルについていてらっしゃった……。今夜ここにお集まりいただいたのは、あの日菊乃さんとおなじように事件に巻き込まれ、そして無事生き残った方々なのです」

互いが互いを、かすかに探る気配があった。

「みなさまの貴重なお話を、どうかわたくしにお聞かせくださいますようお願い申し上げます」

「なんで？」波多野が訊く。「ご指名の理由は当然そうだろうって思ってたけど、手紙には具体的な目的が書かれてなかったよね」

スワン事件について情報提供をしてほしい――要約するとそのような文面だった。

「犯人は死んでる。ふたりとも自殺した。それは警察も認めてるんでしょ？」

「はい。大竹は白鳥広場で、丹羽はスカイラウンジで」

大竹は自らを日本刀で突き刺し、丹羽はこめかみを模造拳銃《けんじゅう》で撃ち抜いた。

呼吸を、いずみは整える。

「だったらいまさら、何が知りたいわけ？」

「もっともなご質問です」

すべて想定内とでもいうように、徳下はよどみない。

「本題はここからです。まず第一に、依頼主である秀樹氏にとってお母さまはとても大切な存在だった点にご留意ください。愛する母親のとつぜんの、そして理不尽な死に対する怒りと哀しみと困惑が、この依頼の動機であるとご理解いただきたいのです」

「金銭が目的じゃないというんだな」

「そのとおりです」保坂の確認に徳下が応じる。「わたくしが知るかぎり、菊乃さんの死は制度上なんら問題なく対応されています。その点に異議を差し挟む余地はごくわずかしかございません」

生命保険金絡みのようなもめ事はないということだろう。事件から半年が過ぎているうえ、秀樹の社会的地位を考えれば説得力があるといずみは思った。反面、ごくわずか、というまどろっこしい言い回しが引っかかる。

「第二に、警察の捜査は被疑者死亡をもって完了しています。犯人の男たちが模造拳銃を製造した過程だとかの周辺捜査はつづいているようですが、あくまで補足的なものでしょう。そもそも警察が犯行の認定以外に興味をもっていたかも疑問です」

「どういう意味？」

生田が、こわごわと手を挙げた。

「犯行の認定って……、あいつらが、みんなを殺したってことよね？」

「はい。正確には殺害にいたらなかったぶんも含め、犯人がいつどこで誰をどのように傷つけたかです。あの混乱のなかで転倒や不慮の接触によって怪我をされた来場者もいらっしゃいましたから、警察はスワンに設置された防犯カメラを検証し、じっさい犯人が手にかけた被害者を特定していったと思われます」

生田が、挙げた手を頰に移した。

「えっと……それで充分じゃないかしら？　だって殺してまわったのは犯人の奴らなんでしょ？　それ以外はべつに……」

「ごもっともです」

徳下は玩具《おもちゃ》の人形みたいにうなずく。「犯人の動きを特定するのが最優先なのは当然です。しかし逆にいうと、それ以外を念入りに調べる必要性は低い。本館は相当な面積がありますし、来場者も数万人規模だったと聞きます。何もかも把握するのはむずかしく、さほど重要でもない。警察がそう判断するのは妥当です。見逃しの余地はあるのです。たとえば犯人たちの銃撃の外側で、何か犯罪行為があったとしても」

え……。声にならない声が、生田の口もとからもれた。

「馬鹿な」保坂が苛立ったように吐く。「火事場泥棒くらいあっても不思議じゃないが、ならば被害届が出ているだろ」

「被害者が死亡していたらどうでしょう」

保坂が絶句した。

「事件のさなか、スワンのどこかで犯罪行為があった。その被害者は、犯人によって命を絶たれてしまった。この場合、最初の犯罪行為を訴えるすべがありません」

生田が口もとを手のひらで覆う。

「失礼しました。あくまで仮定の話ですのでお気になさらず」

「いやいや」波多野がテーブルへ身を乗り出した。「でもつまり、そういうことですよね？　犯罪行為かどうかはともかく、吉村社長はお母さまの死に何か不審を抱いてらっしゃって、隠された真実をあきらかにすべくあなたを雇ってこのお茶会を開いたと」

「否定はいたしません。真実をあきらかにしたいという意味では」

「だったらその娘を質《ただ》せばいい」

保坂の尖った口調が耳を叩《たた》いた。

「菊乃さんは事件が起こったときスカイラウンジにいたのだろう？　何か隠しているとすればその娘以外にいないじゃないか」

「まあまあ、保坂さん」波多野が苦笑まじりにいさめる。「そんなふうにトゲトゲしたらかわいそうでしょ。この子だって被害者に変わりないんだから」

乱暴に鼻を鳴らす保坂の様子が目の端に映った。

徳下がなだめるようにいう。「秀樹氏の希望は誰かを吊るし上げることではありません。犯行時のスワンで何があったのか。目的はそれを知ることで――」

「お礼の話を」

いずみの発言に、徳下の声がやんだ。

「わたしの目的はお金です。それ以外は興味ありません」

つるつるのテーブルを見つめ返事を待った。保坂のほうは見なかった。波多野や生田から、ぎょっとしたような視線を感じる。

「――かしこまりました。では、みなさまへのお礼について説明します。この会は毎週金曜日、計四回を予定しております。一回につき二時間以内。出席の時点で交通費を三千円、一時間以上の参加で一万円をお支払いいたします」

ひゅう、と波多野が口笛を吹いた。

「参加不参加はその都度自由ですが、皆勤の方には別途二万円の皆勤賞をご用意します。以上は出席のみを条件とした基本給のようなものです。加えて毎回、上限三万円のボーナスを設定しております」

「役に立ったらもらえるということかしら」

当然そうだろうと思われた生田の確認に、徳下はうなずかなかった。

「便宜上ボーナスと申しましたが、基本的には報酬の一部とお考えください。いわば『真実を話していただくこと』への対価です。言い換えると、『偽りを述べた場合』は減額の対象とさせていただきます」

ぴりっと空気が尖るのを感じた。

「現時点で嘘の氏名を名乗ってる可能性があるけど？」と波多野。

「この会の目的は菊乃さん殺害の真実をあきらかにすることです。あるいは悲劇の総括」

その言葉に、いずみは思わず顔を上げた。

徳下と目が合った。反射的にそらしてしまう。喉の渇きを覚えた。

「ともかく」と、徳下がつづける。「この目的に関わらない嘘は不問といたします。そうでない嘘――我々を真実から遠ざけるような嘘があった場合は、内容を考慮したうえで減ずる額を決めさせていただきます。最悪の場合、たったひとつの嘘で三万円が消える可能性もあるとご理解ください。真偽の判定と減ずる額の決定は、僭越《せんえつ》ながらわたくしが独断でさせていただきます」

「真実かどうか、君が見抜ける根拠はなんだ」

「NO《エヌオー》動画をご存じでしょうか」

保坂の質問に、徳下が問いで返した。

「犯人たちがみずからの犯行をリアルタイムで録画した映像です」

大竹のものがO動画、丹羽のものがN動画と呼ばれているのだと補足を入れ、

「一時間の動画が六つのファイルに分割され、アップロードされています。規制がかかっている現在、閲覧はむずかしくなっていますが、わたくしは計十二個のファイルをすべてもち、そして穴が空くほど繰り返し観ているのです」

犯行の全容をほとんど把握するほどに、と加える。

「秀樹氏が警察から得ている情報もあります。証言の真偽判定はこれらを参照のうえ行います。誤りなきよう細心の注意を払うつもりですが、減額を理不尽に感じることもあ

ろうかと思います。よってこのお金は、あくまでボーナスとお考えいただければと思うのです」

「減らしたぶんを懐に入れる気じゃないのか」

「ならばここでわざわざお伝えしません」

徳下が即答、文句はなくなった。

「報酬について最後にひとつ。四回のうちに秀樹氏が求める疑問を解決できた場合、ひとりあたり五万円をお支払いいたします。これは出席回数にかかわらず、ここにおられる全員が対象となります。また、たとえば二回目で解決となったさいは三回目、四回目の報酬も含めて全額お支払いさせていただきます」

「皆勤と正直と解決でＭＡＸ二十三万か。えらく太っ腹ですねえ」

波多野の口ぶりに皮肉めいた響きがあった。

「ま、もらえるもんはありがたくもらいますけど。で？　その疑問ってのはなんなんです？」

「なぜ、吉村菊乃さんが殺されたのか」

不意打ちをくらったような気配が満ちた。

変わらぬ調子で徳下がつづける。

「午前十一時ちょうど、丹羽佑月が白鳥広場で、大竹安和が黒鳥広場で、それぞれ犯行を開始します」

その後、丹羽は二階フロアを黒鳥広場へ、大竹は一階フロアを白鳥広場へ。ふたりは向かい合う恰好《かっこう》で進みながら犯行をつづけた。

「犯行開始時刻、菊乃さんはまだスカイラウンジにいらっしゃった。なのになぜか、一階のエレベーター乗り場で被害に遭うのです」

本館一階のいちばん奥、黒鳥の泉がある噴水広場で。

「スカイラウンジへつながるエレベーターのそばで倒れ、二発の銃弾を浴びています」

「騒ぎに気づいて逃げようとしたんでしょ？　そこを撃たれた」

「ちがいます」波多野の意見を、徳下ははっきりと否定した。「ちがうんです」

その声に、かすかな力みを感じる。

「先入観を与えたくありませんので、お伝えする事実は最小限とさせていただきます。まず、菊乃さんが撃たれたさいの状況です。これはスワンの防犯カメラによって確認できたのですが、犯人はフロアとエレベーターにまたがってうつ伏せに倒れていた菊乃さんを撃ち殺しています。彼女の身体は上半身がエレベーターの中、下半身がフロアのほうにはみ出しており、そして撃たれたのは後頭部と背中です」

謎かけに戸惑うような沈黙を、「あら？」と生田が破った。

「はい、お気づきのとおりです。状況は、彼女がエレベーターを降りたときに倒れたのではなく、エレベーターに乗ろうとして倒れたことを示しています」

空気が重さを増す。保坂のほうからうなるような息づかいが聞こえた。

逃げるなら、まっすぐ出口へ向かえばいい。なのに菊乃は、エレベーターに乗ろうとしていた――。

「次に死亡推定時刻です。菊乃さんが亡くなったのは午前十一時よりももっとあと――正午前後とみられています」

椅子が鳴る。目を見開いた道山が、後ずさるように身体を起こしていた。

さて――。何事もなかったように徳下が告げる。

「まずは事件発生時刻に、みなさまがどこにいらしたか。そこからはじめましょう」

入り口をふさぐかたちで置かれたホワイトボードに、いずみは少しばかり威圧感を覚えた。ボードには横長の紙が三枚貼られていた。三枚ともにおなじ図形が描かれている。長い廊下のような見取り図だ。上から3F、2F、1Fとならぶそれがスワン本館を表しているのは一目瞭然《りょうぜん》だった。右端の大きな円は白鳥広場だ。3Fと2Fの図には別館へつながる連絡通路も描かれている。逆側には黒鳥広場があり、3Fの紙にはスカイラウンジの略図もある。ぱっと見、かなり詳細な図面のようだ。

それぞれの噴水広場に丸いマグネットが打たれていた。白鳥広場のものには丹羽、黒鳥のほうには大竹と書かれている。

「十一時、ふたりはこの位置から犯行を開始しました」

ボードの前に立つ徳下が道山を向いた。

「道山さま。いらっしゃった場所をご記憶ですか」

スタジャンの男は身体を丸め、叱られた生徒のように答えた。

「……一階の、花壇の辺りに」

徳下が手にしたバインダーに何やら書き込んだ。それからおもむろに、マジックで「道山」と手書きされたマグネットを1F図の中央付近に打った。

スワン本館にはエスカレーターを備えた大きな吹き抜けが左右の噴水広場のあいだに五つある。徳下の見取り図では右の白鳥広場に近いエスカレーターから㋐、等間隔に㋑、㋒とつづき、黒鳥広場の手前が㋔といった具合に名づけられていた。道山がいう一階の屋内花壇は吹き抜け㋒の場所に位置し、かわいらしいリラの花をいっぱいに咲かせるこの花壇は、噴水広場とならぶ定番の待ち合わせスポットだ。

「生田さまはいかがですか」

「あまりよく、憶《おぼ》えていないのだけど……」ゆるいパーマがかたむいた。「二階の、眼鏡屋さんの前だったんじゃないかしら」

「『キノメガネ』でしょうか」徳下の確認に、「たぶん……」と不安げに返す。

そんな「たぶん」があるだろうか。いずみの頭を疑問がかすめた。

徳下はかまうことなく「生田」のマグネットを2F図の左のほうに打った。黒鳥広場にもっとも近い、エスカレーター㋔のそばである。

二階と三階は、フロアの中央がずっと吹き抜けになっていて、左右に通路がわかれている。行き来するには渡り廊下を使わねばならない。各エスカレーター間に三本ずつある渡り廊下も見取り図には描き込まれていた。

わかれた通路の片方――見取り図で上部にあたるほうは「駐車場側」としてあった。ぴったりおなじ長さの立体駐車場がくっついているからだろう。

反対の通路は「貯水池側」とされていた。生田のマグネットが打たれたのは駐車場側通路だ。

報道によると、立体駐車場では慌てて車を発進させた人々によって衝突事故が多発していたという。車と車がぶつかる激しい音やクラクション、神経を逆なでする防犯ブザーといった騒音に尻込《しりご》みし、フロアから逃げそびれた者もいる。それが理由で被害に遭った者も。しかし彼らを間抜けと笑うのは、しょせんあの混乱の中にいなかった連中だといずみは思う。

「保坂さまは」

「三階だ。その図でいう㋐の、白鳥寄りのところだ」

「駐車場側通路ですか?」

「『モルゲン』というアウトドアの店にいた」

へえ、という嘆息。波多野だ。

「登山がご趣味で?」

「君になんの関係がある」

「こりゃ失礼。お呼びじゃなかったですね」

肩をすくめ、「じゃあ次はおれが」と右手を挙げる。

「黙秘します」

みな、徳下に負けないくらい目を丸めた。

「べつにいいんでしょ？　嘘さえつかなけりゃ」

「いえ、さすがに困ります」

徳下が淡々という。「黙秘を認めれば真実の解明は遠のいてしまいます。消極的妨害とみなし、嘘と同様、『故意に重要な情報を隠すこと』として減額の対象とさせていただきます」

「答えたくない質問でも？」

「くだらんことでゴネるな」保坂が怒ったように吐いた。「たんなる居場所の確認じゃないか」

「そうなんですけどねえ。でも答えたくないんですよ。あ、答えたくない理由も答えたくないんで、もうオール黙秘ってことでお願いします」

「わかりました。もし気が変わりましたら会の終了までにお声がけください」

妙な空気になった。道山や生田がそわそわしだした。むっつりとする保坂の目つきも鋭い。

波多野が投げかけたのは黙秘というやり方ではなく、「この場で真実を語ってもいいのか？」という問いかけだった。いずみはざわざわするお腹を押さえ、きつく瞼《まぶた》を閉じる。

「片岡さま」

小さく息を吐く。

「いらっしゃった場所を教えていただけますか」

目を開ける。ホワイトボードに貼られた見取り図へ向く。

「わたしは――」

半年前の午前十一時。風のない春の陽気、青い空。

「スワンにいませんでした」

「なんだこの茶番は！」

テーブルを叩くや、保坂がいきおいよく立ち上がった。

「わたしがこの会に参加したのは被害者の無念を弔うためだ。遺族に真実を伝えるのが生き残った者の使命だと思うからだ。それがどうだ？　黙秘にあからさまなでためとくる。こんなものに付き合ってられるかっ」

いずみは彼のほうを見なかった。口をつぐみ、テーブルを見つめた。

となりから波多野の苦笑が聞こえた。「心外だなあ、保坂さん。話したくないから話さないってふつうでしょ？　取り調べじゃないんだし」

「だから茶番だといってるんだ。金で釣るようなふざけた条件も人を馬鹿にしている」

「あなたが報酬を返上するのは自由ですけど、おれはごめんですね。無給労働は会社と家庭で間に合ってるんで」

冗談めかして肩をすくめ、それに——、とテーブルに頬杖《ほおづえ》をつく。

「おれの黙秘はともかく、彼女が嘘をついてるとはかぎらないでしょ」

「十一時にスワンの外にいた人間が、どうして事件に巻き込まれる？」

「あとから建物に入ったのかも」

「みなが逃げだしている波に逆らってか？　話にならん」

保坂の視線が波多野から自分に移るのがわかった。

「君は恥ずかしくないのかっ。そんな責任逃れのような嘘をついてどうするつもりだ」

いずみは答えない。それが保坂の苛立ちに拍車をかけるのだとしても。

「知ってるぞ。君はスカイラウンジにいたんだろ？　そして囚《とら》われた人たちを見捨てた」

報道に、悪意があったとは思わない。少なくとも事件発生当初、片岡いずみの名が公になったのは、悲惨な事件に巻き込まれながら九死に一生を得た生存者としてだった。病院のベッドで過ごしたひと月とちょっと、母の計らいで事件報道にはふれなかったが、気の毒な女子高生に対する同情と励ましの声が寄せられていたのは想像に難くない。

そうした善意が引っくり返ったのは、五月の半ば。

「人間のすることじゃない」

聞き飽きた台詞。

「おなじ被害者としてくくられるのも不愉快だ。こうして顔を合わせていること自体が」

「いいかげんにしろって」

鋭い響きだった。思わずいずみは顔を上げ、波多野を向いた。

「週刊誌とネット掲示板の見すぎだっつーの。べつにこの子が進んで人を殺したわけじゃないだろ」

「犯人に差し出したようなものじゃないかっ」

「よくそんなこといえるなあ。あんたこそ、ほんとに事件の現場にいたんですか？　我先に逃げだした奴なんて腐るほどいたでしょうに」

保坂の動揺から、彼に向かう波多野の真剣な表情が察せられた。

「ほら。あんたが怒鳴るもんだから生田さんも道山くんもびっくりしちゃってますよ。そのままお帰りになるか深呼吸でもしてお座りになるか、選んだらどうです？」

「保坂さま」

徳下が口を挟んだ。「ご希望でしたら報酬は、秀樹氏が参加されている支援グループを通じて被害に遭った方々へお配りすることも可能です」

保坂がどすんと腰をおろした。真っ赤に上気した肌にしわが刻まれている。

「片岡さま。先ほどの質問のつづきですが、事件発生時刻、スワンではなくどこにいらっしゃったのでしょうか」

「――スワンのそばの、貯水池です」

ふたたび保坂から、文句をいいたそうな気配が漂う。

その前に徳下が仕切った。

「わかりました。では次に進みましょう。ここからはNO動画に沿って十分ごとの行動を伺ってまいります。まずは十一時から十一時十分です。ちなみにスワンの防災センターから警察へ通報があったのが十一時五分過ぎ。十分は、ちょうど館内に避難指示の放送が流れだした時刻となります」

この十分間、丹羽と大竹はそれぞれ犯行を開始した広場の付近にとどまっていた。

「片岡さまから伺ってもよろしいですか？」

「わたしは――」太ももの上で組んだ手に力がこもった。「貯水池からスワンへ向かっているところでした。道路を渡って、いちばん近くだったから……たぶん、屋内花壇の、黒鳥広場寄りの出入り口から、だと思います」

「おかしい」またもや保坂だ。「貯水池側の出入り口には避難客が殺到していたはずだ。屋内花壇にいた大勢の人たちがな。それに逆らって進んだだと？　つじつま合わせにしか聞こえん」

「保坂さま。ご意見があればのちほど伺います。わたくしの聞き取りを遮るのはご遠慮ください」

保坂が黙るのをたしかめ、徳下がこちらへ顔を戻した。

「館内の異状には気づいていたのですね？」

「それは、入ってすぐ。避難の放送が流れてたから」

「けれど中へお進みになった」

「待ち合わせをしていたんです。――友だちと」

古館小梢の、整った顔が脳裏に浮かぶ。

「その子のことが、心配で」

「待ち合わせ場所へ向かった、ということですか」

「――そうです」

徳下が、ペンでバインダーに何か書き込んだ。

「電話で連絡を取ろうとは思いませんでしたか」

「いちおう、スワンに入る前に一度つながって……。でも、まともに話せませんでした」

混乱でいっぱいだった。冷静な判断ができないほどに。

「待ち合わせの場所はどこだったのでしょう」

「――キッズショップの辺り」

ふむ、とバインダーの紙をめくって確認してから、「この辺りですね」とホワイトボードの3F図、黒鳥広場のほうにある吹き抜け㋓の付近を指す。

いずみが黙っていると勝手にうなずき、

「なるほど。わかりました」

拍子抜けするほどあっさり、徳下はいずみを解放した。

「波多野さま、お願いします」

「ここでペラペラしゃべったら、さっきの黙秘が意味なくなるよね」

「館内放送が流れたときの居場所ならどうですか」

「今日のとこは、まあ、やめときます」

攻撃的な鼻息が、保坂の席から聞こえた。波多野は平気な顔で受け流している。

「では次に――」

「あのう」

生田がおずおずと手を挙げた。「急いでもらえません？　わたし、そろそろ帰らないと、息子が部活から帰ってくるのよ。あの子、ご飯の用意ができていないとすぐ怒るから……」

「かしこまりました。急ぎ足でまいりましょう」

まず保坂が語った。事件発生時は『モルゲン』でアウトドア用品を物色していた。館内放送まで騒ぎには気づかなかった――。直線距離でいうと丹羽が犯行を開始した白鳥広場はすぐそこだが、一階と三階のちがいが事件を遠ざけていたのだろうか。狭苦しい店内には保坂のほか若い男性店員がひとりいるだけで、その彼もとつぜんの館内放送におどろいた様子だったという。

生田は事情がちがった。本館二階にある眼鏡屋にいた彼女は吹き抜けから響く破裂音を耳にしている。黒鳥広場で大竹が上空に向け放った一発目の銃声だ。何事かと階下をのぞいた。すぐに二発目の銃声がして、悲鳴や怒号が聞こえ、次いで逃げ惑う人々の姿が目に飛び込んできた。

パニックで頭の中が真っ白になったと彼女はいう。

「しばらく動けなくて……イベントか何かじゃないかしらって。でも銃声はどんどんするし、みんな走りだしちゃうし、とにかく、動かなくちゃと思って、たぶん、ちょっとふらふらと、その場を離れたのね」

「黒鳥広場から遠ざかる方向へですか」

「ええ、そう。みんなについていく感じで」

「館内放送はどこで聞いたのですか」

「それはちょっと、よく憶えてないのよ。だって通路はまっすぐだし、どこも似たような感じでしょ？　ほら、カッとなっちゃうと、そういうことってあるじゃない？」

ええ、そうですね、と徳下は子どもをあやすように大きくうなずく。

「階の移動はしませんでしたか」

「たぶん」

「ずっと駐車場側の通路を？」

「ええ、おそらく」

「脇道にあるトイレや喫煙所へ逃げ込もうとは思いませんでしたか」

「それは……それはあなた、そんなふうに頭は回りませんよ。だって怖かったんですよ？　仕方ないじゃないですか」

ふくよかな生田の頬が、いっそうぷっくりふくらんだ。

「もういいかしら？　これ以上話せることはありません」

「はい、けっこうです。ありがとうございました」

「おれは――」

待ちきれないといったふうに、

「何もしてないっ」

道山が小さく叫んだ。

「おれは……」

呆気《あっけ》にとられる面々を見もせず、

「何もしてないんだっ……」

手のひらを目頭に当てる。

頭の片隅が、じわりと湿る感覚があった。道山が流す涙とちがい、自分のそれは毒の水だといずみは思った。

とっさに北代医師の水槽をイメージした。かすかなゆらぎしか存在しない静寂の空間。ゆれそうになる心を、あの水槽に沈めなくては。

「そんなふうにいわれると、何かしたのかなって思っちゃうけど」

波多野のつぶやきに、道山が血走った目を剝《む》いた。

「冗談だってば」

「道山さま」徳下に動揺はいっさいない。「十一時から十一時十分までの行動をお聞かせください」

彼はふたたびうつむき、目もとをぬぐった。「花壇の辺りに、いた」

「十一時からずっとですか」

「そうだよ」

不貞腐《ふてくさ》れたような口ぶりだ。

「お店にご用があったのですか？　それとも誰かを――」

「どうでもいいだろっ。あんたがいう、菊乃って人の事件とは関係ないんだから！」

「たしかに」

興奮を持て余したように、道山は自分の口もとを拳《こぶし》で打った。ぎりっと指を嚙《か》んでいた。

「よく、わかりました。本日はここまでとしましょう」

しばしお待ちを、と断って徳下が小部屋を出た。居心地の悪い沈黙がおとずれた。うずくまるように身を丸めている道山、しきりと紅茶を口にする生田、忌々しげに歯ぎしりをしている保坂、だらしなくテーブルに突っ伏す波多野。身を硬くし、お腹を押さえている自分。親睦《しんぼく》を深めようなんて雰囲気は少しもない。

やはり、失敗だったのだろうか。こんな会、参加するべきじゃなかったのかもしれない。

「お待たせしました」

封筒を手に、徳下が戻ってきた。

「みなさま、ほんとうにお疲れさまでした。本日の謝礼です」

それぞれに配って回り、

「これにて一回目の会合を終わります。また来週、おなじ時刻にお待ちしております」

散会を告げた。

後ろ髪を引かれる気分で半地下の階段をのぼった。空はすっかり夜に染まっていた。通り沿いの軒先に明かりが灯《とも》っている。秋の夜風が、薄着にちょっと涼しすぎる。ひときわネオンが光るパチンコ屋の手前で、背後からププッとクラクションが聞こえた。

「お疲れさん」

乗用車が、いずみのそばに停まった。

「電車で帰るの？　よかったら送ってくよ」

運転席から身を乗り出した波多野の表情が、一瞬で凍りついた。

「そこまで、嫌がんなくても……」

戸惑いをごまかすひきつった笑みに、いずみは言葉を返せなかった。

自分でも異常な反応だと思う。たんに背後からクラクションを鳴らされただけ。けれどいずみの肌は汗を垂れ流し、血液は凍りついた。

「ごめん。デリカシーなかったかな」

身構え、いまにも叫んで走りだしそうないずみを気づかうように、波多野がつづけた。

「今日のことで誰かと少し話したくてさ」

動悸《どうき》がおさまってきた。波多野に悪意は見てとれない。保坂の追及から守ってくれたことを思い出す。

何よりいずみも、さっきの会合について誰かと話がしたかった。

「車が嫌ならどっかカフェでもいいし。ちょっとだけ付き合ってくれたらうれしいんだけど」

後続車のヘッドライトに照らされた。路肩に停まる波多野の車を邪魔くさそうによけてゆく。

「……後部座席で、窓を開けてくれるなら」

「もちろん」

いずみが乗り込むや、波多野は新松戸駅の方向へ車を走らせた。三郷の近くまでと願ういずみに、「方向がいっしょでよかった」と彼は返した。

「まあ、みんな似たようなものだろうけどね。おれたちってようするに、スワン仲間なわけだしさ」

日本最大級のショッピングモールには県外からくる人たちも多いと聞くが、やはり大多数は周辺に暮らす地元民だ。

前を向いたまま波多野が尋ねてくる。「片岡さんもスワンっ子なの？」

「……わたしは、『ららぽーと』のほうが近いから」

三郷からひと駅のところにある、こちらも巨大なショッピングモールだ。スワンともたった三駅しか離れていない。

「そんな近くにふたつもつくらなくていいのにね。贅沢《ぜいたく》というよりわびしい気がしちゃうよ」

中学時代、地元の友だちとつるむときは『ららぽーと』、ちょっとおめかししたいときは『スワン』と使いわけていた。地元の友だちと距離を置き、高校に進学し、どちらからも足が遠のいた。四月のあの日も、ひさしぶりの訪問だった。

ここにはなんでもあるけれど、ほんとうにほしいものはない――。

丹羽佑月の声が、耳鳴りのようによみがえる。ぎゅっとお腹を押さえる。水槽の中をイメージする。

「生田さんちはだいぶ近いみたいだね。自転車だったから」

歌うように波多野がつづけた。「保坂さんは駅のほうへ歩いてったな。道山くんは逆方向へ」

「――見張ってたんですか？」

散会ののち、まっ先に席を立ったのは波多野だった。

「あそこじゃ声をかけづらかったからさ。誰を誘おうか考えたんだけど、片岡さん以外はちょっとしんどそうで」

うれしい気はしなかった。むしろなめられていると感じた。

「どうせなら有意義な意見交換がしたいじゃない？」

その点は同感だ。保坂たちはクセが強すぎる。話し合うなら自分も波多野を選んだだろう。

車は大通りを進んだ。

「まあ、変な集まりだよ」

信号が赤になったタイミングだった。

「だっておかしいでしょ？　事件のことが知りたいならひとりずつじっくり話を聞けばいいのに」

「――まとめたほうが手間にならないからじゃ？」

「四回にわけるほうが手間だよ。毎回五人ぶんの交通費や参加費を払うのも非効率的だし、ふつうに欠席もあり得るし。保坂さんみたいに高圧的な人のせいで口をつぐんじゃうリスクもある」

まさにいずみがそれに近かった。

「お互いの記憶をすり合わせるためかなとも考えたけど、釈然としないんだ。徳下さん、嘘は見抜けるみたいな感じだったじゃない？　でもそこまで情報あるならさ、そもそもおれたちの話を聞く必要ないでしょ」

信号が青に変わる。

「犯人の動画だけじゃなく、防犯カメラの映像も手に入れてるっぽかったよね。でなきゃ嘘を見抜くなんて無理だろうから。でもだったら、それを隈《くま》なく観ればさ、菊乃さんの死の真相なんてだいたいあきらかになるんじゃない？」

おぼろげに波多野の疑問がわかった。いずみたちの嘘を見抜けるほど情報をもつ一方で、菊乃の死に対する疑問を解決できないという矛盾。

ただし――。

「防犯カメラは、ほとんどの店舗についてなかったって、報道か何かで見ました」

ネットの掲示板だっただろうか。フロアの共用部には運営側のカメラがあるが店舗についてはそのかぎりでなく、設置は借主の任意だ。売り場面積にもよるが、ショッピングモールでの設置率は一般的にも低いという。

そして――。

「スカイラウンジにも、カメラはなかったはずです」

「へえ」波多野が大げさに感嘆した。「くわしいね、さすがに」

いずみは黙った。相手の口調に悪意を探してしまう。これも事件以降に身についた習性だ。

「でも菊乃さんが殺されたのはスカイラウンジじゃなくて黒鳥広場でしょ？　なら映像は残ってるんじゃないかな」

犯人は明白だ。でなければ警察が黙っているはずがない。

「おれは最初、殺《や》ったのは大竹だって思い込んでたけど」

場所が黒鳥広場だったからだろう。しかし死亡推定時刻がはっきり否定している。十二時前後、黒鳥広場にいたのは丹羽だ。

「とはいえ、『だからなんだ？』って話だよね。犯人が丹羽だろうが大竹だろうが、そんなに変わりゃしないでしょ。ま、菊乃さんがエレベーターに乗ろうとしてたってのは気にならなくもないかな。身内のことだったら、ね」

他人にとっては些細《ささい》なこと――そんな本音が滲《にじ》んでいた。

「ほかにもネタがあるんだろうけど……でも徳下さん、よくできたアンドロイドみたいじゃない？　腹で何考えてんだかぜんぜん読めない」

悲劇の総括――そう口にした徳下と、目が合ったのを思い出す。おかしな言い方だが、こちらを向いたあの眼差《まなざ》しは、妙に人間っぽかった。居心地が悪くなるほどに。

車が南流山を過ぎてゆく。

「もしさ」波多野の口調はわざとらしいほど軽かった。「もしも、吉村社長がNO動画とか防犯カメラとか、警察の捜査情報だとかをちゃんと手に入れててさ。それを吟味したうえで何か不審を抱いているんだとして。だったらよけいに手当たり次第声をかけるなんて真似はしないと思う。すぐ避難しちゃったような、関係ない奴らを集めたってしようがないから」

「――わたしたちは、それぞれ理由があって声をかけられたと？」

「かもしれない。片岡さんの場合はわかりやすいよね」

スカイラウンジの生き残りだからだ。保坂もいっていたが、菊乃の動きを知るためには欠かせない証言者だろう。

「でもほかの人はよくわからないな。おれもふくめて」

江戸川にかかる橋が見えてくる。車が詰まっている。

「あのお茶会は、もしかして、懲らしめるためにやってるのかもしれないね」

「懲らしめる？」

「社長には目をつけてる人物がいて、そいつを狙い撃ちにしてるってこと。複数人を一堂に集めたのは吊るし上げるためでさ。ほかのメンバーはたんなる数合わせ」

「でも、それだと」

「うん。誰が吉村社長のお目当てなのか、気になるよね」

波多野の推理に不自然さはなかった。ただ一点、彼自身のこと以外は。

「もちろん、ぜんぶ社長の勘ちがいって可能性もある。菊乃さんは気の毒な被害者のひとりで、事件に裏なんてない。社長はあらぬ妄想にとりつかれてお金と労力を無駄にそそいでいる」

「……徳下さんも、無駄とわかってつき合ってるってことですか」

「だから黙秘してみた」

「え？」

「あの人がどこまで本気かたしかめたくてさ」

黙秘の宣言に対し、ふいをつかれた気配はあったものの、さほどの動揺は感じなかった。

「興味がないのか事務的にお仕事をこなしてるだけなのか。でもよく考えたらあんまり意味なかったな。だって嘘が見抜けるのがほんとなら、おれが話しても話さなくても彼にとってはいっしょだもんね」

いずみは応じなかった。徳下の真意を見抜くヒントはある。帰りぎわに手渡された最大三万円のボーナスだ。会合の目的を邪魔する嘘をついた場合のみ減額すると徳下はいっていた。黙秘を選んだ波多野の場合は参考にならないが、この金額から徳下がもっている情報の精度を推し量ることはできるだろう。

君は幾らだった？——波多野に訊かれたら、どう答えようか。

進まない車列にハンドルから手を放し、いずみに視線をよこしてくる。

「社長の正気は怪しい。けど、怪しさならおれたちだって負けてない。こんな怪しい誘いにのってるんだから」

「――わたしの目的はお金です」

「おれもそれ。嫁さんの命令。金がもらえるならどこへでも行ってこいってケツ叩かれちゃってさ。あんたの稼ぎじゃ子どもの学費もままならないって」

やれやれと頭をかく。

「でも、ほかのみんなはどうなんだろうね。保坂さんはリタイア組かな。生田さんは所帯じみてたね。道山くんはフリーター？　でもどうかな。のこのこやってきたくせに、あんなにびくびくした態度って変な気がする。たった一万円のために」

波多野のいうとおりだ。手紙の時点では「交通費と一万円ほどの謝礼」という記載しかなかった。皆勤賞や成功報酬、ボーナスについて聞かされたのはついさっきだ。

「高校生には大金でも、大人が目の色変える額じゃないよね」

最近の高校生も大金とは思わないのかもだけど、と茶化しつつ、

「何人に声をかけて、何人が断ったのか知らないけど、おれたちは集まった。保坂さんが主張したような正義の心なのか、お金のためなのか、もっとべつの理由か」

「べつの理由って？」

「こういう場合、ありそうなのはどっちかじゃない？　何かを暴きたいか、隠したいか」

「……隠したい人も、参加しますか」

うーん、とうなってから、「ウチの嫁さんって口が悪くてさ」と唐突に語りだす。「おれなんか毎日ぼろくそにいわれてんだよ。外じゃあ猫をかぶってるそうなんだけど、近

所のママ友とおしゃべりなんかしてるとうっかり、いつものくせできつい言葉を口にしちゃったりするらしくてね。で、あとでくよくよ悩むわけ。怒らせたんじゃないか、嫌われたんじゃないか。みんなに悪口をいわれてやしないか。ほっときゃいいのに気になってしようがないんだって」

眉《まゆ》を寄せたいずみへ、バックミラー越しに苦笑を見せる。

「嫌なもんなんだよ。自分のいないところで罪を暴かれるのは」

いずみは唇を結んだ。罪――という響きが胸に刺さった。

「ま」と、ハンドルに手を戻す。

「このお茶会、集めた側も集まった側も、いろいろ事情があるんだろうね」

ようやく前に進みだす。橋の上をのろのろ走る。開けた窓から涼しい夜風が吹き込んで、けれどじっとりにじむ汗がやまない。暗闇に沈む川面《かわも》から目をそらした拍子に、いずみは徳下から受け取った封筒の中身を思い出した。

三万円のボーナスは、予想通り、ゼロだった。

三郷駅の南口ロータリーで波多野とわかれた。最後まで、彼はボーナスの額について何も訊いてこなかった。あえてなのか忘れているのか、興味がないだけなのか、判断がつかなかった。いずみに声をかけたことからして、ほんとうに意見交換が目的だったのか。疑おうと思えばどこまでも疑えてしまう。

閑散とした駅前で、いずみは踵《きびす》を返した。ぐるりと商業ビルに囲まれ、遅くまで営業するチェーンの居酒屋もあるけれど、絶えず人が行き交うほどの活気はない。

目の前のコンビニを過ぎ、北口へ向かう。改札の明かりを右手に高架をくぐる。これがなければおどろくほど暗い道だ。北口のロータリーではタクシーがささやかな列をつくっていた。青白い車内灯の明かりとともにバスが走り去ってゆく。

いずみは左手へ、高架線路に沿って進んだ。背を丸め、うつむいて歩いた。この姿勢が外に出るための代償だった。背筋をのばして歩けないことをいずみは心から恥じていた。それは復学をためらわせる一因でもあった。

出くわした交差点を早稲田公園のほうへ渡る。ゆったりと店舗がならぶ地域の主要道路のひとつだが、営業中の店は少ない。心細さをやわらげてくれるのはすれちがう車のヘッドライトのほうだ。

パァン。

いずみの横をワゴンが、盛大にアフターファイアを鳴らしてすっ飛んでいった。思わず足が止まった。びくりと背骨が立った。鼓動が速まっている。

ちょっと前なら、あの程度の騒音にびくつくことはなかった。むしろ楽しんでいた時期すらあった。それがこのざまだ。音楽を聴いてごまかそうとしても周りの音がよけい気になり駄目だった。うまい処方箋《しょほうせん》は見つかっていない。

深呼吸を、ひとつ。硬直してのびた身体をかがめなおし、いずみは歩みを再開した。

気をまぎらわせるつもりで、今夜の集まりと波多野の推理を頭に浮かべた。

吉村秀樹が企画した会合、波多野の言葉を借りるならば「お茶会」。スワン事件で殺害された秀樹の母親、菊乃の死の真相を探ることが目的というが、すっきりしない点がいくつかある。

発端といえる菊乃の死に対する不審について、吉村秀樹氏の代理人をつとめる徳下は死亡時刻を根拠としてあげていた。犯行開始時刻、菊乃はスカイラウンジにいたという。死にもかかわらず彼女の遺体は黒鳥広場の一階、エレベーターの前で見つかっている。死亡推定時刻は犯行が終わりかけた十二時ごろ。これはいずみが知るかぎり、一般に報道された情報ではない。

十一時にスカイラウンジにいた菊乃が、十二時に一階のエレベーター乗り場で殺された——。いったい何がそこまでおかしいのか、なんとなくニュースを眺めているだけではピンときにくいかもしれない。

スカイラウンジでは九人が殺された。犠牲者には五歳の男の子もふくまれていた。このセンセーショナルな大量殺戮《さつりく》の現場について、マスコミは全力で報じている。間借りでなくスワンの直営店であったこと。運営会社の誰それというお偉いさんが発案し、建築上の困難や予算の問題を乗り越え実現したこだわりの場所であったこと。利用客の評判、従業員たちのコメント。

もちろんメインは、事件当日の状況と経緯だ。

事件発生から十分後の午前十一時十分。火災用の館内放送が異常事態を報《しら》せるなか、スカイラウンジの面々は疑心暗鬼で動けずにいたという。火事ならすぐに避難しなくてはならない。けれど下から銃声のような音がする。悲鳴も聞こえる。いったい何が起こっているんだ、どうすればいいんだ……。当日勤務していた店長の男性は動揺する客たちをなだめ、マニュアルどおり防災センターに問い合わせをした。しかし本館を管轄する第二防災センターは応答してくれない。急いで別館の第一防災センターへ内線電話をかけ、自分たちの状況を説明した。

店長から話を聞き終えた第一防災センターの警備主任は銃器を所持した暴漢の存在を彼に伝え、いったんスカイラウンジにとどまるよう指示を与えた。

このやりとりの数分前、第二防災センターが襲われていた。黒鳥広場と立体駐車場に挟まれたバックヤードは搬入出などに使われる従業員専用スペースで、その一角に警備員の詰め所はあった。襲撃者は大竹安和。猛然と駆け込むと同時に問答無用で居合わせた警備員たちを撃ちまくった。襲われた側はパニックだ。ともかく銃弾をかいくぐり、必死に逃げた。死者はなかったが、ひとりが肩に被弾した。

第一防災センターの警備主任はその報告を聞いたばかりだった。下手に現場に近づくより警察がくるまでスカイラウンジに籠城《ろうじょう》するほうがマシ。民間の警備員がどうこうできる事態じゃない……。とっさの指示にはそれなりの理由があったといえる。

結果は最悪だった。スカイラウンジは血の海となった。

誤算は、犯人たちの動きだ。黒鳥広場から第二防災センター、そして白鳥広場へ一階フロアを移動した大竹安和。一方で丹羽佑月は白鳥広場から黒鳥広場へ、二階フロアを進んだ。目的もゴールも、人数すら定かでない殺戮者を相手に百点満点で対応しろというのは無茶だ。警察ですら、迅速な対応とはほど遠いありさまだったのだから。

けれど半年前、事件をめぐる世の中の感情は沸騰していた。第一防災センターの警備主任は盛大に非難され、来場者より先に逃げた第二防災センターの面々に罵声《ばせい》が飛んだ。過熱したバッシングをおさめるための記者会見を開く警備員もいた。追及は厳しく、激しかった。まるで彼らが、死んだ丹羽や大竹の身代わりであるかのように。

早稲田公園入口交差点に着いた。右に折れると横長の大きなマンションが目に入る。さらに行くとマンションの向かい側に戸建てが目立ちはじめる。暗さが増す。身体の芯《しん》が寒気にふるえた。

問題は、こうした経緯のどこにも、菊乃がスカイラウンジを離れる理由がないことだ。防災センターの指示はステイだった。なのに彼女は一階へ下りている。

このあたりの事情を秀樹は知りたがっているのかもしれないが、するともうひとつ、疑問が浮かぶ。お茶会メンバーの人選だ。連絡先は警察かマスコミから手に入れたのだとして、しかしなぜこの五人だったのか。スカイラウンジの生き残りであるいずみはまだしも、ほかの四人と菊乃との接点が想像できない。少なくとも今日の話を聞くかぎりは関係していない。それとも波多野が推理したように、目当ての人物以外はたんなる数合わせなのだろうか。

目当ての人物。スカイラウンジの生き残り。

秀樹は——、古館小梢にも声をかけたのだろうか。いずみと同様、スカイラウンジで生き残った彼女にも。

——集めた側も集まった側も、いろいろ事情があるんだろうね。

道の先にドラッグストアの明かりが見えた。広い駐車場に駐《と》まっている車は二台だけだ。この角を駅へ戻る方向へ折れ、少し行ったところにいずみが暮らすハイツはある。ほんとうなら通りを交差点の手前で曲がるほうが近い。わざわざ遠回りするのは明るい道を選ぶため。これも事件のあと、自然と身についた習性だった。

静まり返る住宅地を歩きながら、ふと、おかしな気分になった。密室を恐れるようになったのも事件の後遺症だ。そのくせさっきまで、波多野の車に乗っていた。後部座席で窓を開けていたとはいえ、密室は密室だ。それも初対面の成人男性とふたりきりで、三十分近くも。しゃべりどおしで気にならなかっただけなのか。お茶会というイベントに感化されただけなのか。それとも、貧弱になった心が少しは回復しはじめているのだろうか。

事件の直後、救助されたいずみは市内の病院に運ばれ、そのまま入院した。自分ではよく憶えていないが、しばらく言葉を発しなかったらしい。脈絡もなく涙を流したりもしたという。とつぜん身体が痙攣《けいれん》することもあったそうだ。

あんな事件のことなんか、そのままぜんぶ忘れてしまえたらよかったのに。

耳にこびりつく丹羽のささやき。「幸せになるんだよ」。その直後に響いたドンという銃声。彼といっしょに、いずみも床に崩れ落ちた。目の前に、死体。死体、死体、死体。床に転がるバスの玩具、銀色の拳銃。血だまり。丹羽の体温。ガラス張りの天井の向こうに広がる青い空……。

その先の記憶はあわただしい。完全武装の警官隊、救急車、母の泣き顔に白いシーツ、点滴のチューブ……。そんな映像が、断片的に残っているだけ。音はない。すぐそばでドンと響いた銃声が、世界からにぎやかさを奪ってしまっていたから。

次にはっきり思い出せるのは病室での一幕だ。陽の光が差し込むベッドの上に寝ている自分。話しかけてくる見知らぬ男性。白衣でもなければ背広でもない軽装で、歳は三十代くらい。そこへやってくる母。男性と何事か言葉を交わし、とつぜん母が彼の頰をぶった。思いきり、燃えるような瞳で。

バチン、と音が響いた。その一撃が、夢心地だったいずみの意識をたたき起こした。男性がすごすごと退散し、母はいずみを抱きしめた。それからしっかり視線を合わせ、いずちゃん、あなたは悪くない——。

そういった。無理やりつくったみたいな笑みに、涙がひと筋流れた。きらきらと輝いていた。

五月半ばの出来事だ。それからしばらく、いずみは夢心地などといっていられない日々を過ごした。

街灯に、二階建てのハイツが照らされている。エントランスとも呼べない入り口の真ん前にスポットライトで強調されたみたく自転車が浮かんでいた。青い制服の男性が「おや」という様子でいずみのほうを向いた。

「いずちゃん！」

つっかけをパタパタ鳴らしながら駆け寄ってくる人影は、母の真澄《ますみ》だった。

ぐいっと両肩をつかまれた。

「もう！　こんな遅くまで連絡もしないで、心配したじゃないっ」

肌が赤く染まっていた。乱れた髪がほっぺたにくっついている。

「お母さん……」近所に響く彼女の声に気圧《けお》されながら、「……仕事は？」と訊いた。

平日の五日間、真澄はとなり町のマッサージ店でパートをしている。帰りはたいてい十時過ぎだ。当然今夜もと、いずみは思い込んでいた。

「早退したに決まってるでしょ」大げさなため息が返ってきた。「だってあなた、返信どころか既読にもならないし、電話にも出ないんだもの」

「……ごめん」

いいながら、いずみはスマホをマナーモードのままにしていた自分のうかつさを悔やんだ。カウンセリングのさいはいつもそうしているのだが、ふだんは帰宅してすぐ解除する。ミスしたのはお茶会に出かけたせいだ。事件からこっち、芹那をふくめ友だちとのやり取りを避けるようになって以来、意識しないとスマホの通知を忘れてしまう。

職場の休憩時間に真澄がメッセージを送ってくるのは毎度のことだし、返信しないとこうなることも予想できた。何せ彼女は、お茶会の存在自体まったく知らないのだから。

「片岡さん」

自転車の男性は中年の制服警官だった。「無事でよかったですね」とやわらかな笑みを真澄に向け、それからいずみにいう。「あまり心配をかけちゃいけないよ。捜索願を出そうかというくらい、お母さんは心配してたんだからね」

「はい、すみません」

「ほんとよ。縮んだ寿命を返してちょうだい」

真澄のぼやきに警官は「はは」と愛想笑いで応じ、「では」と自転車に乗りかけた。

そのときだった。

「ええっ？」

真澄が素っとん狂な声をあげ、いずみは胸にぎゅっと痛みを覚える。

「いや、あの、待って。待って待って。え？　冗談ですよね？　まさか、あなた、いま、帰ろうとしてます？」

目をむく真澄に、むしろ警官のほうが「え？」という顔になっていた。

「いやいやいや」

真澄はひきつった笑みで、

「おかしいですよね？　だってあなた、まだ、いずみがどこへ行ってたのかも、何をしてたのかも、ぜんぜん訊いてないですよ」

詰め寄られた警官が困惑を強くし、その様子がさらに真澄を高ぶらせる。「この子が誰かにつきまとわれて、だからこんな時刻まで逃げ回ってたのかもしれないって、それくらい考えないんですかっ」

「片岡さん――」

「ちゃんと仕事をしてっ。お願いだから、ちゃんとっ」

「お母さん」

たまらずいずみは、後ろから包むように彼女の肩を抱いた。

「大丈夫。わたし、大丈夫だから」

「嘘っ。大丈夫なんかじゃない！」

「お母さん。ウチに戻ろう。お風呂《ふろ》に入って、それからちゃんと話すから」

声を荒らげる真澄の背中を、いずみはさすった。近くの家の窓が開く音がする。謝りたい気持ちを押し殺し、気づかないふりをした。いずみの目配せに、警官が察したように小さくうなずいた。何かあったら連絡を――と、気遣わしげな表情から伝わってくる。

真澄をハイツへ誘導し、ゆっくり階段をのぼった。道に面してならぶドアの、右端の部屋が母娘《おやこ》の住まいだ。真澄はうわ言のように「いずちゃん、いずちゃん」とつぶやいている。

この発作には、もう慣れた。ぱっと燃え上がってすっとおさまる。落ち着けば、いつもの明るい母に戻る。

シャワーを浴びたあと、真澄はビール片手に「ごめん、ごめん」と照れながら謝るだろう。「こっちこそ」といずみは返すつもりだ。それから今日のことを説明する。カウンセリング終わりに映画を観たくなって街へ出かけた。気が変わってファストフード店でだらだらしていた……。

だったら連絡くらいしなさいよ——そんな文句をいいながら、けれど真澄は、内心よろこぶにちがいない。ようやく外で遊ぶ気になったんだ。ならば復帰も近いんじゃないか。きっと、すぐだ。まだ、間に合う……。

心がゆれる。いつまでも、このままじゃいけないのはわかっている。半年も休みつづけている学校。そしてバレエ教室。どちらかひとつでも通いだせば、真澄の不安はやわらぐにちがいない。ならばと思う気持ちもあるし、けれどとためらう気持ちもある。

手を添えた真澄の背中は骨ばっていた。この半年で、彼女はいずみよりもやせた。やつれた。しっとりしていた黒髪に、白髪と枝毛が目立つようになったことにいずみは気づいていたし、たまに夜中、電気もつけずにキッチンでぼうっと座っているときがあることも知っている。

父が病気で亡くなったのは、いずみがよちよち歩きもままならないころだった。それからずっと、真澄はひとりでいずみを育てた。

「ねえ、お母さん」

ドアを開けながら声をかける。

「考えてみるよ——学校」

真澄の熱い視線を感じた。きっとうるんでいるのだろうと思った。


ベッドと勉強机でいっぱいという広さではあるけれど、いずみには自分の部屋が与えられていた。けして裕福ではない片岡家において、この2LDKのハイツは数少ない贅《ぜい》沢《たく》のひとつだ。

電気を消し、ベッドに寝そべる。スマホをにぎり、動画サイトを開く。検索バーに文字を入れると予測変換で目当ての名前がすぐに出た。ずらりとならぶ動画のなかから、お馴《な》染《じ》みのタイトルをひとつ選ぶ。となりの和室にいる真澄に聞かれないよう音を消し、再生する。

長方形の画面にステージが映った。お城と風景の書き割りセットはいささかシンプルすぎるが、プロの卵が集うアカデミーの定期公演と考えれば充分立派な代物だろう。

舞台上では複数の男性ダンサーが輪をつくり軽快な踊りを見せている。ジークフリート王子の誕生日に駆けつけた友人たちによる祝いのダンスだ。バレエには台詞《せりふ》がない。この誕生祭の席で王子は母から婚約者を決めるよう命じられるのだが、事前にストーリーと設定を頭に入れておかないと何が何やらちんぷんかんぷんになるだろうといずみは思う。

結婚なんかに興味がない王子は憂さ晴らしに森の湖へ出かけ、そこで美しい白鳥の姫、オデットと出会う。――世界三大バレエのひとつ『白鳥の湖』は、このように進んでゆく。

いずみは動画を先へ進めた。誕生祭の第一幕、王子とオデットが恋に落ちる第二幕を飛ばし、第三幕、王宮の舞踏会へ。いずみのお目当ては、ここで登場する黒鳥の姫、オディールだ。彼女がジークフリートを虜《とりこ》にする見せ場、「オディールのコーダ」。あるいは「黒鳥のパ・ド・ドゥ」。

白鳥オデットと黒鳥オディールは瓜二《うりふた》つという設定で、一人二役が主流となっている。この公演でふたりの姫を演じているのはエレナ・ウォン。当時二十歳の中国系アメリカ人。いずみがもっとも敬愛するバレリーナだ。

王宮の舞踏会がはじまる。世界各国の踊りが披露されるなか、怪しげな黒い衣装のダンサーが現れる。貴族に化けた悪魔、ロットバルトだ。彼の娘として、オディールは王子とともに踊るのだ。

演者は若手ばかりだが、そこは世界に名をはせるヨーロッパのアカデミー。レベルは抜群に高い。そのなかで主役を勝ち取ったエレナの実力はいうまでもないが、いずみにとって肩書や世間の評価はおまけにすぎない。純粋に、エレナの踊りに魅せられているからだ。

黒い衣装に身を包んだエレナが、右手を宙へ突き出す。後方に足をのばして浮かせる。アラベスク。なんてことのないありふれたポージングに、いずみはしびれる。テクニック云々《うんぬん》以前の、圧倒的なシルエットの美しさ。手足が長い。たぶん一般社会では違和感があるくらいに。それがきびきびと、そしてなめらかに、まるで物語世界へいざなう魔術のように、緩急自在な動きを見せる。

テクニックも半端じゃない。ジャンプの高さ、着地の精度、姿勢。ひとつひとつの動きが音楽とシンクロし、役の心情を表現している。文句のつけようがどこに？

「黒鳥のパ《パ》・ド・ドゥ」におけるもっとも有名で、もっとも困難とされる振り付け、三十二回転のグラン・フェッテ・アン・トゥールナン。片足のつま先立ちを維持したまま、その場で休みなく回転をつづける技だ。トッププロでもよろけたりふるえたり水平を維持できなかったり、失敗が珍しくない魔の三十二回転。卓越したバランス感覚に鍛え抜かれた肉体、強靭《きょうじん》なメンタル。それらを総動員して演じきらねばならない難所を、エレナは役に入りきったまま危なげなくこなす。そのむずかしさが想像できるだけに、ため息がもれてしまう。

でもやっぱり、いずみにとってエレナの魅力はテクニックより、彼女だけがもつ独特のシルエットと、その身体が生む蠱惑《こわく》的なモーションだった。

長い腕がしなる。黒鳥が羽ばたいている。美しい。妖《あや》しくすらあるほどに。長いのは手足だけじゃない。この背中。胴体の長さはバレリーナの美点にあげられないが、エレナは特別だ。ピンと立ったところから、にゅっとしなやかに反る。瞬間、ある種の酩酊《めいてい》を覚えずにいられない。

ひと言でいえば、エロティック。卑猥《ひわい》さとはかけ離れた、気高い官能。なのにときおり見せる表情は可憐《かれん》にして無垢《むく》なのだ。

そんな強すぎる個性のせいか、エレナの評価はまちまちだった。正確性を重んじるクラシックバレエの美的基準に照らし、自由すぎる、なまめかしすぎるという批判がされた。馬鹿じゃないの？　といずみは思った。自由でなまめかしくて、それのどこが悪いんだ！

いずみの好みに影響力などもちろんなくて、プロとしてのエレナはバレエ団の三番手四番手に甘んじ、いつしか名前も聞かなくなった。アカデミーのときに演じたこのステージがキャリアのピークになってしまったことに、いずみは理不尽を感じずにいられない。

理不尽というなら、『白鳥の湖』のストーリーもたいがいだ。悪魔の呪いで白鳥の姿に変えられたオデット。月の光の下でだけもとの人間に戻ることができるという彼女にかけられた呪いを解くには「まだ誰も愛したことのない男性」に愛を誓ってもらう必要がある。オデットに惚《ほ》れたジークフリートは自分がその役をつとめると約束する。ところがなんと次の日、妖艶《ようえん》なオディールの魅力にあっさり惑わされてしまうのだ。それを知ってオデットは絶望に打ちひしがれる。

この時点で王子のだらしなさに呆《あき》れるが、その先はいよいよ腹立たしい。オディールは悪魔の娘だとロットバルトに教えられ、嗤《わら》われて、じゃあやっぱりオデットにするといって王子は彼女のもとへ許しを請いにいく。悲劇なのか喜劇なのか、わからなくなってくる。結局、一度オディールを愛してしまった王子に呪いを解く資格はなく、ふたりは湖に身を投げる。そして来世で結ばれる。そして来世で結ばれる……。

はっ。なんだ、それ。

いずみは動画を止め、スマホを枕もとに投げ出した。暗い天井を見つめ、この物語の寓意《ぐうい》について考えた。白鳥に姿を変える呪いにはどんな意味があるのだろう。「まだ誰も愛したことのない男性」でなくてはいけない理由は？　そもそもオデットが呪いをかけられた原因だってよくわからない。悪魔に翻弄《ほんろう》され、現世の幸せをつかめないふたりは、この世界のあきらめを表しているのだろうか。悲劇は理由もなくおとずれ、いったん巻き込まれたら、もうぜったいに逃れられないということ？

目をつむる。瞼《まぶた》の上に腕をのせる。考えすぎだ。ただの娯楽作品じゃないか。

嫌な気分は消えない。胸のあたりが熱を帯び、なのに背中は冷えきっている感覚だ。物語は嫌いだが、踊りとしてはたまらなく好きだった。エレナへの憧《あこが》れを抜きにしても、踊ってみたい。演じてみたい。一度でいいから最高の振り付けで、まぶしいステージで、期待に胸をふくらませる観客の目の前で、満足のいく黒鳥を──。

初めからバレエにのめり込んだわけじゃない。真澄の希望で小学三年のころから週に一回レッスン教室に通わされた。設備も講師も県内でいちばんと呼び声の高い教室だ。身体を動かすのは好きだったし、柔軟性もバランス感覚も、周りの練習生に負けない自信があった。でもこんなところに通うくらいならディズニーランドへ連れていってほしかったし、バレエシューズよりキラキラ光る運動靴がほしかった。無理して送り迎えをする真澄に申し訳ない気持ちもあった。お金もかかる。レッスン料だけでなくレオタードにシューズにテーピング類。発表会となれば衣装もほとんど自前だ。消耗品のトウシューズだって何千円もする。だから中学に上がる直前、教室をやめたいと申し出た。

真澄の、あんな哀しそうな顔を見たのは初めてだった。

真澄の想いはわかったが、しかし一度途切れた気持ちは戻らなかった。意固地になっていたところもある。説得されて教室通いはつづけたものの身は入らず、やがて地元のやんちゃな友だちと夜遊びに繰り出すようになった。スクーターのふたり乗りをしてみたり飲酒の真似事をしてみたり。早い話、不良になったわけだ。

中三のころ、それがころんとひっくり返った。形だけ通っていた教室の講師から無理やり観せられたエレナの演技。エレナの黒鳥。

心をぶん殴られた。息がとまりそうになった。魅せられた。

あなたと体形が似ている。もったいない――。講師のそんな甘言を真に受けたわけではないけれど、胸の奥に火が灯《とも》った。真剣に、バレエに向き合ってみたい。いったんそう思うと、もう止められなかった。

地元の友だちと距離を置き、夜遊びもやめ、レッスンの日数を増やした。わざわざ教室に近い高校を選び、やんちゃな過去をリセットすべくまじめでおとなしい女の子を演じた。すべてはバレエに打ち込むためだ。

いまからプロを目指すのはむずかしい。それはわかってる。でも、やるだけやってみなくちゃ気が済まない。

真澄は、そんないずみを応援してくれた。お金のことは気にしなくていいと胸を叩《たた》いてくれた。

もう少しで、演じることができたのに。

怠けていた時間を猛烈な練習量と集中力でおぎない、先へ進んでいた練習生たちをごぼう抜きにして、いずみは夏公演のソリスト候補に選ばれた。演目は『白鳥の湖』。一人二役が定番の白鳥オデットと黒鳥オディールは、学生中心のアマチュア公演ということもあり、それぞれ別の踊り手が演じると決まっていた。オデットかオディールか。いよいよ配役が発表されるというまぎわ、何もかもが台無しになった。

四月の事件が駄目にした。よりによって「スワン」で起こった、無差別銃撃事件。いまはもう白鳥という単語を耳にするだけで胸がつまる。バレエの動画自体、観るのはひさしぶりというくらい。

腕をどけ、目を開ける。闇に薄《うっす》ら、ぼろっちい電灯が浮かんでいる。

生活のため、真澄はずいぶん無理をしている。平日のマッサージ店だけでなく、土日

も パート仕事をこなしている。完全な休みは月に数日あればいいほうだろう。「しんどいわー」とこぼす愚痴は冗談にとりつくろわれ、「もう慣れちゃった」とケラケラ笑う。働いてないと落ち着かないくらいよ、と。

幼いころは片親がつらかった。参観日や運動会のたび、父親のいるクラスメイトをうらやんだ。友だちの華やかな私服と自分の素っ気ない量産品を比べ、みじめな気分になったりもした。

そんな不満は、あんがい早く薄れていった。クリスマスも誕生日もろくなプレゼントはもらえなかったけど、代わりに真澄は料理をつくってくれた。鍋《なべ》で何日も煮込むような凝った料理だ。トロトロのビーフシチューやこんがり焼けたローストチキン。お金の代わりに手間をかけるやり方を、いずみはちっともみじめだなんて思わなかった。夕食のあとはふたりでカラオケに行く。朝まで歌う。じゅうぶん楽しかった。

グレていたときも、バレエに目覚めたあとも、この気持ちは変わらない。

スワンの事件が奪ったのはバレエだけじゃなかった。真澄の心、真澄の笑み。まともな生活、まともな未来。

ふたたび目をつむる。深く深く、息を吐く。決断を、しなくてはいけない。

瞼の裏にエレナと真澄、そして冴《さ》えない中年の男性が浮かんだ。長テーブルに座った彼におびただしい数のフラッシュが焚《た》かれる。第二防災センターに勤めていた警備員はまぶしげに目をすがめながら、おびえたような、戸惑ったような視線をテレビ画面のこちらへ向ける。事件の対応のまずさで猛バッシングに遭い記者会見までさせられた男の存在を、彼がこの記者会見でさらなる非難の炎に包まれたことも、いずみは後追いで知った。山路智丈という彼の名前も。

病院で正気を取り戻し、ひたすら事件について調べた。概要に経緯、犯人や被害者の名前、専門家の分析、世間の声。真澄に隠れて一日中、スマホを使い、急《せ》き立てられるように情報を求めた。ニュースにワイドショウ、SNSや掲示板、配信記事のコメントにいたるまで、過去のぶんにもさかのぼり、可能なかぎりぜんぶ、隅から隅まで繰り返し。そうしないと自分ひとりだけ、取り残されてしまうような気がして。

山路のこともすぐ知った。彼に集まった非難の声、彼が責められている原因、その顚《てん》末《まつ》……。

怖かった。

怖くて怖くて仕方がなかった。

次はわたしだ。その確信は、残念ながら的中した。

騒ぎのピークが過ぎたいまでも、いずみは事件の情報を漁《あさ》ってしまう。自分の名前で検索をかけてしまう。知りたいという気持ちではもはやない。お茶会に参加した動機も、きっとおなじだ。

いつか、暴かれる。

この想いは、きっと永遠にぬぐえない。

ならばいっそ――。

徳下にもらった報酬は封筒に入れたままショルダーポーチの底に隠してある。交通費と参加費を合わせた一万三千円。

もう一度、いずみは長く息を吐く。眠りがおとずれる気配はない。まるで本番前の、楽屋みたいな緊張感だ。考えをめぐらせる。この先の振り付けを。

古館小梢の姿を思い浮かべる。病院のベッドに半身を起こした彼女は、どこか遠くを見つめている。その色のない映像のなかで、頭に巻かれた包帯の白と、髪と瞳《ひとみ》の黒だけがはっきりしている。生気のない口もとが、わずかに動く。空想の声がする。片岡さん。早く――と。

2

ぎこちなさよりも、いたたまれない空気を、いずみは感じた。

「なんだ、片岡。少し、やせたんじゃないか。ちゃんと、食べてるのか」

職員用玄関で待ち受ける背広の校長と教頭の顔は憶《おぼ》えていたし、眼鏡の女性が保健の先生なのもわかった。けれど気安く話しかけてきた白髪まじりの男性が何者か、とっさにはピンとこなかった。

二年生になってから、これが初めての登校だった。自分が三組になったことも、牛倉《うしくら》という男性教諭が担任だということも、真澄から聞かされているだけだ。

「食べなきゃな。ちょっと無理してでも、食べなくちゃ、ちゃんと成長できないぞ」

軽く肩を叩かれ、ここに真澄を連れてこなくて正解だったと確信した。担任の牛倉先生はベテランで学年主任もされている方だから安心よ——。励ますようにいっていた真澄は、たぶん、牛倉がいずみにふれた瞬間に怒りの発作を起こしたにちがいないから。

悪気はないのだろうけど、このご時世、牛倉の振る舞いはデリカシーに欠ける。校長らの、冷や冷やしたつくり笑いがそれを物語っていた。

ただじつのところ、いずみの心が冷めたのは、牛倉の気安さのせいではなかった。変に気をつかわれるくらいなら、ガハハと笑い飛ばしてもらうほうが性には合っているのだ。

でも彼のにこやかさに、いずみはわざとらしさを嗅《か》ぎ取ってしまった。どうしていいかわからない。どうあつかったらいいのやら……そんな戸惑いを。

そしてわずかな、恐怖。あるいは、嫌悪。

「はい」

ほとんど反射的に、いずみは弱々しくはにかんだ。

「母にもよくいわれます。最近になって食欲は、だいぶマシになりましたけど」

そうか、そりゃあいい、たいへんけっこうだ——。牛倉の陽気さに便乗するように、校長らも声をかけてきた。当たりさわりのない気遣いやねぎらいに、こちらも調子を合わせて返した。

まちがいなく校長は、いずみの様子を真澄に報告するはずだ。へんに心配させてしまっては復学した意味がなくなる。

「じゃあ、とりあえず、いったん校長室へ行こうか」

牛倉に先導され、いずみはひさしぶりに校舎を歩いた。制服もひさしぶりで、少しぶかぶかな感じがした。あまり見られたくないと思ったが、生徒の姿はどこにもない。時刻は二時間目の真ん中あたりで、登校時刻を遅らせたのも職員用玄関を利用したのも学校側の配慮だった。

三階の校長室まで、保健の先生がとなりについて話しかけてきた。おっとりとした中年の女性で、急かすことなく日常のあれこれを尋ねてくる。とはいえ基本的に自宅に引きこもっている生活に、中身のある話などない。

ひまな時間はテレビよりスマホをいじっていると伝えたとき、

「調べものをしたりするの？」

ごく自然な口ぶりで訊《き》かれた。

「——いいえ。猫動画とか、そういうのを」

「ああ、あれねえ。くせになるよね。観はじめたら止まらなくなるでしょう」

適当に相づちを打つ。怪しまれている雰囲気はない。

校長室に着くと応接セットのソファに座らされ、今後の登校や遅れている学習をどうするかの相談となった。じっさいはおとといい、真澄が学校を訪れ話し合いを済ませているから、ほとんど確認作業で終わった。

しばらく授業は個別指導とする。ホームルームや昼休み、体育や音楽といった授業は任意で参加してもいい。慣れてきたら授業にも出るようにしよう。わからなくてもかまわない。遅れているぶんは放課後に埋めていけばいいから。

「あ、でも、片岡はあれだ。放課後は、バレエに通ってたよな」

後ろに立つ牛倉が、ポンと手を叩きそうないきおいでいった。「だからクラブ活動もしていなかったって、お母さんがおっしゃってたぞ」

「牛倉先生」

さすがに教頭が咎《とが》めた。

「え？　あっ」という牛倉の間抜けな声が聞こえ、いずみは思わず吹き出しそうになった。ほんとうに、悪気はないのだろう。もしわかって口にしているなら、悪気なんてレベルじゃない。

「大丈夫です」

いずみは、目の前に座る校長と教頭をまっすぐ見た。

「無理をしないように、やっていきます」

うん、という空気になった。それにいずみは満足した。まずは真澄を安心させられそうだ。

クラスに挨拶《あいさつ》していくか訊かれた。昼休みの前にどうだ、と牛倉は前のめりだ。

「……もうちょっと、考えさせてください」

「そうか。そうだな。そうしよう。時間はたっぷりあるしな」

かすかに失望の気配を感じる。考えすぎだろうか。

まずクラスメイトが知りたいと頼むと、じゃあつづきは一階の相談室で、となった。

職員室のそばにあるその部屋が、しばらくいずみの個人教室になるらしい。

校長らにお辞儀をして、牛倉と保健の先生といっしょに退室する。ふたりが前を進んだとき、内履きに違和感を覚えた。半年ぶりのせいだろうか。バレエのため、足裏筋を落とさないようにクロックスタイプでなく紐《ひも》付きシューズを履いていた。それを少し、きつく感じたのだ。

校長室の扉の前でしゃがみ込み、紐をゆるめようとしたとき、
やっかいですな。

中からそんな声がした。教頭だろう。

「片岡？」

ふり返った牛倉に、「あ、大丈夫です」と駆け寄る。

相談室は狭かった。壁はキャビネットで埋まり、自由にできるのは横長のテーブルと

パイプ椅子だけ。大きな窓がなければ三分で息がつまりそうな空間だ。

牛倉にお願いし、窓を開けても良いという許可をもらった。一階だから飛び降りの心配はないか――。「少しだけだぞ」とうなずく直前、窓といずみを見比べた瞬間、そんな確認が牛倉の心に生じた気がして、いずみは苦笑をこらえた。

とりあえず初日ということで、受けられなかった一学期の期末テストを解いてみることになった。さすがにこの半年、完全に勉強をサボっていたわけではなく、真澄を安心させるため、そして退屈に堪えかねて、教科書や参考書をパラパラめくったりはしていた。

牛倉が相談室をあとにし、ひとりきりになったいずみはシャーペンを手にテスト用紙に向かった。かたわらには教科書が積んである。わからないところはチェックして、教科書で調べてもよいといわれていた。点数に意味はない。実力が測れればいい。すると負けん気が頭をもたげ、いずみはなるべくたくさん自力で解いてやろうと意気込んだが、英文の三つ目の単語でつまずき、構文のかたちにギブアップした。たしか現在完了形とかいうやつだ。現在なのか過去なのか、はっきりしてほしかった。

十センチくらい開けた窓から風が吹き込んだ。肩にかかった髪がゆれた。外の景色へ目をやるが、ここは裏庭にあたる場所で、それも四時間目の授業中だから、人の姿はもちろん、くしゃみのひとつも聞こえなかった。

いずみの通う学校は共学の公立校で、学力レベルは県内のちょうど真ん中くらいだ。

受験勉強にぎすぎすする感じはなく、部活動が強いわけでもなく、取柄はおおらかな校風とゆるい校則だけというのがもっぱらの評判だった。生徒は大まかに、家から近いので選んだというグループと、課外活動に熱心なグループとにわかれる。いずみは後者だ。だからというわけじゃないけれど、いまさら勉強に血道をあげるモチベーションは逆立ちしたって見つかりそうにない。

真澄からうるさくいわれたこともない。我ながら赤面しそうな点数がならぶテスト用紙を見せても、「あなた、ちょっとはやる気をだしなさいよ」と、通りいっぺんのお小言を口にするだけで、真剣味はほとんどない。バレエさえがんばっていれば大丈夫。何を根拠にしているのか知らないが、そんな考えが真澄にはあるらしい。かといってそっちでスパルタというわけでもなく、プロになれるとは彼女も信じちゃいないだろう。するといずみの進路はさえない三流大学か、願書だけで入れるような専門学校か、もしくは就職か。どのみち「勝ち組」から漏れるのは確実で、母親ならもっと心配したほうがいいんじゃない？　それもシングルマザーなんだし、一人娘に期待をかけて厳しくしつけるとかしても、ぜんぜん不思議じゃないのに……なんて首をかしげたくなったりもした。同時に、そういう妙に楽天的なところが真澄らしいといえば真澄らしく、喧嘩《けんか》するときだって、彼女を憎く感じたためしはなかった。

嫌だなと、ふいにいずみは思った。

もう、戻れないのだ。たぶんいずみは戻れないし、真澄も戻れない。いまより心は安定しても、前とおなじとはいかない。もう二度と、わたしたちは朝までカラオケではしゃげないし、仮にそうしたところで、以前にはなかった翳《かげ》が、狭いカラオケルームの隅っこに、震わせるビブラートの端々に、消えないシミのように存在してしまうのだ。そんな予感が、いずみの胸を重たくする。

テスト用紙の上にシャーペンを転がし、いずみは頰杖《ほおづえ》をついた。牛倉が残していったクラスの名簿が目に入り、なんとなく引き寄せた。二年三組に、馴染みのある名前は少なかった。一年のクラスメイトとは、まるで意図的に引き離されているようだった。それが四月の事件の前から決まっていたことなのか、事件のあと、慌てて調整したものなのか、いずみにはわからなかったし、わかったところで意味はない気がした。

どうせもう、もとには戻らないのだから。

チャイムが響いた。四時間目が終わり、昼休みがはじまる。

ノックと、「入るよ」の声は同時だった。

「やあ」

サマーセーターに白衣を羽織った男性がこちらを見下ろしてきた。

「おれのこと、憶えてるか」

ぼさっとした髪型と、それに似合わない整った顔つき。すらっとした長身。昔バレーボールの選手だったんだと、クラスの女子がささやいていた。

「はい、憶えてます」

いずみの返事に鮎川快《あゆかわかい》は、そう、と無愛想にこぼし、すっと目をそらした。

身長以外にスポーツマンの面影はなく、熱血の正反対をいく物腰の男だった。年齢が近いせいか熱を上げる女子も多く、体温の低さのわりにここぞという場面で鋭い指導をするところがあって、男子からも一目置かれる存在だという。

けれどこの物理の教師に、授業で教わったことはない。いずみは部活にも入っていない。おそらく牛倉に直訴して、彼はいずみのもとにきたのだろう。その理由は察しがついた。

鮎川の目が、投げ出したテスト用紙に向いた。「あんまり、解けてないみたいだな」

「……やっぱり、ちゃんとやり直さないと駄目みたいです」

そう、と興味なさげに返ってくる。

「お弁当は」

「あります」

そう、と鮎川がいう。

「教室、いってみる気？」

「いいえ」

鮎川は目をそらしたままだった。いずみは、そんな彼を見つめた。

「今日はやめておきます」

「そう」

「もう少し、慣れてから」

「ふうん」

ずっと、目をそらしている。見上げる恰好《かっこう》ではあるけれど、彼の表情がよくわからない。

「慣れるって、どんなふうに？」

特別、棘《とげ》がある口ぶりには聞こえなかった。ただ、簡単に返してはいけない質問に思えた。

「古館も」

風が吹き込んでくる。薄いカーテンがゆれる。どこからか、男子のはしゃぐ声がした。

彼の口調は平たんなままだった。

「慣れなくちゃ、いけないんだろうな」

いずみは、唇を結んだ。

「古館のおばさんも」

目をそらしそうになったが、心の何かが、それを拒否していた。

「どう思う？」

鮎川がこちらを見た。いずみは、それが決められた振り付けであるかのように、うつむいた。

窓から、にぎわいが届いた。何もかもがすっかり、遠い世界になっていると感じた。

「悪いな。でもおれは、こういうふうにしかいえない」

彼の視線が、それたのがわかった。気だるげな、細く長いため息が聞こえた。

「たまにのぞきにくるから。よろしくな」

そう残し、鮎川は小部屋を出ていった。

いずみは、お腹を押さえる。

鮎川と古館小梢がどんな関係だったのか、正確には知らない。ただ鮎川と古館の家は昔から付き合いがあって、成績でも金銭面でももっと上位のところを狙えたはずの小梢がこの学校を選んだのは、彼の赴任先だったからだと、いずみは聞いている。小梢は鮎川への好意を隠そうとしなかった。公然の秘密とでもいうように、まるで許婚《いいなずけ》のごとくふるまうことすらあった。

いずみと鮎川のわずかな接点も、ようするに小梢だったのだ。

鮎川は、知っているのだろうか。あの日、小梢がスワンにいずみを呼び出したこと。その理由。そして、あの事件のさなか、わたしと彼女がとった行動を。

ふわっと陽光が、室内に満ちた。いずみは、五時間目がはじまったタイミングで帰宅しようと決めた。

誓って、悪意はなかった。

おなじ一組にいた古館小梢に、初めいずみは気づかなかった。高校一年生とは思えないプロポーションや、くりっとした二重瞼がうらやましい。ストレートの長い髪は艶《つや》っぽくて上品で、立ち振る舞いは華やかで、クラスの男子も女子も、そろってお近づきになろうとしているのも納得だ。クラシックバレエという、世間的にはぱっとしない習い事に没頭している自分とは住む世界がちがう人。その程度の認識だった。

だから、まだクラスメイトの顔と名前が一致しないくらいの時期に、とつぜん話しかけられたときはびっくりした。

片岡さーん。

次の授業のため教室を移動しているところだった。

片岡さんもこの学校だったんだね。

準備に手間どったいずみはひとりきりで、小梢の周りにもめずらしく取り巻きがいなかった。

あ、うん――と、いずみは返した。息を殺してひっそり過ごしている自分に、クラスの中心で咲く花みたいな女の子がなぜ話しかけてきたのかわからずに戸惑った。

その戸惑いはすぐ、小梢に伝わったらしかった。

え？　嘘でしょ？

初めは笑い半分だった。

ほんとに？　ほんとに、わたしのことわからないの？

わからなかった。おなじ学校のクラスメイトという以外、ほんとうに。

……ふざけんな。

イメージしていた彼女からは想像もつかない乱暴なつぶやきに、いずみはいよいよ混乱した。

ちょっと踊れるからっていい気になんなよ！

そう吐き捨てて去っていく小梢の背中を、呆然《ぼうぜん》と見送った。

次のレッスンで気づいた。小梢は、いずみとおなじバレエ教室に通っていたのだ。つい最近、いずみがごぼう抜きにした練習生のひとりだったのだ。

レッスンのときは周りが見えなくなるタイプで、そもそも古館さんとはレッスンクラスがちがってて、わたしはずっと下手くそのクラスで、それに途中からやる気も失ってて、最近ようやく本気で取り組むようになったばかりで、だから――。

だから？　だから、いずみが追い抜くまで同世代のトップだった彼女に気づかなかった？

ちがう。そうじゃない。

たんに興味がなかっただけだ。バレリーナとしての古館小梢に、これっぽっちも。

本音を隠した弁解は空回りし、関係はこじれる一方だった。ほどなく周りのクラスメイトからも白い目を向けられるようになった。教室の姫君に無礼をはたらいた身のほど知らずは懲らしめるべき。そんな空気が、ごく自然に広まった。

陰湿ないじめは、最初じゃれ合いのヴェールをまとっていた。休み時間、わざわざいずみが座る席を囲んでおしゃべりをし、けれどいっさい無視する。その場を離れようとすると、「ああん、片岡さん、冷た～い」と茶化す。体育祭では創作ダンスのリーダーを無理やり押しつけられた。片岡さん、踊りは本職だもんね？　小梢のゆがんだ笑みがクラスに伝染していた。誰ひとり、ダンスに協力的な者はいなかった。放課後の練習はたんなるおしゃべりの場と化し、そのうち見かねたように小梢が振り付けや配役を仕切りだした。片岡さんは先頭にいてくれたらいいから。練習なんてしなくても平気でしょ？　ほら、バレエの練習に行かなくていいの？　体育祭当日、クラスメイトはいずみだけが知らない振り付けで踊った。先頭に立たされ、棒立ちになり、ふり返ると、みな必死に笑いをこらえていた。なかには吹き出す者もいた。ダンスが終わり、肩を組んではしゃぐ輪を外から眺めるうちに、いずみのなかで区切りがついた。

かまうもんか――。吹っ切ってしまえば日常化した陰口も、教科書にされる落書きだとかも鼻で笑ってやり過ごすことができた。小梢とはバレエ教室でも顔を合わせたが、教室は完全実力主義だったから、よけいな嫌がらせに悩むことなく練習に打ち込めた。ならばいい。かまわない。

時間も思考も情熱も、自分に許されたエネルギーのすべてをバレエにぶつけた。一日ごとに上達していくたしかな手応《てごた》えが楽しかった。いままでわからなかった上級者と自分のちがいに気づくようになり、そのちがいを埋めていくたびに達成感が込み上げた。

小梢との差はぐんぐん開いた。開いたぶんだけ彼女のプライドは傷ついたのだろう。

引き返せなくなるほどに。

ある日、男子に写メールが出回った。レッスン教室でのいずみの写真だ。胸をそらしているものや、大きく開脚しているものもあった。レオタードは身体にぴったりフィットしていた。練習着もポーズも、それが当たり前だから、いずみに恥ずかしいという感覚はなかった。とはいえ男子のスケベ面は不愉快だったし、女子の冷やかす眼差《まなざ》しもうっとうしかった。

何より、がっかりした。バレエをいじめの道具に使った小梢に、はっきりと失望した。

そうか。わかった。あなたはその程度の人間なんだ。

いずみは完全無視の態勢をつくった。学校ではいっさいの感情を殺した。ここは舞台裏の、やかましい控室なのだといい聞かせて。

それがまた、小梢にはおもしろくなかったのだろう。取り巻きをけしかけ、クラスメイトを味方につけ、教師すら手玉にとって、いじめは少しずつエスカレートしていった。

そのうち、いずみは気づいた。もはやクラスメイトたちは小梢の意思に従っていずみをからかっているわけではなかった。クラスの姫君が与えた最下層の人間というお墨付きが定着し、いつの間にかいずみは、彼らにとっておなじ人間のカテゴリーに入っていないものとみなされていた。何をしても許される、架空のキャラクターであるかのように。

ちょっとした暴力沙汰《ざた》が起こった。男子と女子の四人組にからまれ、馬鹿にされた。

無視していると、片方の男の子に足を蹴《け》られた。瞬間、いずみは手近にあった花瓶を彼らの足もとに投げつけた。ガシャンと音が響いて、教室が静まった。呆気《あっけ》にとられた観客のなかに、小梢もいた。

わたしの足に、さわるな。

そう、彼らにささやいた。このときばかりは、殺してやろうか——、という凶暴な感情がこぼれかけた。

結局、彼らは強がりのような捨て台詞を残し引き下がった。花瓶は不注意で倒したことにした。適当にごまかしたのは、いじめを真澄に知られるのが嫌だったからだ。

鮎川快と、初めて言葉を交わしたのはその直後くらいだ。放課後に呼び止められ、「ちょっといいか？」と物理教室に招かれた。そして「悪いな」と謝られた。

古館は、まだ子どもなんだ。許してやれとはいわないけど、おれからも釘《くぎ》を刺しておくから、だから、だから——。

だから、なんなのか。

目をそらし、ぼそぼそしゃべるさまは、まるで世話のかかるいとこの尻《しり》ぬぐいをさせられているお兄ちゃんといったふうで、呆れる思いと気の毒な思いと、同時にいずみは、そんな鮎川をかわいらしく思った。

この先、ほっといてくれるなら気にしない。いずみは彼にそう伝えた。それからすぐに冬休みになったから、小梢とはレッスン教室で顔を合わせる程度になった。三学期になり、そして春休みになり——。

ピロリン、とスマホが鳴った。いずみは電車の座席でそのメッセージを受信した。真澄からだった。職場の休憩時間なのだろう。ちょっと疲れたから早退する。明日も登校できると思う——学校を出た直後に送ったメッセージに、〈オッケー。ゆっくりやってこう〉と返ってきた。ああ、北代のアドバイスを受けているんだなと納得しながらスマホをしまう。

少しだけ負い目を感じた。ちょっと疲れたのも嘘じゃないけど、早退のほんとの理由は内緒の買い物がしたかったからだ。

電車に乗る前に寄った家電量販店。これを使って、上手《うま》くやれるだろうか。やる必要が、あるのだろうか。

電車が川の上の鉄橋に突入する。いずみは身体をかがめ、目をつむる。

翌日もいずみは相談室に陣取り、昨日こなせなかったテストに挑んだ。ゆうべ、仕事を早く切り上げた真澄はデパートで少し高級な中華料理をテイクアウトしてきた。食事を終えるまでずっとご機嫌だった。

もう大丈夫だといずみは告げた。明日は最後まで学校にいるつもりだから気をつかわないでほしい。いつもとおなじように働いてくれていい。

すべて自分の都合だったが、嘘ではなかった。じっさい朝から昼休みを越え、五時間目になるまでちゃんと勉強に励んだ。手洗いのとき以外、この狭い部屋に閉じこもったままではあるけど。

窓から茜色《あかね》の光が差し込んでいた。風は涼しさを増している。パーカーを持ってきて正解だった。放課後の予定を考えると制服の着替えもほしかったが、さすがにそれは我慢した。

放課後の予定。心はまだ、ふらふらしている。

ぼんやりと、さえない裏庭の景色を眺めた。塀の向こうを車のエンジン音が、どこか眠たげに過ぎていった。

こうしていると、やがて何もかも、ふつうに落ち着いていくんじゃないかという気がした。そのうち教室に顔を出し、新しいクラスメイトと挨拶を交わし、ほどほどの距離でつき合う。勉強もできるだけ追いつこう。真澄はよろこぶにちがいない。感情の乱高下もマシになるだろう。そうなれば、いずみもうれしい。

でも、まあ、授業に追いつくのは、ちょっと厳しそうだけど。

まっ白なテスト用紙に、いずみは猫の落書きをする。

ホームルームが終わる前に学校を出た。帰りがけ、二学期のうちに教室に顔を出そうな、と牛倉にいわれ曖昧《あいまい》にうなずいた。けれど、そのとおりだなとも思う。

今日、鮎川は姿を見せなかった。ほっとしたような、拍子抜けしたような気持ちでパーカーを羽織り、駅を目指した。

この期におよんでなお、迷いは消えていなかった。このままあの場所へ出向くべきなのか。出向いて、どうするべきか……。

ふいに、足が止まった。駅の改札の手前にある、ちょっとしたすり鉢状の広場のコンクリートの階段に、思わぬ人物がいた。まるで待ち受けていたかのように、いずみを見つけ立ち上がる。

「よっ」

その気さくさに、面食らってしまった。

「なんで……」

「ガッコ行きはじめたって真澄ちゃんに聞いた。ここにいたら会えるかなって思ったら、マジで会えた」

そういって、芹那は歯を見せた。爆発したような黒髪、ギザギザに破れたジーパンに、ギトギトなイラストが描かれた黒地のTシャツ。ぴったりしたジャケット、ブーツ。西日に照らされたいずみの幼友だちは、最後に会ったときより三倍くらいとんがり度が増していた。

「元気そうじゃん」

芹那の足もとから声がした。階段に寝そべるように座っているごついニット帽の男子がいずみを見上げていた。トシくんというふたつ上の先輩で、夜遊びをしていたころ、エンジンがうるさいビッグスクーターによく乗せてもらった。

「ひさしぶり」

トシくんのとなりにいる甘いマスクのひょろ男はユージくんだ。トシくんのツレで、やっぱり夜遊び仲間だった。芹那が、彼らといっしょにライブハウスの手伝いをしているという話はちょくちょく本人から聞いていた。

「もう一年以上になるのかあ？　片岡あ、おれはさみしかったぜえ。おめーにすっかり避けられちゃってよお」

トシくんの口ぶりに嫌味な感じは少しもなかった。やんちゃな見た目をしているけれど、みんな気の良い奴らだと、そこを疑ったことはない。

「仕方ないんだってば。バレエって、けっこうアレな業界らしいし。ホシュ的。わかる？　ホシュって」

「あん？　あれだろ、伝統をリスペクトみたいな」

「まあ、トシの脳みそにしては上出来かな」

芹那とトシくんの掛け合いに、いずみは胸が熱くなった。懐かしかった。そしてうれしかった。

「で？　どうなの、ガッコは」

とっくにドロップアウトしている芹那に訊かれ、「まあ、なんとか」と返す。

それより片岡さあ、その頭、ちょっともさくねえかあ？　うっさいよ、トシ。いや、マジで、たぶん片岡って、やりようによっちゃあすげえいけてるはずだぜ。

他愛ないおしゃべりがつづいた。以前のように打ち解けることはできなかったが、それでもいずみはあたたかさを噛《か》みしめた。連絡を絶っていたことを馬鹿らしく思うほどに。

「たまにはさ、会おうよ」

芹那がいった。「店にきてくれたら一杯おごる。トマトジュースでもグレープフルーツジュースでもリゲインでも」

「うん」

鼻の奥がツンとした。自分の都合で距離を置いた仲間たち。ほんとうに身勝手だと思うけど、いまは彼らがありがたかった。

大丈夫なのかもしれない。この人たちがいてくれるなら、もしかして——。

涙声にならないよう気をつけた。「ぜったい行く。もうちょっと、いろいろ落ち着いたら」

「メッセージしてよ。いつでもいいし、なんでもいいから」

うん、といずみがくり返したとき、

「でも、片岡さ」

甘いマスクのユージくんがもらした。

「ぜんぜん元気そうでびっくりした」

こちらを見るユージくんの目に、問いかけるような気配があった。「だっておまえ、すげえことになっちゃってさ。おれだったらたぶん無理。耐えらんない」

芹那が何か口にしかけたが、ユージくんのほうが早かった。

「あんなことになったのに、よく生きていられるよな」

ひゅっと息がつまった。まばたきを忘れた。

「おい」芹那が頭をはたいた。ユージくんはピンときてない顔だ。

「いず」

「大丈夫。気にしてない。ユージくんのいうとおりだし」

このわずかな時間で、西日はくすみ、短すぎる夕方が終わろうとしていた。

「ごめん。わたし、もう行かなくちゃ」

「バレエ？」

いずみは、芹那を見返し、

「ううん。バレエは終わり」

ふっ切るように改札へ急いだ。

お茶会の時刻が迫っていた。

欠席があるだろうと踏んでいた。波多野以外、誰もこないケースもあり得ると。

3

その予想は、円卓を囲う四つの顔に否定された。

短い茶髪の波多野は薄笑いを浮かべ、白髪の保坂はむっつりと、野暮ったいパーマの生田は心細げに、前回とおなじ席に座っている。叱られた小熊のようにうなだれているのは道山だ。スタジャンの男は肩をすぼめ、落ち着きなく視線をさまよわせている。そんなに居心地が悪いならこなければいいのに……。

――集めた側も集まった側も、いろいろ事情があるんだろうね。

そんな感想を口にした当人はいずみを見るや破顔し、軽く手を挙げてくる。目礼で応じ、となりに腰をおろす。

「本日もお集まりいただきありがとうございます。これより二回目の会合をはじめます」

飲み物を配り終えた徳下が、前回使ったままのホワイトボードを背に立って開始を告げた。今夜は彼に、真澄の許可のあるなしを訊かれなかった。事情を察してくれたのか、よけいな波風を立てたくないだけなのか。あるいはいずみひとりのほうが好都合だと判断したのか。

「先週は事件発生からの十分間、十一時十分までのみなさまの居場所と動きを伺いました。まずは前回の聞き取りに関して、補足や修正があればお願いいたします」

反応する者がいないのを確認し、徳下はうなずいた。ひとつひとつ、しっかり区切っていくような仕草だった。

「では先に進みましょう。十一時十分から十一時二十分までの時間帯です。前回お伝えしたとおり、十一時十分に避難を呼びかける館内放送が流れはじめました。しかし来場者に対する適切な誘導はなされませんでした。それをすべき警備員たちが職務をまっとうできる状況になかったからです」

またもや徳下はうなずく。リズムを整えるかのように。

「事件に巻き込まれたスワン本館の来場者は、主に三つの経路から逃げることができました。一階フロアの出入り口、フロアとつながった立体駐車場、そして別館へつながる連絡通路です」

交差点の上空を斜めに横切る連絡通路は、白鳥広場の二階と三階から別館へのびている。ただし一階から別館へ行くにはいったん外へ出て、交差点を渡らなくてはならない。

一階にはそうした出入り口がいくつかあり、簡単に外へ出られたぶん上階より逃げやすかったといえるだろう。もちろん、事件の発端となった白鳥、黒鳥の両広場はべつだが。

「館内放送の前後、最寄《もよ》り交番から巡査が駆けつけています。本格的に警察が動きだすのはその五分ほどあとです。間もなくパトカーに救急、消防がスワン別館付近に集まります。十一時二十分は、警官隊が装備を整え集結した時刻となります」

ここで、いずみは違和感を覚えた。徳下が口にする事件の概要は簡潔で的確だが、すっぽり抜け落ちているものがある。犯人たちの行動だ。

たとえば黒鳥広場で犯行を開始した大竹は、直後、広場からすぐの第二防災センターへ駆け込んで警備員たちを銃撃している。これは大竹がリアルタイムで録画していた○動画にもはっきり映っているし、報道もされている。わざわざ隠す必要はないはずだ。

徳下がそれにふれないのは、たんに必要がないと考えているからだろうか。犯人たちの行動はワイドショウでもかなり詳細に報じられている。頭に入っている前提ですっ飛ばしていても不思議はないが……。

「波多野さま」

徳下の丸い目が、いずみのとなりでだらっとしている波多野へ向いた。

「前回はすべて黙秘とのことでしたが、今回はいかがでしょうか」

「十一時十分から二十分のあいだ、どこにいて、何をしてたか？」

「はい」

「そうだなあ」

ゆらりと起こした頭の後ろで手を組む。

「――スポーツ用品店があるじゃない。いろんなメーカーが入ってて、わりと広いスペースの」

「一階と三階に、おっしゃるようなお店がありますが」

「そう。で、おれはスワンにきたら、そこでゴルフクラブ眺めるのが好きなのね。自分で持ってるのはお義父《とう》さんのおさがりでさ、お義父さん、けっこうガチなゴルフ好きだから品物自体はいいやつなわけ。とはいえ、この歳でおさがりってのはちょっとどうかと思うじゃない？　だいたいゴルフなんて見栄《みえ》を張ってなんぼみたいなスポーツなんだし、身銭をきったほうが上手くなるって説もあるよねって、たまにお伺いを立ててみたりもするんだけども、嫁さんはあっさりこういうわけ。『あなたのゴルフの上達と、ウチのマンションのローンはどう関係するの？』」

「波多野さま」

「あ、ごめんごめん。話してたら、なんだか我が身が哀しくなっちゃって」

「スポーツ用品店は一階と三階にございます」

波多野が、鼻で笑った。融通がきかないなあ、とでもいうように。

「一階のほうはね、ゴルフ用品の品ぞろえ、良くないんだよ」

「三階のお店にいらしたのですか？　十一時十分から二十分まで」

「ちょっと待って徳下さん。おれは、スポーツ用品店でゴルフクラブを眺めるのが好きだといってるだけですよ」

徳下が目を大きくする。

「もういいだろ、そいつは」

吐き捨てたのは保坂だった。「初めからまともに話すつもりがないんだ。ただ小遣い稼ぎにきてるだけでな。相手にするだけ時間の無駄だ」

「心外だなあ、保坂さん。おれ、そんなせこい人間に見えますか？」

それ以外どんな人間にも見えやしない——保坂の渋面が語っていた。

「そのいわれようは傷ついちゃうなあ。これってへそを曲げてもよくないですか？　保坂さんに抗議する意味で黙秘したくなってきました」

「勝手にしろ」

「波多野さま」徳下が割り込んだ。「よろしいのですか？　どんな理由であれ、黙秘は重大な嘘と同等にみなしますが」

「ええ、はい。だって仕方ないですもん」

ひらひらと手のひらをふる。自分の出番は終わりとばかりに。

ふっと波多野と目が合った。いたずらっ子じみた笑み。いずみはテーブルの上へ視線を戻した。胃の底がざわついた。

「では次に保坂さま、お願いできますでしょうか」

保坂は『モルゲン』というアウトドア用品店にいて、館内放送まで異変に気づかなかったと証言していた。ホワイトボードに貼られた本館見取り図でいう3F図㋐のそばだ。ふられた記号はエスカレーターが備わった大きな吹き抜けを示しており、㋐は白鳥広場のとなりに位置している。つまり連絡通路のすぐそばだ。

「店の外へ出ると白鳥広場から破裂音が聞こえた。だがそのときは、まさか銃声とは思わなかった。鉄パイプのようなもので何かを叩いているか、せいぜい爆竹くらいに思えた」

悲鳴もあった。逃げる人々の姿もあった。だが煙はない。火事の様子ではない。保坂は避難するのではなく、白鳥広場の様子を見に向かった。

「警備員の誘導もなかった。やみくもに逃げるより、何が起こっているか確かめたほうがよかろうと判断したんだ」

白鳥広場の吹き抜けにたどり着き、三階の手すりから見下ろした。

「あれは――、丹羽佑月だったんだろうと思う」

その人影はエスカレーターで二階に上がってくると、すぐそばに立つ女性に向けて拳銃を構えた。

ドン。銃を取り換え、もう一発。つづけてもう一発、ドン。

丹羽佑月だったんだろうと思う――。その言い方に、後ろめたさがともなっていた。丹羽でないはずがない。けれど認めてしまえば、女性を見殺しにした事実と向き合わねばならない。

「それから、どうされました？」

徳下が促した。「保坂さまのいらした場所なら、連絡通路が目に入ったはずですが」

事態は充分理解できただろう。銃を持った殺人鬼が無差別に来場者を襲っている。そいつは二階にいて、黒鳥広場のほうへ進んだ。すぐそばに別館への連絡通路。これを使って別館へ渡るのはシンプルで確実に思える避難ルートだ。

保坂は腕を組み、しばらくむっつり黙った。

「追いかけた」

苦々しい声だった。

徳下が訊き返す。「追いかけた？」

「そうだ。三階の、手すりに身をかがめながら、奴を追ったんだ」

おそらく全員の頭に、なぜ？　という疑問符が浮かんでいた。

唯一、徳下以外。

「なるほど」

気味が悪いほど、徳下の調子は変わらない。

保坂は逃げそびれた三階の人々に身ぶり手ぶりで避難を促しながら丹羽を追ったという。

「大竹の存在は知らなかったが、ともかく出くわした人たちに別館へ逃げるよう指示したんだ」

「丹羽のあとを追った理由を伺えますか」

わずかな間をあけ、保坂が答えた。

「すきがあれば取り押さえようと思った」

「はっ！」

波多野がのけぞった。

「マジですか。いやはや、こいつは見上げた英雄がいたもんだ。感服ですよ」

保坂の唇に、ぐっと力がこもるのがわかった。

「それで？　保坂さん。結局どうして悪辣《あくらつ》非道な殺人鬼を成敗しようっていう、その崇高な志をあきらめることになったんです？」

「波多野さま。聞き取りのさまたげは――」

「あーはいはい、了解です」

両手を挙げて同意を示し、薄ら笑いで矛を引っ込める。

保坂も何もいわない。厳しい顔つきでテーブルをにらむだけだ。

「保坂さまにはまたのちほどつづきをお願いいたします。生田さま」

急に名前を呼ばれたせいか、それが本名でないニックネームだからか、彼女はきょとんと呆《ほう》けた顔をした。

「お願いできますか」

「あ、はい。でも、あの」

眉間《みけん》にしわが寄った。

「でもわたし、嫌です。こんなふうに、怒られるみたいな感じは」

不満の棘が、波多野に向いた。

「あ、こりゃあすみません」ふたたび両手を挙げ平謝りの体になる。「まったくそんなつもりはこれっぽちもないんですよ、生田さん。あんまりびっくりしたものだから、ついうっかり、ちょっと意地悪な気持ちになってしまったっていうだけで。すみませんでした。このとーりです」

テーブルに額をつける波多野を見て、「まあ、それなら、もういいけれど……」と生田がため息をつく。

「でもわたし、べつに、そんな、みなさんに聞いていただくような話なんて、ぜんぜんないんですよ」

「初めにいらしたのは二階の、眼鏡屋さんでしたね」

2F図㋔の近く、駐車場側通路にある『キノメガネ』だ。黒鳥広場から銃声が聞こえ、生田は混乱したままとにかく周りの来場者にならう恰好でその場を離れた。おそらく黒鳥広場を背にしたと思うが定かじゃない、館内放送が流れたときの居場所もよく憶えていない……。

「はっきり思い出せる場所はありませんか」

「だから、それはわからないのよ。みんな、血相を変えていたし、放送はうるさいし。わたし、あまり走るのが得意じゃないでしょ? 息があがってしまって、遅れてしまって、焦ってしまって」

これでは波多野の黙秘と大差ない。何も答えていないのといっしょだ。しかし憶えていないと突っ張られてしまっては追及もむずかしいだろうといずみは思った。

「どこかで立ち止まったりはしましたか？」

「そりゃあ、息を整えたりはあったと思うけれど……」

生田の口調は頼りない。

「階段やエスカレーターはお使いになっていない？　館内放送が流れた直後のタイミングにかぎった話ですが」

「――そうね。まっすぐ、走ったんじゃなかったかしら」

「貯水池側通路へ移ることもなく、ですか？」

たぶん、と生田。

「どこかに身を隠したりは」

「ありませんよ。怖くて、必死だったんですから」

「なるほど。ちなみに、生田さまが保護されたのは二階ですか」

「え？」

「警官か救急に保護された場所です。建物を出たなら、その場所でもかまいませんが」

なぜそんなことを？　という表情で首をかしげる生田に、徳下が重ねる。「自分が助かった場所なら、お忘れにならないでしょうから」

一瞬、生田がむっと眉をひそめた。

「二階です。連絡通路で別館へ行こうとして、疲れて、へたり込んでしまって。それで警察の方がやってきたんです。それくらい憶えてますよ、もちろん」

ふむ、と徳下がうなずいた。その間の取り方に、いずみは意図を感じた。

「つまり本館二階の駐車場側通路を、黒鳥広場から白鳥広場へ移動したことになりますね。生田さま。だとするならあなたは、どこかで丹羽佑月と鉢合わせになるか、すれちがっていなくてはなりません」

生田が、口をつぐんだ。

「彼は十一時十分から正午まで、ずっと二階フロアを進んでいますので」

「あら、そう」

困ったように、頰に手をやる。

「ならきっと、いったん隠れたか、階を移動したりしたのね、わたし」

いずみの背筋に、ひゅっと寒気が走った。場の空気も、おなじように張りつめた。

生田の言い分を、信じる者はいないだろう。彼女はいま、はっきりと、ごまかした。しかしそれがなんであれ、こうもしれっと開き直れるものなのか。頼りない中年女性くらいに思っていただけに薄気味悪さを覚えずにいられない。

同時に思う。生田にはあるのだ。ごまかさねばならない理由が。

「徳下さん、ずるいです。保坂さんのときは、つづきはあとでっていったのに、わたしだけ最後に救出された場所まで訊いたりして」

「ああ、おっしゃるとおりですね。勇み足でした」

いなすように頭を下げ、次に徳下は身体を丸めるスタジャンの男を向いた。

「道山さまは、一階の花壇のところで館内放送を耳にしたとおっしゃっておられました」

屋内花壇があるのはエスカレーター㋒の位置、ちょうど本館の真ん中だ。

「それから十一時二十分まで、どうされましたか」

「……いた」

「いた、とは？」

「ずっと、居たんだっ。花壇のところに」

苛立《いらだ》ちとおびえがまじったしゃべり方。泳ぐ視線。

「それでいいだろ。どうせみんな、適当に答えてるんだからっ」

ヒステリックな非難に、反論はあがらなかった。思わず、いずみは保坂を見やった。腕を組んだ老人は険しい目つきで、けれど唇は結ばれたままだった。波多野には突っかかっていたくせに。

何か、流れが変わっていた。生田の証言のせいだ。彼女がしたのは、波多野の黙秘と似て非なる、明確な嘘。意志をもった偽り。それが疑心暗鬼を生んでいる。

「では――」探り合うような沈黙を、徳下がやぶった。「屋内花壇にやってきた大竹とどうなったのかは、次に伺うことにしましょう」

けん制にしか聞こえなかった。道山の歯ぎしりが聞こえてきそうだ。

「片岡さま」

いずみは軽く唾《つば》を飲む。

「お願いできますか」

十一時十分から二十分までの十分間。スワンに響く銃声、悲鳴。逃げる人々、急き立てる館内放送。

屋内花壇の辺りからスワンに入って、それからどこへ？

「わたしは――」

徳下の丸い目を見返す。挑むように。

「男の子と、いっしょにいました」

困惑の表情がならんだ。各々の反応を見やってから、いずみは徳下へ目を戻した。

「男の子、ですか」

リズムを整えるための確認だとわかった。「待ち合わせをしていたご友人は――」

「ちがいます。その子は、ただの男の子です。小学校にいってるかいってないかくらいの歳で、会ったのは初めてです」

「事件のさなかに、ということですね」

「そうです」

ふむ、と一拍。

「場所はどこです？」

「キッズショップの、辺り」

3F図エスカレーター㊁のそばだ。

「片岡さまがお友だちと待ち合わせをされていたお店ですか」

いずみは下を向く。徳下はかまわず質問をつづけた。「彼のご家族は？」

「……わかりません。近くにいたのかもしれませんが」

いなかったのだ。たぶん。

「だから、いっしょに逃げたのですか」

「逃げようと――」

銃声、悲鳴、館内放送――。あの混乱のなかで、いったい何が正解だったのだろう。

スポーツ刈り。短パン、ズック。バスの玩具《おもちゃ》。

「ちょっと待て」

たまりかねたように、保坂が声をとがらせた。

「おまえ、まさかその男の子というのは、スカイラウンジで亡くなった子か」

飛び散った。血液がタイルの床に。小さな花を咲かせるように。

「おまえが――、彼をあそこへ連れていったのか？」

エレベーターがのぼって行く先。カウンターにテーブル。ガラス張りの天井、青い空。

「自分で連れていっておいて、なのに、見殺しにしたのかっ」

――あんなことになったのに、よく生きていられるよな。

「保坂さま」

「いや、いわせろ。おまえは自分のしたことがわかっているのか。おまえらは三階にいたんだろ？　そのままほうっておいたら彼は助かったかもしれないんだ。それをおせっかいで連れ回して、あげくに自分の身代わりとして差し出した」

さあ、次は誰にする？

選ぶんだ。いずみが。

「殺したも同然だ」

ドン。

「詫《わ》びろ」

ドン。ドン、ドン。

「詫びて償え！」

保坂は立ち上がっていた。鬼の形相をしていた。まっすぐこちらへ向いた人差し指を、いずみはぼうっと見つめた。

「やめましょうよ」

波多野が、どこか投げやりにいった。「ここでそんな責任論みたいな話をしたって仕方ないでしょ。べつにあなたが、その子のおじいちゃんってわけでもないんだし」

「そうね。でも」

生田がぼそりと、

「でもやっぱり、見殺しというのは、あまり、よくはないと思うけど」

あさってのほうを見ながら加えた。

「みなさま」徳下が落ち着き払った態度でいう。「スカイラウンジのお話は、まだあとです」

「あとだと？」

「保坂さま、お座りになってください」

「この娘がそれをちゃんと語る保証がどこにある？　次はもうここにこないかもしれない」

「お座りください」

徳下に見据えられ、渋々といったふうに保坂が腰を下ろす。

「片岡さま。その男の子とは三階のキッズショップで会ったのですね」

「――そう、です。すぐ近くだったはず」

「時刻は憶えていますか」

「いえ……でも、十分過ぎにスワンに入って、まっすぐ三階を目指したから」

「すると、十一時二十分を越えたくらいでしょうか」

「そんなものだと、思います」

「ふむ。それから？」

それから――。

いずみは唇を結んだ。頭が熱かった。呼吸がしづらかった。両手で胃を押さえる。

ここはステージだ。さあ、立て。つま先《ポワント》で。

「男の子の手を取って、それから、スカイラウンジへ向かいました」

はっきりと、徳下が目を細めた。不審と呼ぶしかない顔だ。

「大竹がいた黒鳥広場のほうへ、ですか」

スカイラウンジへつながるエレベーターは黒鳥広場の突き当たりにある。

「銃声に、近づいていったことになりますが」

「――一階と三階で、距離があったから。それに白鳥のほうには丹羽がいました」

「その時刻、彼はまだ白鳥広場を二階に上がった辺りにいたはずです。片岡さまがいらしたキッズショップとはだいぶ距離があります」

白鳥広場から逃げてくる客がいても、まだぎりぎりキッズショップには達しないだろう。

「……安全に思えたんです。スカイラウンジが」

そうとしか、いいようがなかった。

徳下は黙った。黙ったまま、いずみを見下ろしていた。リズムなんて無視した、迫るような沈黙だった。

「――わかりました。次へ進みましょう」

「その前にお手洗いへ」

徳下の許可を待たず、いずみは立ち上がった。円卓に背を向けたとき、声がした。

「幸雄《ゆきお》くんだ」

保坂だった。

「おまえが見殺しにした男の子は、双海《ふたみ》幸雄くんだ」

いずみは個室の外へ出る。その名をふり払うように。


薄暗い洗面台の鏡に映る少女は十六歳と思えないほどやつれて見えた。トシくんから髪を切れとアドバイスされたが、それでどうにかなるものでもない気がする。牛倉にはちゃんと食べろといわれた。そのとおりかもしれない。なくした筋肉のぶんだけ、身体が削られているようだ。

顔に水をかける。ほとんど化粧をしてない肌を強くこする。

顔を上げた拍子に、生田の台詞が浮かんだ。

あまり、よくはないと思う。

笑いそうになった。そりゃあそうでしょうね、生田さん。人が死んでいるんですものね。それとも受け狙いだったのかしら。あなたのパーマとおなじくらい、さえないジョークだわ。

双海幸雄くん？　そんなの、知ってるに決まってるでしょ、保坂さん。あなたにいわれるまでもなく、何千何万という数の「あなた」たちに、耳が腐るほど教えてもらっていますから。

急に込み上げるものがあり、えずきそうになった。吐けるものは胃液しかない。昼のお弁当は卵焼きをひと口と添え物のブロッコリーをかじっただけで、残りは駅のトイレに捨てた。真澄に申し訳ない気持ちはあるが、どうせ戻すのだからいっしょだろう。代わりに夕飯はがんばって食べるつもりだ。

苦い唾をうがいで流し、口もとをゆすぐ。目もとに濡《ぬ》れた前髪が垂れていた。まるっきり幽霊だった。いや、悪霊か。悲劇の白鳥オデットではなく、悪意を踊る黒鳥オディール。

悲劇のヒロインを演じられるくらい、傲慢《ごうまん》になれたらよかったのに。

たぶんそれが最善で、それだけが正解だった。ふりかかった理不尽な運命を嘆き、恨み、おのれの無力さを悔い、苦しみ、謝罪を繰り返して許しを請うて、やがて誰かが「この子は悪くないんじゃないか」と気づいてくれるのをひたすら待つ。たとえ百年かかっても。

そうしていれば真澄も、あんなに心を痛めつけられることはなかったのかもしれない。

五月半ばごろだ。とつぜん、あの人が語りだした。スカイラウンジで行われた処刑の様子を、いずみだけが無傷で助かった経緯を、週刊誌相手に暴露した。

古館のおばさん、と鮎川が呼んでいた、古館小梢の母親だ。

彼女が語った内容を知ったとき、いずみの感情は乱れた。その混乱は、いまもくすぶったまま消えていない。

告発は詳細だった。そして、まちがっていなかった。防犯カメラもなく、生存者はいずみと小梢のふたりだけ。ならばそれを語ったのは小梢以外に考えられなかった。しかし彼女はいっさい表には出ず、いずみとはちがう病院の個室にこもったまま、巷《ちまた》には包帯を巻いた少女の、はかなげなポートレートだけが出回った。

美しい、あまりに美しい写真が。

当然のごとく、小梢の告発は大々的に取り上げられた。いずみのもとにもマスコミが押し寄せた。真澄が平手でぶった男性は、無断で病室に忍び込んだ、告発記事を載せた週刊誌の記者だった。

世間はいずみに問うた。おまえはオデットなのか？　オディールなのか？　悲劇のヒロインなのか、悪の化身なのか。被害者の資格があるのか、ないのか。さあ、どっちだ？

いずみにはわからなかった。ほんとうにわからなかった。だから口を閉ざした。閉ざしてしまった。けれど沈黙は後ろめたさの振り付けと見なされ、いずみは悪ということになった。

悪ということになる。

あらためて言葉にすると滑稽《こっけい》だった。悪になるのではない。悪をするのでもない。悪ということになる――ここにはとても軽やかで、ゆえに逃れがたい呪いがあった。

真澄は必死に娘を守ろうとした。必死すぎて、笑われていた。マスコミからも世の中からもイタイ母親のあつかいで、心ない言葉を投げつけられて、怒られて、また笑われる。なんの関係もない人間から、毎日のように。病院の職員のなかにも白い目を向けてくる者がいた。患者のなかにも。

そんなタイミングで致命的な動画がSNSにアップされた。病院の屋上でバレエの真似事をするいずみの姿だ。誰が撮ったのかはわからない。看護師か患者だったのだろう。内緒の個人レッスンは、いわばリハビリだった。そしてささやかな心の慰めだった。けれど動画を観た人々は、それを許さなかった。なぜならいずみが、とても楽しそうだったからだ。おびただしい数のバッシングが飛んできた。恐怖を覚えるほどに。

退院するころ、いずみの立場は固まっていた。犯人に気に入られ、自分が助かるために目の前の処刑を見過ごした女。次に誰を殺すか、非情に選びつづけた女。美しいクラスメイトまで差し出して、気の毒なその子への謝罪もなく、亡くなった被害者遺族への謝罪もなく、楽しそうにバレエを踊り、ヒステリックな母親に守られながら自分も被害者面をしている女。

その女の顔が、鏡に映っている。

よく、生きていられるもんだ。

自分の言葉で、そう思った。

はっきり、確信が芽生えた。何もかもすべてがなんとなく落ち着いていく——なんてことは、ない。やっぱりそれはあり得ない。あり得ないんだ。

悪霊みたいな少女をにらむ。ハンカチをスカートのポケットに突っ込み、代わりにそれをぎゅっとにぎる。――踊れ。舞台袖から、ステージへ。


個室の引き戸は開いたままだった。中から聞こえる声に、いずみは身構えた。慣れたつもりでも不意打ちはこたえる。陰口とはそういうものだ。

しかし室内では、幸いというべきか、陰口よりもっとあけすけな議論が交わされていた。

「ほらまただ。あなたのそういうかわし方が、なんか怪しいって思えちゃうわけですよ」

「そうね。わたしも、それはちょっと、おなじように感じてるところがあるかもしれない」

責められているのは意外な人物だった。

「君はどう思うの、道山くん」

スタジャンの男は上目づかいに標的の人物を見やり、もぞもぞと口を動かす。「少しは、そりゃあ、隠してることが、あるんだろうとは……」

「思うよね。そりゃあそうに決まってる」波多野がわざとらしくうなずく。「核心部分にはふれもせず、こっちばかりに求められちゃね」

「わたしなんか重箱の隅をつつくみたいに怒られて。おかしいですよ」すねる生田に波多野が追従する。「当然の感想です」

「金を払えばどうにでもなると考えているんだろ」

いいきったのは保坂だ。ことさら不満げな口調には、波多野に同調する不本意さもふくまれていそうだった。

「あ、片岡さん。君の意見も聞かせてほしいな。ある意味このメンバーのなかじゃ君がいちばんの当事者といえなくもない。あんまり、こういう言い方はしたくないけど」

バツが悪そうにつけ足してから波多野が迫ってくる。

「このお茶会の本音が知りたいと思わない？」

視線を真ん前に立つ男へ向ける。徳下は、これっぽっちの動揺もなく波多野たちの抗議を受け止めていた。

「片岡さまも、わたくしの進行にご不満がおありでしょうか」

「まあ……」と曖昧に返し、いずみは自分の席へ戻った。

「まあ――って、それは不満ありのカウントでオッケー？」

ため息が聞こえた。生田だ。「なんか、こう、いわされてるって感じね。わたし、そういうのって嫌なのよ。だってぜんぜんそんなつもりじゃないのに、こっちが無理やり押しつけてるみたいに感じてしまうんだもの」

かすかに神経が逆立った。もってまわった言い方に、空気を読めという圧力を感じる。

「まあ、でも、不満がないわけじゃないってことで、いいのよね？」

いずみはうつむくことで同意を示した。それにまた、めんどくさい子、とでもいいたげなため息が返ってくる。

「とにかく、これで、全員一致ね」

「そうなりましたね。である以上、ここは健全な民主主義の精神にのっとって、ぜひ徳下さんには我々の疑問を解消してもらいましょう」

波多野がおどけたふうに手のひらを、どうぞと徳下へ差し出した。

「お気持ちはわかりました」徳下が大きくうなずいた。「しかし、すべてをというご要望にお応えするのはむずかしいといわざるを得ません。わたくしはこの事件についてあまりに多くの情報をもっているのです。何もかも余さずご説明差し上げるには時間が足りない」

一同を見回す。

「どうか、具体的な質問をしていただきたい。それならば簡潔にお答えできるかと思います」

「簡潔って、こっちが納得できなかったら意味ないんだけど?」

「波多野さま。わたくしは誠実に回答させていただくつもりです。それはお約束いたします。しかしわたくしの誠実さの真偽は、結局のところ、信じてもらうよりほかにないのです。そもそもこの会合に強制力はなく、わたくしの説明に対しどう思われ、どう行動なさるかはみなさまの自由です」

「へえ」波多野がニヤつく。「あなたも人並みに、ムキになったりするんだね」

「これはたいへん失礼しました。ご不快であったならお詫びいたします」

「いいよ、べつに。おっしゃるとおりだとも思うしね。ただあなたの誠実さを、もうちょっと見せてほしい。ようはこっちも気持ちの問題なんだ。はっきりいって、あの事件のことを興味本位で訊かれるのは腹が立つって話でさ。少なくともおれはそうだし、みなさんも似たり寄ったりでしょ？　あれを楽しい思い出にしてる下衆《げす》はここにいないって、おれは信じてる」

このとき、いずみは軽いショックを受けた。中華テーブルを囲う面々を「事件に巻き込まれた人たち」という漠然としたくくりで見ていたが、その実感が、自分には欠けていたことに気づいたのだ。げんに前回、帰りの車の中で、いずみは波多野に尋ねなかった。あの事件をどう感じているのか。じっさいどんな目に遭ったのか。

「ほんとは根掘り葉掘りいろいろ訊きたいとこだけど、時間にかぎりがあるのは事実だし、ここはひとつ、さっきのおれの質問に答えていただくってのはどうですかね」

「わたくしはかまいませんが」

徳下が面々に視線を投げる。反論はあがらない。

「じゃあ、あらためてもう一回」

波多野が身を乗り出した。

「吉村菊乃さんは、どの時点でスカイラウンジを離れたんです？」

すぐさま、「いや――」といい直す。「さすがにそれだけじゃ足りないな。このさい、徳下さんが知ってる菊乃さんの行動をぜんぶ教えてください」

それは当然に思える質問だった。彼女の死に対する不審の解明がこのお茶会の目的だと徳下は明言している。にもかかわらず、菊乃の足どりを明かそうとしていない。

「先入観をもたせたくないっていって前回いってたけど、よく考えたらおかしいよね。だってどこかで菊乃さんとすれちがっていたとしても、ヒントもなしにそれを思い出せる保証はないもん」

波多野は、車でいずみを送りながらこう推理していた。吉村社長や徳下には疑っている目当ての人物がいるんじゃないかと。

すると情報を隠すのは、そいつが何か決定的なミスを犯す――たとえば言い訳のきかない嘘をつく瞬間を待ちかまえているから？　いずみの思いつきが正しければ、波多野の質問には答えにくいはずだが。

「お伝えできる範囲で申します」

徳下に迷いのそぶりは見られない。

「まず午前十一時、菊乃さんはスカイラウンジにおられました。ただし正確にはこれも、おそらく、です」

「さっそく逃げを打つな」保坂が声を荒らげた。「そんなもの防犯カメラですぐわかるだろ」

「スカイラウンジには――」

「ラウンジにカメラがないのは知ってる。だがエレベーター乗り場は共用部分だ。乗り降りはチェック可能じゃないか」

「そのとおりです。しかし、非常階段はそのかぎりではありません」

保坂が眉間《みけん》にしわを寄せた。

「まず、スワンの防犯カメラがバックヤードにおよんでいない点をご理解ください。そしてそれはスカイラウンジにそなわっている緊急避難用の非常階段も同様なのです。階段はカフェの厨房《ちゅうぼう》の奥にある入り口から各階を経て、第二防災センターのそばまでつながっていますが、これらはすべてバックヤードにふくまれているためカメラの設置がありません」

つまり、とつづける。

「非常階段を使った可能性がある以上、菊乃さんの行動を正確に突き止めることは困難なのです」

「逆に訊《き》くけど」波多野が口をはさむ。「事件が発生したあと、菊乃さんがエレベーターを降りた映像は残ってるの？」

確実にラウンジを離れた証拠だ。

「ございます。ただ、いま申し上げた理由によって、それより前にラウンジを離れ、ふたたび戻ったという可能性が否定できず――」

い調子で。

「そんな些末《さまつ》なことはどうでもいいっ。簡潔に答えるんじゃなかったのか」

保坂の苛立《いらだ》ちに、申し訳ございません、と徳下は応じた。まったくすまなそうじゃな
「ご質問にお答えします。事件発生ののち、菊乃さんが初めて防犯カメラに映るのは三階のエレベーター乗り場です。上からやってきた箱から降りるところが映っています。時刻は午前十一時十五分ごろ」

「十一時十五分？」

波多野が上ずった声を出した。

「正確には十四分ですが」

「いや、じゃなくって、十四分？　えっと、大竹が防災センターを襲ったのは……」

「黒鳥広場で八発撃ってからです」

二発は天井へ向けて、残り六発は来場者を狙って。

「彼が第二防災センターにいたのは十一時七分から十五分までの八分間です」

警備員が逃げだしたあとも、大竹は第二防災センターにしばらく留《とど》まっている。

「それから奴は黒鳥広場に戻って、白鳥広場へ向かったんでしたっけ」

やけくそのように拳銃《けんじゅう》を撃ちまくりながら。

「やっぱりおかしいですよ。だって菊乃さんは、おなじくらいの時刻にエレベーターで三階まで下りて、なのにどうして十二時に殺されるまで、彼女は逃げなかったんです？」

「おっしゃるとおり」

徳下がうなずく。

「不可解なのです」

困惑がにじむ口調で波多野が訊く。「撃たれて、倒れた瞬間の映像は残ってるんですよね？」

「いえ、ございません」

「は？　そんなわけ――」

「撃たれて倒れたのではないのです。倒れてから撃たれたのです」

「丹羽が倒したってこと？」

「誰が、ということではございません」

「徳下さん。いいかげん、つまらないごまかしはやめようよ」

「ほんとうに答えようがないのです。なぜなら菊乃さんはその場所に、みずから腹ばいになったのですから」

首をひねるような沈黙がおとずれた。

「えーっと……」波多野が茶髪をかき乱す。「――どういうこと？」

「ご病気が、あったのかしら」

遠慮気味に、生田が尋ねた。

「お歳をめしていらしたなら、あり得ますよね？」

「充分にあり得ます。菊乃さんにこれといった持病はなかったそうですが、極度の緊張状態でしたでしょうから」

何か、ぎくしゃくしている。うまく説明できないが、いずみはそう思った。

「警察の見解はどうなっているんだ」と保坂。

「黒鳥広場にやってきた丹羽に撃たれたのが致命傷ということになっています」

正午前後という死亡推定時刻とも合致する。

波多野が口を挟む。「十一時十四分に話を戻しましょう。なんのために菊乃さんは三階まで下りてきたんです？」

「その前に、エレベーターについて補足しておきます。内線電話をかけてきたスカイラウンジの店長に対し、第一防災センターの主任はエレベーターをラウンジにとどめておくよう指示を出しています」

「犯人に使われちゃまずいから、ですね」

「はい。具体的には椅子を挟んでおくようにと」

「ストッパーってわけだ。一階で、菊乃さんが果たしたみたいに」

波多野の口調が妙にねばっこい。

「つまり菊乃さんは、わざわざ指示をやぶってエレベーターを動かしたと」

「そうです」

「目的は？」

「わかりません」

「逃げだしたんだ」保坂が割り込んだ。「大方、反対をふりきって、無理やりエレベーターを動かしたんだ。自分ひとり、助かろうと思ってな」

「だったらさっさと逃げればよかった。四十五分後に撃ち殺される必要なんかないでしょ」

「知るか。ほかに理由など考えられん」

ちがうか？　と彼は、いずみに訊いてきた。

「スカイラウンジにいたおまえなら、何か知ってるだろ」

「……そのときは、まだいません」

「下へおりた婆《ばあ》さんがいると、ラウンジの者から聞かなかったか。被害者の人たちから」

いずみは返事をやめてうつむいた。

「で？　答えはどうなんです、徳下さん」

保坂を無視し、波多野が尋ねた。

「どちらともいいかねます。事実を申し上げるなら、三階でエレベーターを降りた菊乃さんは速足で駐車場側のバックヤードへ向かっています」

そのまま外へ出ようとすれば出られるが。

「ただしそのとき立体駐車場では逃げ急いだ来場者同士の事故が多発しており、多少なりとも踏み入りにくい雰囲気であったろうと想像できます」

ためらいが生じ、足がすくんでしまったのだろうか。

「エレベーターに関しては奇妙な点がまだあります。菊乃さんが降りたあとも、なぜか箱は三階に停まったままだったのです」

え？　と声をあげた波多野へ、徳下がうなずいた。

「そう。ラウンジにいた面々が呼び戻さなかったということになります」

「菊乃さんがストッパーをかましてたわけじゃなく？」

「映像で見るかぎり、そういったものはありませんでした」

まさか呼び戻すのを忘れたということもないだろう。

「次に菊乃さんが映像に映るのは、十一時半です」

どこで何を？　と訊くより先に、

「ここでちょうど、みなさまに伺った時刻まで追いつきました。そこでお願いですが、先にみなさまのお話のつづきを――十一時二十分から半までの行動を伺い、その後に菊乃さんについてお伝えすることにさせていただきたいのです。残り時間を考えても、この手順が妥当かと思います」

「つまり今日中に、菊乃さんが亡くなるまでの行動のぜんぶは教えてもらえないってわけね」

「来週も、足を運んでいただければ幸いです」

波多野が皮肉に鼻を鳴らした。「おれはいいですよ。小遣いもらってる身ですから、これ以上のわがままはひかえます」

ただし――と人差し指を立てる。

「ささやかな抵抗として、黙秘します」

「ずるい」生田が頬をふくらませた。「波多野さん、そればかり。まじめに答えてるわたしたちが馬鹿みたい」

「とんでもない。ボーナスをどぶに捨ててるおれこそ馬鹿です」

「だったらもう、さっきみたいな失礼な文句を、もうぜったいにいわないでくださいね」

「初めからそのつもりですが、了解です」

白けた空気が漂うなか、いずみの口もとがかすかにひきつる。

「では、生田さまからお願いします」

しかし生田も相変わらずだった。十一時二十分から半までの十分間、ひたすら逃げていたと思う。場所はわからない。階を移動したかもしれないし、しなかったかもしれない。ほとんど何も憶《おぼ》えていない。パニックだったのだから仕方ない、責められる筋合いはない……。

中身のない証言を、波多野は薄ら笑いで聞き流していた。

「半の時点でどちらにおられたかも、憶えてらっしゃらないのですね」

「だからもう、何度も、そういってるじゃない」

ふむ、と徳下が間をとった。

「本館の全長――白鳥広場と黒鳥広場のあいだはおよそ千二百メートルです。多くの来場者と同様、生田さまも館内放送のタイミングで避難を開始しておりますから、十一時半の時点で二十分間、黒鳥広場付近から白鳥広場へ走ったことになります」

「走ったといっても、そんな陸上選手じゃないんですから、息があがってたいへんだったの。足も思うようには動かないし。わかるでしょう?」

「ええ、わかります。焦りとはそういうものですから」

うなずきつつ、とはいえ、と返す。

「千二百メートルならふつうに歩いても二十分間でだいたい行ききれます。十一時半の時点で白鳥広場に着いていても不思議はありません」

「とんでもない状況だったんですよ? 算数みたいにいわれても困ります」

「たしかに。思いもよらぬことで足止めをくう場合もあったでしょう。けれど生田さまには、具体的にこうして足止めされたというご記憶もない」

生田の反論が消えた。じっと徳下をにらんでいる。

大幅に時間をとられるような出来事があれば印象に残っているはずだ。それがないなら、白鳥広場に着いていなくては計算が合わない。

「何か、思い出せませんか」

「いいえ。まったく」

はねつけるような否定が本音なのか意地を張っているだけなのか、嘘なのか、いずみには見抜けなかった。ただひとつ、十一時半の時点で生田が白鳥広場に着いていなかったことはまちがいなさそうだった。そしてそのことを、彼女はしっかり憶えている。

ここでもいずみは、嚙《か》み合わなさを感じた。生田は、白鳥広場に着いたと嘘をつかなかった。徳下に見抜かれると思ったからだろう。つまり彼の情報量と精度を信頼しているのだ。

なのに、ごまかしている。ごまかさなきゃと決めている。いったい、何を？

そもそも、なぜ、彼女はこのお茶会に参加しているんだろう……。

「道山さまはいかがでしょう」

ごつい肩がびくりとする。

「十一時二十分まで一階の屋内花壇におられたとのことですが、その後はどのようにされましたか」

「おれは……、そのまま、そこにいた」

「ほう」

徳下の応対が、徐々にあけすけなものになってきている。

「それは奇妙ですね。十一時二十分の時点で異常事態は明白だったはずですが」

「だから、だからどうしていいかわからなかったんだっ。混乱してた。みんなといっしょだ！」

「十一時十分に丹羽は白鳥広場を二階へ上がり、大竹はその少しあとに第二防災センターから黒鳥広場に戻り、それぞれ中央の屋内花壇へ進んでいます。ランダムに拳銃を発砲しながら彼らは近づき、十一時半過ぎに一階と二階ですれちがっています」

「わかってる。聞こえてたよっ。バンとかドンとかガシャンとかギャアとか……勘弁してくれっ。あんなの想定外だ」

「道山さま」

「想定外だったんだ！　だから、だからパニックになって」

「道山さま。ひとつだけお答えください。屋内花壇のあの辺りには、駐車場へつながる通路がありました。反対側には外へ出る通路も」

一階で、しかも中央にあたる場所。屋内花壇がしつらえてあるのも、来場者が出入りするホットスポットだからだ。

「なぜ、逃げなかったんです？」

道山が、口を開けた。その大きな穴が、ぎこちなく震えていた。窒息が心配になるほどに。

「じっさい、屋内花壇付近にいた多くの人々はそれらの通路を使い難を逃れています。当然といえば当然でしょう。両サイドで響く銃声から遠ざかるのに、手近な通路ほど便利なものはありません。そこへ足が向くのは、ほとんど本能ではないでしょうか」

パニックであればよけいに――そんな言外の指摘。

「どうか、お答えください」

ランタン型の照明が、道山の脂汗に反射していた。何かを噛み砕こうとして砕けない、もどかしい口の動き。血走った目に、いったい何が映っているのか。

徳下が、手にしたペンをカチカチ鳴らす。まるでカウントダウンかのように。

「おれは――」

道山が声を絞り出す。

「悪くないんだっ」

ずしんと、それは響いた。

とつぜん、腑《ふ》に落ちた。この人は、これがいいたいがためにお茶会に参加しているのだと。

おれは、悪くない――。

その言葉を受け止めるこの場の空気、中華テーブルを囲う面々のだんまりは、そんな道山を非難するようでいて、どこか共鳴する想いを否定できず、居心地の悪さが充満する一方で、けっして安易に席を離れてはならないという不穏な了解を示しているのだった。

「悪くない、とはどういう意味です？」

ひとり徳下は、容赦ない断罪人の役目をまっとうしていた。

「何か、悪いと誤解されるような出来事があったのですか」

「いや……、ちがう。ちがうんだ」

「道山さま」

「だから！　おれは、銃声がどんどん近づいてきて、だから逃げようと思って、白鳥広場のほうへ行ったんだ」

「先ほどは、その場にいたと――」

「細かいことをいわないでくれっ。正確な時刻なんか憶えちゃいない。でも、あいつらがすれちがう前に、たぶん、そっちへ」

「白鳥広場のほうからは丹羽が近づいてきていましたが」

「逆からは大竹がきてただろっ」

「いい忘れておりました」

徳下が人差し指を立てる。

「大竹よりも、丹羽のほうが先にエスカレーター㋒、つまり屋内花壇の上を通過しているのです」

道山が、固まった。先にたどり着いたのは丹羽――すると道山は、あえて銃声が近いほうへ向かっていったことになる。

「丹羽が屋内花壇を通過したのは十一時半ちょうどとお考えになって差し支《つか》えありません。大竹とすれちがうのはもう少し先、エスカレーター㋓の辺りです」

「あ、あいつは、二階にいたっ。銃声だって、少しマシだった」

それはうなずけない。吹き抜けだらけのスワンにおいて一階も二階も大差なかったはずだ。どのみち、駐車場や屋外へつながる出入り口を使わなかった理由の説明にはなっていない。

道山の口は止まらない。「いいかげんにしろよ！　嘘かほんとか、あんたわかるんだろ？　ならそれでいいじゃないかっ」悲鳴に似た懇願が、抗議へ変わる。「こんな場所で、人前で、話させる意味なんかないだろ！　おれが何者で、あのときどうしてたか、どうせぜんぶ知ってるくせに！」

唾《つば》が飛んだ先に、徳下の丸い目があった。

まったく動じない声が応じる。「それは買い被《かぶ》りです。わたくしには表面的な事実しかわかりません。ゆえにこうして、みなさまにご足労願っている次第なのです」

ひやりとするものがあった。道山の抗議は感情的すぎると思う一方で、的を射た部分もある。徳下は知っているのだ。当日の行動だけでなく、たとえばいずみたちの本名、住所。きっと職業や家族構成も。あらためて気色悪さを感じてしまう。そのうえで彼は、自由に語らせている。嘘やごまかしをいったん認めている。この回りくどいやり方になんの意味があるのか。

「保坂さまは、三階から丹羽を追ったのでしたね」

「……ああ。二階に上がってきたあの男をな」

「十一時半に屋内花壇の上を通過するまで、ずっとですか」

「そうだ。君の用意した図でいうエスカレーター㋑のところで、一度チャンスをうかがった」

「丹羽を取り押さえるチャンスですね」

「だが無理があった。エスカレーターに身をひそめて二階へ下りるまではできたかもしれないが、そのぶん奴は遠ざかってしまっただろう。奴の足どりはそんなふうだった。被害者の生死に頓着《とんちゃく》してないように見えた。逃げ遅れた者を探すこともせず、目に入ったら撃って、ほったらかしにする。そんな感じだった」

「つまり、奇襲のすきがなかったと」

「おなじフロアで対峙《たいじ》するなんて真似は馬鹿げている」

そうだろう？　とばかりに目つきが鋭くなる。

「三階にいる人たちに避難を促しながら進んだのですね」

「会えば、白鳥広場のほうを指さしてやった。まだわりと三階には人がいた。貯水池側の人間はほとんど避難を終えているようだったが」

「店の中はどうです？」

「そこまで気にかける余裕はなかった。逃げ遅れていても三階なら安全だろうと思ったしな」

店員の誘導でバックヤード通路から避難した者も多数いた。報道によると、火事と勘違いした来場者のほとんどが助かったという。無差別銃撃犯の存在を認識し、恐怖に囚《とら》われた者ほど身動きがとれなくなり、逃げ遅れた。なかには無人の店舗に身を隠し、丹羽の餌食《えじき》になった者もいる。二階の通路で撃たれた者も。

その光景をひそかに見下ろしていたであろう老人は、しかめっ面で固く腕を組んでいる。

「片岡さま」

いずみの肩が強張《こわば》る。

「もう一度、確認させてください」

徳下の声が頭上から降ってくる。

「あなたは十一時二十分過ぎに三階エスカレーター㊁の近くにあるキッズショップでひとりぼっちだった男の子——双海幸雄くんと出会い、彼の手を取ってエレベーター乗り場へ向かった。まちがいないですか」

無言で肯定を伝える。

「その少し前、防災センターの襲撃を終えた大竹は黒鳥広場に戻り、そこから中央花壇のほうへ歩きはじめています。エスカレーター同士の距離はおよそ二百メートルですから、キッズショップとは四百メートルほどの距離です。一方の丹羽は、まだ白鳥広場の二階の辺りにいました」

犯人に挟まれているなんて知りようもなかった。エスカレーター㊁付近の来場者のほとんどが、近くの銃声を恐れ白鳥広場のほうへ流れた。

「その波に逆らってまで、あなたはスカイラウンジへ向かったのですね」

いずみは顔を上げた。

「そうです」

徳下の丸い目を見返した。

「保坂さんに聞いてください。わたしと幸雄くんがラウンジと反対へ逃げていたら、おなじ三階をこっちへ向かっていた保坂さんとすれちがっていたはずです」

「憶えはない」

保坂がぶっきらぼうにいい捨てた。「子連れはいたが、そいつとおなじ年代の女子と子どものふたり組は知らん」

「スカイラウンジへ向かう姿が、防犯カメラにも映っているはずです」

徳下は保坂といずみを見比べつつ、ふむ、とうなずく。

「では、ラウンジへ向かった理由を、あらためてご説明いただけますか」

「安全だと思ったとしかいいようがありません。とっさの判断です」

「目と鼻の先で大竹の銃声が聞こえていたのに？」

「音の響きで下の階だというのはわかったから、だからむしろすれちがってしまえば安全だと、考えたんだろうと思います」

「とても筋が通ってるように聞こえます。スカイラウンジへ向かったという事実を、なんとか説明しようとすればそうなるといった具合に」

「信じてもらえないなら仕方ないです。でも、事実は事実だから」

「スカイラウンジがあることはご存じだったんですね」

一瞬、答えにつまってしまう。

「それは……、わたしは、あの辺りは地元だから、スワンには通ってました」

「最近もですか？」

「それは、関係のある話ですか？」

「失礼しました。ただ、エスカレーター㊁の辺りからスカイラウンジのエレベーターは見えませんので」

スワンの通路は直線状だが、奥のほうへ行くにしたがいカーブしている。

「四百メートル先となると、見えないんです。あいだにエスカレーター㋔もあって、ごちゃごちゃしていますしね」

「――だから？」

「だから、そもそもスカイラウンジへ逃げようという発想が、不思議に思えてしまうのです」

「逆に――」

ラウンジに行き慣れている人間でもないかぎり。

声を出しながら、もう一度自分にいい聞かせる。ここはステージなんだ、と。

「逆に、徳下さんはどう思いますか？　どうしてわたしが、スカイラウンジへ逃げようと考えてしまったのか、見当がつきませんか」

「申し訳ないですが、不確かなお答えをするわけにはいきません」

「想像でもいいです。もしかしたら、それで忘れていることを思い出せるかもしれないし」

　ふうむ、と徳下がうなった。

「お願いします」

「では、あくまで可能性ということで」

　空咳《からぜき》をし、こちらを見る。

「親御さんがいらしたのではないでしょうか」

「――え？」

「双海幸雄くんの親御さんです」

「でも、近くにいたら――」

「ええ、我が子をほうっておくわけがない」

　じゃあ――。

「おそらくですが、彼は迷子だったのです」

　すとん、と腑に落ちるものがあった。キッズショップ。楽しい玩具《おもちゃ》があふれるそこで、彼は親からはぐれて遊んでいたのだ。

　だから彼は、値札がついたままのバスの玩具を持っていた。

「そしてこれもおそらくですが、彼は親御さんとスカイラウンジで食事や休憩をする機会が多かったのでしょう。だからそこに、親御さんがいると言い張った。そしてあなたは、親御さんに会いたいという彼の願いをかなえるべくスカイラウンジへ向かった」

あの混乱のなかで、迷子になった五歳の少年は泣きべそをかいていたのではないか。聞き分けのないわがままを叫んだのかもしれない。そして危険をかえりみず、彼のためにひと肌脱ごうと——。

「少年がひとりぼっちでいたら、我々はまずどうするでしょうか。当然、親御さんの居場所を訊くでしょう。いっしょに逃げようとしていた人間で、彼の言葉に従った者ならなおさら、その会話を忘れるとは考えにくい」

すっと刃《やいば》が忍び寄ってきた。

「片岡さま。十一時から十一時二十分までのあいだ、どこで何をされていましたか？」

いずみは音をたてないように唾を飲んだ。それから徳下を、しっかり見上げた。

「わたしが、嘘をついていると？」

徳下は目を見開いていた。害のない妖怪《ようかい》みたいな顔だった。

「十一時半までの行動をお願いします」

「……スカイラウンジのエレベーターを目指しました。正確な時刻はわかりません」

「一階を進む大竹とすれちがったのは気づきましたか」

「さあ——銃声が下から聞こえた気はしますけど、足を止めている余裕はなくて」

「まっすぐスカイラウンジを目指したのですね」

うなずく。でないと時間的に、間に合わない。

「エレベーターは、三階にありましたか」

菊乃が使ったままなら三階にあるはずだ。

「――憶えてません」

ふうむ。徳下がうなった。感情の読めない視線を浴びせてくる。

「髪型はどうでしょう」

「え？」

「事件の日、片岡さまはどのような髪型をされていましたか？　いまとおなじにおろしていたのでしょうか。それともお見せいただいた学生証のポニーテールでしたか」

「――ポニーテール、でしたけど……」

なんで？　という疑問が、次の瞬間、あっ、と弾《はじ》けた。

「意味のある質問ですか、それ」

波多野が呆《あき》れ笑いを浮かべていた。「徳下さんの趣味？　こういう場で公私混同はよくないと思うけど」

「あ、それはとんでもない誤解です。わたくしはむしろどちらかというと――」

「はいはい承知しました。それより、尋問はもういいんじゃないですか？　早く菊乃さんが現れた場所を教えてくださいよ」

十一時十五分ごろにエレベーターで三階に下りて、カメラのないバックヤードへ消えたのち。

徳下が空咳をひとつ。

「次に菊乃さんが防犯カメラに映るのは、十一時半。場所は――」

と、奇妙な間があいた。

「――ああ、そうそう」

あからさまに、とぼけた口ぶり。

「わたくし、すっかり忘れておりました」

手のひらをポンと叩《たた》きそうないきおいで、

「菊乃さんの写真を、お見せしていませんでしたね」

バインダーをめくりながらホワイトボードを向く。空いているスペースにマグネットで、抜き取った紙片をとめた。

その瞬間。

めきっと音が聞こえそうな沈黙に、うなじを刺された。

いずみは、とっさに居ならぶ面々へ目をやった。けれどいましがたの強烈な気配はもうどこかにしまわれており、戸惑いがにじむ空気が漂っているだけだった。

「服装もヘアスタイルも、事件当日と変わらないそうです」

ホワイトボードに貼られた写真は、キャンパスノートくらいのサイズだった。家族写真のたぐいから切り取って拡大したものだろう。背景はわずかで場所は特定できないが、屋外の観光地のようだ。菊乃は高級感のあるカーディガンと青いワンピースをまとっていた。髪はすっかり白くなっているがボリュームがあるおかげで貧相な印象はまったくない。くっきりした目鼻立ちがいかにもしっかり者といった雰囲気をかもしている。浮かべた笑みは服装やアクセサリーのせいでちょっと澄まして見えるけど、むしろそれがかわいらしく感じられるタイプの女性だった。

アップにした白髪も色鮮やかなワンピースも、目立つ部類だ。間近で会ったなら、しばらく記憶に残るだろう。

「さて、みなさま」

徳下が、うやうやしく尋ねる。

「何か、ここで、おっしゃっておきたいことはございませんか」

ちりっと、焦げるような緊張が走る。互いが互いに目配せを送り合う。徳下が言葉を投げかけた目当ての誰かを探ろうとして。

「いかがです?」

「そういうの、やめてもらえないかしら」

生田が唇を尖《とが》らせていた。「わたし、たんなる協力者なのに、こんなふうなのは、嫌」

「こんなふう、といいますと?」

「誰を怪しんでいるのかはっきりいえ——ってことじゃない?」

波多野の言葉に、みなが眉《まゆ》をひそめる気配があった。

「ちがう？　狙ってるターゲットが、おれたちのなかにいるんでしょ？」

「お待ちください。わたくしは遺漏なく事実をあきらかにしたいだけなのです」

「あんたって見かけとおなじくらい神経も太っちょだよね。弁護士さんってみんなそうなの？」

「人によるとしかお答えのしようがございません」

　はっ、と波多野が吹く。

「冗談はおいとくとして、さっさと先に進めましょうよ。結局十一時半に、菊乃さんはどこに現れたの？」

「黒鳥広場三階のエレベーター乗り場です」

「え？　元の場所に？」

「はい。消えたバックヤードから戻ってきたかたちです」

「なんで……っていうか――え？」

　視線が、いずみに集まった。

「ちょうど――」徳下がつづける。「片岡さまと双海幸雄くんがエレベーター乗り場に着くのと同時に」

　ああ……、といずみは思う。そうだったのか。菊乃さんと、鉢合わせしていたのか――。

「おふたりは顔を合わせ、エレベーターの前で言葉を交わしています。けれど菊乃さんの写真を見ても片岡さまは、それについて何も言及されなかった」

「――だって」思ったよりも穏やかな声が出た。「いま、初めて知ったから」

徳下がうなずく仕草を見せた。しょせん素人の浅知恵など穴だらけ、プロにかかれば赤子同然――。彼の平然とした様子を、我ながら意地悪く受けとってしまう。

「言い訳はしません。どうせカメラに映ってるだろうし」

幸雄くんの手を引く、ポニーテールではない女の子が。

初めから信じちゃいなかったのだろう。だから前回のボーナスをゼロにした。

「暴くような真似は避けたかったのですが、このままですとあまりに誤解がふくらんでしまうおそれがありました。ご理解ください」

「……わたしが嘘をついた理由も、説明できますか」

「まちがっていたら謝ります。あなたはあの日の、ある人物の動きを確かめたかったのではないですか」

じっさいにキッズショップの前で双海幸雄くんと出会った人物。彼の手を取り、そしてスカイラウンジを目指した女子高生。

「古館小梢さんですね？」

いずみをスワンに呼びつけた女。

「わたし……」声を絞り出す。「……彼女の行動が知りたかったんです。どうして、あんなことになってしまったのか、なんで彼女が被害に遭わなくちゃいけなかったのか。

なんで、なんでって……。でも、誰にも訊けなかった。本人には無理だし、親御さんにも無理だった。警察とか、ほかの人にも……だって、おまえのせいだって、そういわれるのが怖かったから」

胸が焼けるように熱くなった。毒を塗った金属片で刺されたみたいに。

「この会合にくれば、くわしく知ることができるかもしれないと考えたのですね」

「回りくどいとは思ったけど、そうです」

ふむ、と徳下がうなずく。

「満足のいく答えが手に入りましたか」

「満足とはちがうけど……、でも、あの子がスカイラウンジに幸雄くんを連れてきた理由は、たぶん徳下さんのいうとおりだったんだろうって、思います」

「お役に立てたなら幸いです。もっとも迷子というのはあくまで推測にすぎませんが」

「ふん」保坂が乱暴に鼻を鳴らした。「どちらにしても、ともかく茶番だったわけだ。古館という子は、ラウンジの生存者だったたな」

いずみの脳裏に、ベッドに座る彼女のポートレートが浮かぶ。

「おなじ習い事に通うクラスメイトだったのだろ？　ようするに君は、自分が犠牲にしたその子に過失がなかったか、それを探してたんじゃないのか」

「それは――、ちがうっ」

声が震えた。「わたしは、ほんとに、あの事件がどうして起こったのか、なんであの子が犠牲にならなくちゃいけなかったのか、それを、知りたくて。あの子のことを、知りたくて……」

スカートのポケットからハンカチを出し目頭を押さえる。息がつまりそうになった。全身に力を込めているせいだ。

「ちょっと、あなた、しっかりしなさい。大丈夫だから、ね」

生田が困ったようにあやしてくる。

「保坂さん、あんたデリカシーと想像力がなさすぎる。彼女、ここにやってきただけでもすごい勇気だって思わないんですか？」

波多野に対する保坂の反論は聞こえない。たぶん道山はおろおろしているだけだろう。

「片岡さま。こうした状況になってしまったことを、進行役として謝罪いたします。どうか、気を落ち着けてください」

いずみは洟《はな》をすすりながらこくこくとうなずいた。

「ただ、このまま終わるわけにはいかないのです。よろしければでけっこうです。あらためて、今度はあなた自身のお話をお聞かせくださいませんか」

呼吸を整える。目もとをぬぐう。洗面台で、ちゃんと湿らせてきたハンカチで。

「――わかりました」

そして、ゆっくり、顔を上げる。

「わたしは、あの日、十時過ぎに、湖名川駅に着いて――」

嘘がばれ、自分の物語を語りだす。

大丈夫。ここまでは、だいたい予定どおりだ。

4

四月八日、日曜日、晴れ。

待ち合わせは十一時だった。ついでに買い物をしようと思い、早めに家を出た。どうせ小梢と会ったあとはろくな精神状態でいられないに決まってる。だったら先に済ませておきたい。

古館小梢の誘い——というか脅しのような呼び出しのメッセージが届いたのは前日の夜。断ってもよかった。無視してもよかった。気づかなかったふりをして、とぼけとおすこともできた。明日には新学期がはじまる。クラスは替わるかもしれないが、ちがう檻《おり》に入れられるわけでもないんだし、廊下で立ち話でもすればいい。春休みの最終日に、わざわざ電車に乗って会いに行く必要はどこにもない。

会ったところで無駄なのもわかりきっていた。ちょうど連絡をよこしてきた芹那にそんな愚痴をこぼし、行くな行くな、シカトしちまえ、と煽《あお》られた。でも結局、いずみは〈わかった〉と小梢に返信した。電車に乗っているときも、スワンをぶらつくあいだも、買い物だけして帰ってしまおうかという迷いはあって、その誘惑に負けなかったのはバレエ教室が催す夏公演の配役が間もなく発表されるからだった。面倒は片づけておかなくちゃ——自分にそういい聞かせた。

スワンを訪れるのはひさしぶりで、とはいえ細かな改装や店舗の入れ替わりに気づくほど通いつめていたわけでもなく、別館の入り口にある王子の泉になつかしさを覚えたくらいだった。

案内板を頼りにいずみは進んだ。だだっ広いだけの別館はおもしろくもなんともなく、まあようするにショッピングモールだなあという、つまらない感想しかもてなかった。都内の大きな商業ビルと大差ない。都内の大きな商業ビルに足を運ぶ機会なんてほとんどなかったけれど。

目的のお店を目指し、別館をあとにした。二階の連絡通路を渡って本館に着いたときにはけっこうな時間が経っていた。すたすた歩いていたつもりだが、アクセサリーショップや服屋の前で思った以上に足が止まっていたようだ。バレエ漬けになる前の、人並みにファッションに興味をもっていた自分を思い出したりした。

本館二階の吹き抜けから白鳥広場を見下ろして、その人の多さにびっくりした。春休み最後の日曜日だからか。ガラス張りの天井からやわらかな陽の光が差し込んで、これはなかなか壮観な風景だった。

いずみは、エスカレーターで一階へ下りた。

ごちゃごちゃした人波をぬい、奥へ進んだ。別館に比べるとフロアの横幅は狭く、けれどずっと先までつづいている感じが、ちょっと愉快だった。ここをステップで駆け抜けたら気持ち良いだろうな。思いっきり跳べたら素敵だろうな。前へ進みたがるのは悪いくせだ。ターンが下手くそなのとも無関係でない気がする。あなたはステージの使い方がわかってない——。レッスン教室の講師からよく叱られていた。ステージは限られたスペースなのよ、その中で観客にどう見せるかを常に考えなさい。

努力はしているが上達しない。感覚的にピンとこない。その理由の一端が、ふいに理解できた。ああ、そうか。わたしはこの、どこまでものびるまっすぐなステージをステップで駆け抜けて、ジャンプで飛び跳ねて、ひたすらがむしゃらに前へ進みつづけたいっていう、そういう欲望を抱えているんだ。そんなステージは現実にはあり得ないのに、でもきっと、それは最高に気持ち良いんだろうなって思ってるんだ。

ひとりきりでスワンを歩くのは初めてだった。だからそんな埒《らち》もないことを考えたのかもしれない。さして意味のある発見でもなかった。あり得ない夢想に浸るより、現実のステージを使いこなすほうが何百倍も大事だ。

でも減るもんじゃないんだし、たまには夢想もいいよね。

人ごみがきれいに消え失《う》せた長い通路を思い浮かべ、そこを好き勝手に踊る自分の振り付けを適当に組み立てながら、いずみは進んだ。このささやかな遊びには、小梢に会う憂鬱《ゆううつ》をごまかす意味もあったのだろう。

いずみの夢想とは正反対に、来場者は増えつづけていた。昼食には早い時刻というのに一階のフードコートはほぼ満席で、そろそろ順番待ちになりそうないきおいだった。目当ての店に着く直前、いずみは時刻を確認した。この時点ではまだ、スワンに異変は何もなかった。

「十時五十分ごろ――」

いずみは徳下たちに、事実だけを伝えていた。夏公演のことで相談があるからと呼び出された。駅に着いて別館から本館へ移り、一階へ下りて奥へ進んだ。小梢との確執やバレエへの想いは話していない。

「わたしは一階のスポーツ用品店に着いたんです」

エスカレーター㋔をさらに奥へ行った先、駐車場側にある大きな店舗だ。一般のスポーツ店でバレエ用品を置いているところはあまりない。いずみの目当てはランニング用のシューズだった。

「そのお店の位置は――」徳下が確認する。「ほぼ、黒鳥広場にふくまれますね」

いずみは小さくうなずいた。

「そこに、十一時までいらしたのですか」

事件発生時刻まで。

「ランニングシューズの売り場に？」

そのとおりだ。

徳下が、バインダーの紙をめくった。「そのお店の……、シューズ類は通路に面したいちばん手前に陳列されておりますね」

彼の薄いバインダーが、あの事件専用の百科事典に見えてくる。

「つまり片岡さまの目の前で、大竹は犯行をはじめたことになります」

空中に放たれた二発の銃声。おどろいてふり返った先、二十メートルもないくらいの場所で、オディールの泉を背に立つ坊主頭の男。

「もうひとつ伺います。十一時にその場所におられたということは、古館さんとの待ち合わせに間に合っていないと思うのですが」

「――うっかりしてたんです。つい買い物に夢中になってしまって」

ほんとうは途中から、わざと遅れて待たせてやろうと思っていたのだ。手前勝手に呼び出したんだから、それくらい我慢しろと意地悪な気持ちになって。

「なるほど。すると、おふたりの待ち合わせ場所はスポーツ用品店ではなく、もちろんキッズショップでもなく、スワンの外にある、貯水池だったのですね」

あらためて、いずみは徳下の頭脳に感心した。

「片岡さまは前回こうおっしゃっていました。事件発生時刻には貯水池にいて、その後にスワンへ入ったのだと。古館さんの行動が知りたかったあなたがむやみな嘘をつくとは思えません。あの証言は、事実にもとづいた推測だった」

この男をアンドロイドと評したのは波多野だった。人間っぽい顔をした精巧なロボット。とぼけた顔すら不気味に映る。

「あるいはスカイラウンジで、直接ご本人からお聞きになったのでしょうか」

「いいえ」

いずみは正直に否定した。

「事件が発生したあとで、古館さんから電話があったんです」

「ほう」

「おかしなことになっているから近づかないでって、そう伝えました」

「なのに彼女はスワンにきたのですね」

「そうです。たぶん、わたしを心配して……」

うつむく。身体に力をこめる。ふたたびハンカチを取り出すか、少し迷う。

決める前に徳下の声がした。

「時間が足りませんね」

腕時計からみなへ目をやる。「本日はここまでにしましょう。来週は片岡さまからお話のつづきを伺わせていただきます。何卒《なにとぞ》ご出席のほど、切にお願いいたします」

報酬の準備をするといって徳下が個室をあとにすると、生田が大きく息を吐いた。疲れたように肩をもむ。「もっと早く終われないのかしら……」そうもらし、ちらりといずみのほうへ視線を投げてくる。気の毒がる感じと、もう半分は責めるような調子でいう。「あなたが、お友だちとどうしたとかこうしたとか、あまり関係ないと思うのよ。

ねえ、そうでしょう？」

「……すみません」

「まあ、いいじゃないっすか。お座り二時間で一万円なんてアルバイト、めったにありゃあしないんですから」

波多野の軽口に、「そうだけど……」と生田は不満げだ。

ふと、思う。

彼女は前回、ボーナスを幾らもらったのだろう。

明確に証言を拒否している波多野とちがい、生田の証言はのらりくらり、嘘とも本当ともいいきれないあたりにとどまっている。道山も似たようなものだ。

ふたりの証言を、徳下はどう評価しているのか。印象でいえば、お金を惜しむ気配はないから、あんがい満額支払っているのかもしれない。

だがそれこそ、いずみにはどうでもいい話だった。

「君は――」

保坂が、苦虫を嚙みつぶしたような顔で話しかけてくる。

「幸雄くんを、スカイラウンジに連れていったわけではなかったんだな」

「――すみません。誤解させてしまって」

いずみは保坂だけでなく、生田や道山らにも頭を下げた。

「それはいい。だが君が、スカイラウンジで彼やほかの被害者を見捨てたことに変わりはない」

「まーたそういうことをいう。しつこいですよ、保坂さん」

波多野を無視し、保坂はそっぽを向いた。その渋面は、居心地悪そうにも見えた。言葉は辛辣《しんらつ》だったが、口ぶりに遠慮があった気もする。

少しずつだ——と自分にいい聞かせ、いずみは肩を丸めた。

「ところでさ」

波多野が、いずみとおなじように肩を丸めている道山に呼びかけた。

「さっき急に思ったんだけど、おれと君、会ったことないか？」

「え？」

道山が顔を上げた。目を見開き、口をぱっくりあけて。

「たぶん、スワンで。それも事件の日に」

「い、いや、そんなことは……」

「いやって、べつにあり得るでしょ。だっておれら、あの日あそこにいた者同士なんだから」

一ミリの深刻さもない波多野とちがい、道山の反応は異様だった。玉のような汗が、どろっと額を流れる。

「どこだったっけなあ。何時ごろだっけなあ」

「二階にいたのか？」

波多野に、保坂が問うた。

「道山くんと会っているなら、そうなるぞ」

「え？　やだなあ、ここでそういう詮索《せんさく》します？　藪蛇《やぶへび》になっちゃったよ」

「なぜ隠す？」

保坂は追及をやめなかった。

「話すと、何か不都合なことでもあるのか」

「はは、まさか」

と、テーブルに肘《ひじ》を置き、

「不都合があるのって、おたくらのほうじゃないの？」

笑みに粘っこさがあった。

「――どういう意味だ」

「かなわないなあ。すぐ怒るんだもん、保坂さん。冗談ですよ、冗談。ちょっとサスペンスドラマっぽくしてみただけですってば」

「おまえ――、人が亡くなっているんだぞ！」

狭い部屋に保坂の怒号が響いた。

「わかってるのかっ。二十人以上も死んでるんだ。へらへら笑って済ませるようなものじゃないだろっ」

「そりゃあ、そうですけど――」

「あの子の――」生田が、誰にともなくぽつりともらす。「幸雄くんのお母さんも亡くなっているのよね……」

しんと場が静まった。波多野はバツが悪そうに肩をすくめ、そんな彼に嚙みつきそうないきおいだった保坂も視線を外し口を閉ざした。道山は止まらない汗をしきりにぬぐっている。

「幸雄くんのお母さん、白鳥広場で亡くなったんですって。黒鳥広場からやってきた犯人に背中から日本刀で刺されて……」

「大竹か」保坂がむすっと表情を暗くした。「それで徳下さんは迷子という推理をしたんだろうな」

「生田さん、ずいぶんおくわしいんですね」

波多野に皮肉が戻っていた。

「何かの報道で見ただけよ。いけない？」

「いえいえ。ところで、母親って言葉で急に思いついたんですけどね。道山くん。君、あの事件が起こったとき、もしかして女の人といっしょにいなかった？」

「ひっ！」

はっきりと、道山の口から悲鳴がもれた。

「成人女性だったんじゃない？　えーっと、場所はどこだったっけ？」

「な、なんでっ」

「大竹の動画だったかな。おれもあれを観たんだけどそのとき——」

「いいかげんにして！」

生田がヒステリックに叫んだ。「もう嫌っ。もう終わったんでしょう、今日は。あなた、なんなの？　なんの権利があってそんなふうにするの？　ないでしょ、権利は」

「権利ってよくわかんないですけど、やっぱ隠し事って気になるじゃないですか」

「やめろ。生田さんのいうとおりだ。おまえにとやかくいわれる筋合いはない。話がしたいならまず自分からだろう。おまえこそ、どこにいて何をしてたんだ」

「黙秘しまーす」

がたっと保坂が立ち上がったタイミングで、

「お待たせしました」

封筒を手にした徳下が何食わぬ顔で戻ってきた。

「本日の報酬をお配りいたします」

誰もが思ったにちがいなかった。こいつ、いまのもめ事を外で聞いていたな——。

素っ気ない茶封筒が配られる。中に交通費と参加費と、ボーナスが入っている。

「片岡さまに関しては嘘をお認めになり、真実をお話ししている途中となりますので、今回ぶんのボーナスは次回へ持ち越しとさせていただきます。ご了承ください」

「……もちろんです」

徳下が満足げにうなずき、それから全員に告げる。

「ではまた来週、みなさまそろってこの場所でお会いしましょう」

予想はしていた。けれどそのクラクションが鳴ったとき、いずみの背筋は跳ねるようにのびた。音への反応だけではなかった。はたして彼の誘いに応じることが正解なのか。

「お疲れ」

波多野の車が路肩に停まった。

「秘密会談、やるでしょ？」

いたずらっ子の笑みに、いずみはかすかな寒気を覚える。

「無粋な取り調べはなしで。もちろん窓も開けますよ、お嬢さん」

先週とおなじ道を波多野は走った。交通量も似たようなものだった。後部座席に座ったいずみは真澄のスマホへメッセージを送った。学校を終えたあと、今度こそ映画を観てくる、と伝えてある。適当に作品を選び、掲示板の口コミを見て感想をでっちあげつつ、これから帰ると添えた。

「なかなかエキサイティングだったね、今日は」

歌うような口ぶりだった。

「あれこれありすぎて記憶がおぼつかないくらいだ。まあハイライトは、君の告白だったけど」

おもしろがった目が、バックミラー越しにいずみを見ていた。

「えーっと、まとめるとこうなるのかな。まず事件発生時、吉村菊乃さんはスカイラウンジにいて、十五分ほどのち、なぜかエレベーターで三階に下りた」

すでに避難を促す館内放送が流れ、ラウンジの店長は防災センターからエレベーターを停めておくように指示されていたのに。

「おまけにラウンジの連中は、エレベーターを呼び戻さなかった」

そして菊乃はバックヤードに消える。次に現れるのは十一時半。場所は消えたのとおなじ黒鳥広場三階のエレベーター乗り場だ。

「そこで男の子の手を引いた古館小梢さんと出くわした」

いずみは黙って先を促す。

「興味深いね。古館さんはエレベーターでラウンジへ。菊乃さんは正午に、一階に停まったおなじエレベーターに挟まって倒れていたところを撃たれて亡くなった。ずいぶん、エレベーターが活用されてると思わない?」

その言い方に、ふくみがあった。君はいつ、どうやってスカイラウンジに上がったの?

「ま、いいけどね」

軽快にハンドルを操作する。

「保坂のじいさんを認めるわけじゃないけど、おれにいろいろ突っ込んで訊く資格がないのは事実だし」

「……生田さんの、あれは嘘です」

「え？　あれって？」

「報道されてたって。双海幸雄くんのお母さんのこと」

大竹に白鳥広場で殺されたこと。

「わたし、事件の番組とか記事はかなり見てるはずです。とくに幸雄くんのことは、やっぱり、責任を感じて……」

小さな頭部から弾ける血しぶき。

その記憶をふり払い、いずみはつづけた。

「お母さんが亡くなったって報道はありました。でも、場所までは出てなかったはずです」

「ふうん」

波多野が思案げに宙を見やった。「生田のおばさま、口を滑らせたわけか。けど、じゃあなんでそんなこと知ってんだって話になるけど」

つぶやきに鋭さを感じ、いずみは言い訳のようにフォローを入れた。

「べつの誰かと勘ちがいしてるのかも。わたしが記事を見逃してる可能性もあるし」

「うん……まあ、そうだね」

歯切れの悪い返事に、あらためていずみは思う。吉村菊乃の死の真相をあきらかにするという集まりの趣旨がずれつつあるんじゃないかと。徳下はともかく、集まった面々は菊乃以上に幸雄くんとそのお母さんの話でヒートアップしていた気がする。

黒鳥広場で死んでいた菊乃、白鳥広場で死んでいた幸雄くんのお母さん。直接関係があるとは思えないが、ならば徳下は、どういうつもりであの口論を止めずに盗み聞きしていたのだろう。

「どうもはっきりしないな。保坂さんは丹羽を追って三階を白鳥広場から黒鳥広場へ進んだ。生田さんは右往左往してたといってるけど怪しいもんだ。二階にいたならどっかで丹羽とぶつかってなきゃいけないのに何も憶えてないの一点張りだもんね。屋内花壇にいた道山くんは大竹が近づいてきてとにかく逃げたみたいにごまかしてたけど、なんで外へ出なかったのかの答えはなし。みんな、苦しまぎればっかりならべて、なのに辞退はしていない。おれや君もふくめてね」

「——波多野さん。道山さんと女性を見かけたって、あれはほんとうなんですか」

「あ、心外だな。おれって嘘つきに見えてた?」

黙り込んだいずみに、くすりと笑う。

「ごめん、ごめん。そりゃあ信用ないよね。わかるよ、充分」

道路が混みはじめる。発進と停止のスパンが短くなる。

「ま、じっさい嘘だしね」

あっけらかんと、波多野は認めた。

「なんとなくだけど、道山くんと生田さんって似てると思わない? 顔とか性格じゃなくて、なんていうか、強いていえば、そう……何かを恐れてる」

「それは――」

「うん。保坂さんもそうかもね」

いずみは、後部座席から波多野の横顔をうかがった。お金のため。彼がお茶会に参加する理由のはずだ。なのに明確な証言拒否でボーナスを手放している。生田のようにごまかすこともせず、いずみのように嘘をつくわけでもなく、まるでおもしろ半分に。

「むしろ君のほうが、恐れてない感じだな」

いずみは黙った。

「――なんてね」

軽く流して、つづける。「おれだってそれなりにあの事件には思い入れがあるんだよ。思い入れっていう表現が正しいのかは知らないけど。でも、菊乃さんのことにしてもあの男の子のことにしても、はっきりさせてやりたいって気持ちはあるんだ」

だから道山にブラフをぶつけた？　真相解明を手助けするため？

ならどうして、自分の話をしないのか。

そんないずみの疑問を知ってか知らずか、波多野はおしゃべりをやめない。

「まあ、当たり前なんだけど徳下さんもさ、隅から隅まで何もかも完璧《かんぺき》に把握してるってわけじゃなさそうだったね。おそらくカメラの映像は十一時以降――せいぜい犯人たちがスワンに到着してからのぶんしかないんじゃないかな」

何万人という来場者のなかからいずみたちを探すだけでも相当きついはずだ。

「それで前回、まず最初の十分間の動きを聞き出したんだろうね。各人の証言をもとに防犯カメラの映像を見直して、いったん本人を見つければ、それを追うのはむずかしくない。今夜の徳下さんは前回と比べものにならないほどの情報を得ていたってわけだ」

だから積極的に嘘を暴きはじめた。

前回、いずみが小梢のふりをした理由はいくつかある。お茶会の雰囲気や進め方、徳下がもっている情報量などを見極めるための時間稼ぎという意味合いも大きかった。メンバーの人となりも気がかりだった。場合によっては波多野のように沈黙を貫き、二度と参加しないつもりでいた。

十分間ずつ聞いていくスタイルは先の計算がたちやすく、保坂のキャラクターも都合がよかった。今夜の前半、生田や道山とのやりとりを見て、徳下が攻めに転じているのを察し、覚悟を決めた。

予定どおりだ。ここまでは、だいたい。

「しかし君って、けっこう大胆なことをするよね」

苦笑まじりでいう。「古館さんのことが知りたいっていってたけど……彼女が男の子を連れてた理由なんて、どうでもいいっちゃどうでもいいだろ」

妙に突き放した言い方が、すっと寒気を呼び覚ます。

「……知りたかったんです。だって――」

いずみは一瞬で、ふさわしいトーンを探した。

「友だちだったから」

そっか、と波多野はつぶやき、黙った。彼の頭にはきっと、小梢の告発記事が浮かんでいるのだろうと、いずみは思う。

『あの子は犯人とならんで立って、次に誰を撃つか選んでいたんです』

記事は、小梢の母親のこのコメントからはじまる。


——K子さん（仮名）が犯人に指名され、次の被害者を選ばされたと？

「そうです。犯人に選べと命じられて。娘は彼らに近い位置で四つん這《ば》いにさせられていて、だからふたりの会話がよく聞こえたそうなんです。犯人がひとり撃ち殺したあと、『こいつは殺してもいい人間だって、K子も思ってただろ？　だってK子、彼を見たもんね』と」

犯人の男、丹羽佑月はつづけてK子さんに『さあ、次は誰にする？』『選ぶんだ、K子が』と話しかけていたという。

途中に事件の概要を挟みつつ、記者の質問がつづく。

——K子さんは丹羽の命令に従ったんですね？

「だと思います。でなければ彼女が先に撃たれていなくちゃおかしいですから。丹羽はK子に向かって『ぼくとおなじ側の人間だから傷つけない』といっていたそうです。じっさい『選ぶんだ』と彼が命じてから、次々に銃声が響いたんです」

次は子どもを撃つよ——という丹羽の声を聞き、たまらず小梢さんは顔を上げた。スカイラウンジにいた、たった五歳の少年だ。そのときの様子を小梢さんは以下のように語っているという。『びっくりして顔を上げたらK子と目が合った。すぐに男の子が撃たれて……。彼を抱きかかえて声をかけたけどまったく反応がなかった。感情が込み上げて犯人をにらみつけた、次の瞬間に、撃たれた』

「犯人を見上げたとき、あの子はK子と目が合ったといっています。わかりますよね？　K子はあの子を見ていたんです。つまり小梢を、『選んだ』んです」

小梢さんの母親は断言する。

「K子は、殺された男の子のことも『選んだ』んだと思います」

それから記事は小梢がどのような人間なのかをつづってゆく。性格や好きな食べ物、苦手な食べ物。子育ての苦労話、ませていたという幼稚園時代、バレエ教室に通いだした小学校時代。

「小梢は小学生のころ背が低くて、それがコンプレックスだったようなんです。ある日テレビでバレエのレッスン風景を観て、わたしのところに走ってきました。目を輝かせて、あのつま先立ちをやってみたいって」

トウシューズの使用を許されたのは小学五年生のとき。

「世界が二十センチも高くなったって、あの子はしゃいでいました。結局そのあと中学生になってから身長はおなじくらいのびちゃうんですけどね」

去年一年間、いままでにないくらいレッスンに打ち込んでいた。夏公演のソリスト候補に選ばれ、ほんとうによろこんでいた。ぜったいにがんばると意気込んでいた……。ウチの子に、被害に遭っていい理由なんてひとつもない。撃った犯人も、撃たせたK子も赦《ゆる》せない……。

一行も、いじめについては書かれていなかった。

いずみも、誰にも語っていない。マスコミはもちろん、警察の聴取でもバレエ教室のライバルにとどめている。学校も認めていない。一部ネットで噂話のようにもれてはいるが、クラスメイトもみな、おおやけには口を閉ざしている。いずみに、それを責め立てるつもりはない。

ねじれた話だった。いじめの事実は諸刃《もろは》の剣だ。小梢が演じる清楚《せいそ》な被害者というイメージを覆せる一方で、どうしたって疑惑を生んでしまう。いずみが、いじめっ子だった小梢を意図的に見捨てたんじゃないかという疑いを。その瞬間、いずみは、とても簡単に、悪ということになってしまうだろう。

「何か、できることがあったかも、とか思ったりする？」

波多野の声で我に返った。我には返ったけれど、意識はぽっかりとしていた。波多野はこちらを見ていなかった。いずみも彼を見ようとは思わなかった。答える気もなかった。答えが見つかる気もしなかった。

フロントガラスの先に橋が見えた。となりに電車の鉄橋がならんでいる。暗闇に浮かぶそれを、いずみはロープのようだと感じた。落ちないように、渡りきらねばならない。

「それ、いいよね」

前を向いたまま、波多野がいった。

「変な意味じゃなく、パーカーの下の、制服。かわいいよ」

さすがにそれは変な意味にとられても文句はいえないんじゃないかと思ったが、「どうも」とだけ返し、いずみは車窓へ顔を向けた。

波多野が慌てたようにおどける。「ウチのさ、嫁さんがさ、おなじような制服の学校でさ。じつはおれたち、高校時代から知り合いでね。歳は向こうが上なんだけど――」

顔も知らない奥さんとのなれそめをBGMに、車が、江戸川を渡ってゆく。すれちがいに走り抜ける電車の明かりが黒塗りの川面《かわも》に映った。

あの記事は、まちがってはいない。丹羽の台詞はだいたい合っているし、四つん這いで下を向いていた小梢に、いずみが選びたくなくて天井へ視線を逃がしていたことはわかるはずがない。大まかな経緯はそのとおりだし、小梢ママの感想は感想だけに否定しようがないだろう。

でもどこにも、真実はない。わたしや小梢が体験した、真実は。

ふと、迷子か、と思った。

もしかして、徳下のターゲットはわたしなのかもしれない。

スカートのポケットに手を滑り込ませると、指に、動きっぱなしのＩＣレコーダーがふれた。

5

職員室ととなり合う相談室に世間をにぎわせた二年生がひっそり登校していることは、この土日のうちにすっかり知れわたったようだった。登下校の時刻をずらし、出入りには職員用玄関を使い、教師もまだおおっぴらには伝えていないはずだけど、好奇心が制服を着て歩いているみたいな高校生の嗅覚《きゅうかく》から逃れるのは不可能だと、それはいずみもあきらめていた。

だからこの月曜日の昼休み、開けっぱなしの窓からとつぜん、ふわっと白い紙ヒコーキが侵入してきたとき、びっくりしつつ頭の片隅で、やっとか、という思いもあった。カーテンをすり抜け、上手《うま》い具合に長テーブルの上に着地した紙ヒコーキを、いずみはしばし見つめた。心の準備を整え、キャンパスノートで折られたそれをゆっくり開く。

野太い筆致はマジックペンによるものだった。

『片岡先輩。人殺しの反省文一万字でお願いします』

まあ、こんなものだと自分にいい聞かせる。この学校に「元気をだして」とか「早く教室にきてね」とかいうメッセージを届けてくれる者などいない。おもしろ半分の冷やかし、茶化し、遊び道具として正義をぶつける標的。せいぜいそんなところ。

大丈夫。期待はしていなかった。

いずみは紙ヒコーキをしっかりのばし、ショルダーバッグから取り出したクリアファイルに収めた。こうした嫌がらせがつづくのか、すぐ飽きられるのか、はたまたエスカレートするのか。どのみち教師に相談するのはまだ早い。

弁当にふたをする。今日は半分くらい食べられた。胃のむかつきもない。身体がエネルギーを欲しがりはじめたのは目標が定まったからかもしれない。病は気から、ということか。

クリアファイルをバッグにしまい、代わりにデッサン用のクロッキーブックを横に広げる。最初のページをめくると細長い図が現れた。次のページと次の次のページと、合わせて三つ、手描きでおなじ形の図面があり、それぞれ1F、2F、3Fと名づけられている。見よう見まねで記したスワンの見取り図だ。

土曜と日曜の二日間、いずみは真澄が働きに出ている時間のほとんどを事件の整理についやした。図面を描き、スマホで漁《あさ》った情報を青色、お茶会で得た情報を赤色のフリクションペンで書き込んだ。フロアは三階ぶんあるし、時刻によって状況が変わったりもするため上手にまとめるのはむずかしかったが、とりあえず自分にさえわかれば良いと割り切って作業を進めた。ネット配信の記事には曖昧《あいまい》な記述も多く、それはニュース動画も大差なかった。だから胸を張って正確だとはいいきれないが、大きくまちがってもいないだろう。

いずみの関心は被害者――、とくに死亡した者の情報に集中していた。名前や経歴、家族構成、死因や死亡した場所、時刻……。二日間の成果はクロッキーブックのそれぞれのページに、我ながら下手くそな文字でつづられている。気になった写真はスマホに画像保存した。公開されている生前の顔写真などだ。

事件は、合計で二十一名の死者を生んだ。十七名の重軽傷者より死者が多くなった理由はふたつ考えられている。いちばんはスカイラウンジという密閉空間で大量処刑が行われてしまったこと。もうひとつは、丹羽が犯行をはじめた白鳥広場に、入れちがいで大竹がやってくるという犯人たちの動きのせいだ。犯行開始から約十分間、丹羽は大学生の亀梨洋介を皮切りに白鳥広場で十人以上の来場者を死傷させた。軽傷で逃げられた者もいるが、なかには倒れ込み、動けなくなった者もいる。そうした者たちを、あとから大竹が餌食にした。死にかけている人間に日本刀でとどめを刺すという、とても簡単な作業で。

死亡した被害者の名前と年齢は全員あきらかになっていた。けれどくわしく報じられているのはその一部だ。たとえば亀梨洋介は生前の顔写真だけでなく、スワンにいた理由や生い立ち、家族に加え待ち合わせをしていた恋人のコメントまで盛りだくさんだった。一方で、名前と年齢だけという者も多い。遺族の意向なのか警察の都合なのか、マスコミの選択なのか。亡くなった場所すら不確かな者もいたが、どちらにせよ手に入る情報に頼るほかないいずみは、いくつものサイトを見比べながら「死者のマップ」を埋めていった。

テスト勉強以上に根を詰めた作業の末、手もとのクロッキーブックにまとまった内容は以下のとおりだ。白鳥広場で殺害された者が六名。二階フロアで四名。一階フロアで一名。黒鳥広場で一名。黒鳥広場の一名が吉村菊乃である。

そしてスカイラウンジの九名。これにはラウンジの店長の男性や双海幸雄くんがふくまれる。

白鳥広場で殺された六名の内わけは、丹羽の手によって殺された亀梨洋介ら三名と、おなじく大竹によって殺された三名。生田によると、大竹が殺害した三名のうちのひとりが双海幸雄くんのお母さんだったというが、いずみの記憶どおり、それを裏づける二ュースソースは見つからなかった。確認できたのは倒れていたところを日本刀で刺殺された男性と女性、三人目は銃殺された老齢の男性で、遺体は噴水の中に沈んでいたという。確証はないが、刺された女性が幸雄くんのお母さんと考えても不自然ではないだろう。

幸雄くんのお母さんは佳代《かよ》さんといい、年齢は三十二歳となっていた。親子について、それ以上の情報は見当たらない。遺族のコメントもまったくない。幸雄くんは被害者のなかで子どもと呼べる唯一の存在で、報道の過熱ぶりからするとそこを掘り下げないのは意外といえる。たぶん遺族がマスコミを避け、報道の自粛を求めたのだろう。もっと激しいやりとりがあったのかもしれない。ともかく幸雄くんと佳代さんのプライバシーは守られ、家族写真の一枚すら出回っていなかった。自分と真澄が受けた仕打ちと比べ、ほんとうに身勝手とは思うけど、かすかに「ずるい」といずみは感じる。

思えば入院中に事件の情報を集めだした最初のころ、動機のひとつはまちがいなく、スカイラウンジの被害者とその身内の声を知ることだった。同情と呼ぶのはおこがましいし、心配できるような立場でもなかったが、けっして他人事《ひとごと》とは思えなくて、いてもたってもいられなかった。自分だけ無事に助かった負い目だけともいいきれない、もっと素直な気持ちがあったんだろうといまでは思う。

けれど飛び込んできた文字はこんな感じだ。

『ラウンジの生き残りK子さん＝片岡いずみ（16）、住所・三郷市三郷○丁目××……』

『は？　友だちと子ども見殺し？　この女を刑務所にぶち込む法律が必要だろ』

『状況が……というのは言い訳にすぎません。まさにそうした極限状況で、その人間の本性が試されるのだとわたしは思います』

『冷血女の写真あげとく。トリプルスコアでこずえたんの勝ち』

『ブスが氏ぬべき。それが正義』

不思議なものだ。世間にあふれるコメントのなかの、ほんの一部の、もっともくだらない反応ほど、目に残り、記憶に焼きつき、心を削られた。どれだけ無視しようと思っても、駄目だった。やめておけばいいのに、まるで傷口をえぐりにいくように、下劣な言葉を探してしまった。

マスコミも容赦なかった。病室にマイクとカメラを持ち込み、真相を話せといずみに詰め寄った。真澄がそれを追い返し、そのたびに悪口を書かれた。目のところだけ黒線で塗りつぶした写真は激昂《げっこう》する表情を見事にとらえ、いかにも悪玉といった印象を世の中にばらまいた。

どれだけやめてくれと願っても、彼らは聞いてくれなかった。

てっきり、自分は被害者なのだと思っていた。だけど、そうじゃなかった。双海親子と、自分たちはちがったのだ。

初め、事件の悪は犯人たちだった。次に警察がやり玉にあがった。対応の遅れが被害拡大につながったんじゃないかと、マスコミはこぞって書き立てた。三番目の的になったのが、山路を筆頭とする警備員たちだ。

　そうしたバッシングに人々が飽きはじめたタイミングで、四番目の新鮮な悪として、いずみはスポットライトを浴びた。

　病院の屋上で踊る動画が広まり、バッシングが決定的になったとき、いずみは思った。

　そうか、この先、わたしは楽しそうに踊ってはいけないのか——。

　息を吐く。心臓がつぶれてしまわないように。

　クロッキーブックを最初のページに戻す。一枚目に書き連ねてあるのは犯人たちのプロフィールだ。上から丹羽佑月、大竹安和、そして仲間割れで殺された中井順。

　ノックもなくドアが開いた。同時に、五時間目開始のチャイムが鳴った。

「なんだ、それ」

　白衣を羽織った鮎川快が、感情のない目を向けてきた。

「なんでもないです」いずみはクロッキーブックを閉じ、思わず背筋をのばしてしまう。

　鮎川がすっといずみの横にやってきて、ひょいっとクロッキーブックを奪って開いた。あまりに自然な手つきで、拒否する間もなかった。

「ふうん」

　記された犯人たちのプロフィールを眺める鮎川の気だるげな表情に、ほんのわずか、笑みがにじんだ気がした。

「エレファンツか」

犯人たちが称したそのチーム名を、いずみはクロッキーブックに書いていない。

「古文の課題を渡すようにいわれてきた」

鮎川は何事もなかったかのように話を変えた。

「……鮎川先生が教えてくれるんですか」

「おれはただの監督役。というよりメッセンジャーだな。教科書でも辞書でも好きに見ていいから、できるかぎり解いてみて。それでもわからないところは丸で囲んで」

プリントの束が置かれる。次回、国語の先生から解答が届く仕組みらしい。

「……学校なのに赤ペン先生みたいですね」

「嫌か？」

「いいえ。効率的だと思います。わたしに会わずに済む点がとくに」

「そうだな。木梨《きなし》先生は生徒会の活動で古館の世話をしてた。片岡には会いたくないだろう」

白髪にメガネの、にこにこした男性教師が頭に浮かんだ。鮎川とおなじく授業を受けたことはないが、お孫さんを溺愛《できあい》するおじいちゃん先生という噂を聞いたことがある。

鮎川は立ったまま、いずみを見下ろしていた。

「気にくわないなら白紙でいい。どうせ怒られはしない」

責める口調でも気をつかう口調でもなかった。淡々と、そして寒々としていた。実験データを読み上げるみたいに。

感情をのみ込み、いずみはプリントの束に向かった。『徒然草』、「猫また」という一篇を訳しなさい。奥山に、猫またといふものありて……。

「なんのために、あいつらのことを調べてるんだ」

鮎川が、いずみの背後で座りもせず、クロッキーブックをパラパラめくった。

「こんなことしてなんになる？　素人ががんばったくらいで何がわかる？　……無駄だ。仮にあいつらが実行した殺戮《さつりく》の因果を片岡が解いたところで、誰も納得なんかしやしない」

いずみは、いったん目をつむった。それからもう一度、はじめから「猫また」を読み直した。奥山に、猫またといふものありて、人を食らふなる……。

「丹羽佑月、二十六歳」

ぱたん、とクロッキーブックが閉じられ、機械的な声がした。

「湖名川育ち。父親は外資系ファンドのマネージャー。資産家の娘だった母親は、本人の認識では陶芸家。経済的に恵まれた環境。私立の小学校に入学、エスカレーター式で高校まで進学。高校卒業後は成績と金が求められる都内の私大へ。法学部。授業はサボり気味だった。哲学科の講義に頻繁に出席していたという証言あり。友人関係は薄く、長くつづいた恋人もいなかった模様。三年時に留年。休学に近い状態になったが、両親は学費を払いつづけた。モラトリアムも必要という教育方針が過保護なのか無関心の表れなのかは不明。授業に出ない期間が三年を超え、大学を中退。ひとり暮らしの家賃や月十数万の小遣いは継続。それを元手に投資の真似事をはじめる。FX、株式、仮想通貨。成果はまずまずだった。負けたところで親から小遣いが入る身分だから気楽だったんだろう。外出は映画館や書店に行くくらいで、交友関係に広がりはなし。2LDKの部屋には書籍と映画のパンフレットが大量に残されていた。事件を計画する直前、仮想通貨バブルを見切って売り抜けし、丹羽の手元には一千万円以上の資金があった。ネットで見つけた仲間とエレファンツを結成し計画を練りはじめたころには投資からも手を引いた。エレファンツの活動に必要な経費は、仲間の飯代もふくめ、丹羽が都合していたらしい。仲間同士のチャットやメールのなかで、彼はしきりに『表現』という言葉を使っている。映画のように、美術のように。彼にとってスワンでの殺戮はそんなコンセプトにのっとった『表現』だった。母方の実家からくすねた日本刀も、実用性だけでない意味があったのかもしれない。現在、両親は海外へ移住。被害者団体による民事訴訟には代理人の弁護士が対応している」

いずみは無心を装い、「猫また」を訳してゆく。ただひとり帰りけるに、小川《こがわ》の端《はた》にて、音に聞きし猫また、あやまたず……。

「大竹安和、三十七歳。東京都国立《くにたち》市出身。親は金属加工の工場を経営。小中高と公立の、中の上くらいの学校に通い、成績はそこそこ。幼いころから機械への愛着が強く、夢はパイロット、それも戦闘機に乗りたいと公言していた。現役で防衛大学校に入学。合格ラインに届かない学力だったが、周囲の人間によると、ものすごい集中力を発揮し挽回《ばんかい》した。のめり込むと周りが見えなくなるところがあり、こうと決めたらゆずらない性格。それは対人関係にも影響し、友人たちは彼の説教ぐせに辟易《へきえき》していたという。防大の二年時、視力の低下でパイロットの道を絶たれ、中退。大学に入り直さなかったのは本人に意欲がなかったせいか、経営難だった工場が親戚《しんせき》の手に渡ったことと関係があるのかは不明。以後、両親とアパートで同居しながら職を転々とする。思い込みが激しく、自分を曲げられない性格は直らず、職場でもたびたび衝突を起こした。彼自身、会社や社会への不満をSNSで頻繁につぶやいている。三十を過ぎたあたりからその頻度が増え、問題を起こした企業や役所へクレームの電話を入れ、怒鳴りつけるような活動が日課となっていた模様。同時に、ようやく定職と呼べる仕事にありつく。事件の前の年まで五年間、彼はこの警備会社で派遣社員をしていた。最後の勤務地は、スワン」

助けよや、猫また、よやよや……。

「比較的問題なく勤めていた警備の仕事を、結局自主退職というかたちで解雇された原因は、客に対する暴力行為だった。相手は地元の若者たち。スワン館内で騒いでいた彼らは注意しにいった大竹を囲み、罵詈《ばり》雑言で挑発した。なかには女の子もいて、どうやら大竹に性的な嘲笑《ちょうしょう》をぶつけたらしい。キレた大竹はリーダー格の男の胸ぐらをつかんだ。ただそれだけだった。殴ったりはしていない。だがこれが問題になり、会社からその子らへ謝罪するよう求められた。できないなら無期限出勤停止だといわれ、大竹は席を蹴《け》った。彼にすれば理不尽な仕打ちだ。屈することはプライドが許さなかった。無職になり、それまで以上にSNSにのめり込んだ。丹羽佑月と知り合い、計画をもちかけられ、すぐさま舞台を提案した。湖名川シティガーデン・スワン。奇遇にもそこは、丹羽にとっても愛着のある場所だった。ふさわしい、と思えるような」

飼ひける犬の、暗けれど主を知りて、飛びつきたりけるとぞ……。

「中井順、十九歳。足立《あだち》区の戸建てで父親と同居。中学時代から引きこもり気味。高校を卒業してからは完全に外へ出なくなった。映画、ドラマ、アニメ、漫画、ゲーム――ネット環境で遊べるものを幅広く趣味にしていた。その関係で丹羽佑月とつながり、計画に参加する。事件当日、仲間割れで後頭部を撃ち抜かれるまで、中井順の人生には何もない。ほんとうに何も、彼はこの現実の世界で何もしていなかった」

そういえば、と加える。

「順が中学生だったころに離婚した彼の母親は、この事件のあとも名乗り出ていない。もちろん名乗り出る義務はない。順自身は、結局誰を傷つけることもなくただ殺されただけだしな。なのにどうしてだろう。会社員だった父親は、事件発生後に自殺した」

「先生」

長い語りが止まった。

「座ってください。気が散ります」

ふっという吐息が聞こえる。けれど背中に張りついた圧力は動かなかった。

「こんなあらすじ、なんの意味もない。理解にも証明にも役立たない。ただの文字、ゴミみたいな記号だ」

「だったら」

なぜいずみがクロッキーブックに書き込んでいる以上のことを、よどみなく話せるほど頭にたたき込んでいるのか。事件のまとまったルポや書籍はまだ出ていないはずなのに。断片的な情報をかき集めてつなぐ作業はけっして楽じゃないはずなのに。その労力と忍耐は、いずみ自身も経験している。

背中の気配が窓のほうへ向いた。また、吐息が聞こえた。長い長い、吐息だった。

「それ以外に、方法がなかった」

ぽつりと、身体から切り取られたような響きだった。

「そうしないと、どうしようもないだろ？　こんなふざけた出来事を、ほかにどうやって受け入れたらいいんだ？　……理不尽な悲劇には、落とし前をつけなきゃいけない。それは生き残った人間の仕事だ。おれは今回、当事者に近い立場に立って、心からそう思った。だけど、いったいどうやったらいいんだ。どうすれば落とし前はつくんだ。復《ふく》讐《しゅう》か？　けど犯人はみな死んじまってる。奴らの家族を責めればいいのか？　謝罪？　賠償金？　そういうやり方もあるのかもしれない。でもおれはちがう」

窓から陽が差し込んでいる。

「事件を調べて、原因を探り、何か、答えらしいものを導く。そうしたら納得できるんじゃないかと信じていた。無理やり信じようとしていた。けどすぐに、無意味だと気づいた。どれだけ調べても、すべての因果を書き連ねても、なぜ古館が被害に遭ったのかは、わからない」

光が、ふわっと強さを増した。

「するとあとは何が残っているだろう。嘆き悲しめばいいんだろうか。あてのない怒りを叫ぶのか。あきらめて慰める？　現実的には、身体の回復を見守るのが正解なんだろう。けどほんとうに、それで落とし前はつくんだろうか。おれはこう思う。おれたちに必要なのは、秩序の回復なんだって。法律や治安のことじゃない。この世界は信頼できるという実感を、それを取り戻せないのなら、たとえ身体が健康に戻っても、あり余る金銭が支払われても、加害者が死刑になったって、それは悲劇の勝ちなんだ」

照りつける光のせいで、プリントの字が読みづらい。

「人間ってのは、そういうふうにできてるらしい。ただたんに悲劇が勝つだけの話なんか見たくもない。だから『白鳥の湖』は改変されたんだろ？」

バレエ関係者なら誰もが知ってる逸話――三大バレエの筆頭と呼べる名作は、初演時、理不尽な悲劇によって幕を閉じる筋立てだった。

「……よく、知ってますね」

少し声がかすれた。手にしたシャーペンは、しばらく動きを止めている。

「受け売りだよ。『白鳥の湖』を動かしているのは悪魔の理不尽な悪意で、それを具現化したのが黒鳥オディール。だからこそやりがいがある――。小梢は、そういってた」

小梢――。ごく自然に彼はそう呼んだ。

「オディールをやりたい。黒鳥をやりたいって」

ポキン、とシャーペンの芯《しん》が折れた。蚊が鳴くほどの音で。

「出番が多いのは白鳥オデットで、あいつにはそっちのほうがぜったい似合うはずなのに、どうしても黒鳥を演じたがっていた。まあ、わかりやすい話だ。張り合っていたんだ。君と」

鮎川がしゃべりつづける。

「あいつは君に会って、追い越されて、つまらないいじめに逃げた。劣等感――あの歳ごろの子の、麻疹《はしか》みたいなものだろう。それを克服するにはちゃんと自分と向き合って、精いっぱいやりきるしかない。敗北してもいい。とにかくやるしかない。そうしなくちゃずっと後ろを向いたままになる。そのことに気づいて、あいつはようやく前に進もうとしていた」

待ってよ、と思った。適当な美談にしないでくれ、と。彼女のせいでわたしが受けた屈辱や孤独や、痛み。それを勝手に、彼女が成長するための、小石程度のハードルに置き換えないで。

「もう何年も、バレエなんて惰性でつづけてる習い事だった。なのに、どうしても夏の公演に出たい、そこでオディールを演じたいって、真剣な目でいうんだ。おどろいたよ」

たしかに――、たしかに小梢は変わった。いずみが花瓶を床に投げつけたころから、直接いじめに加わることはなくなって、そして本気でバレエに取り組みだした。澄ましたようなお上品のヴェールをかなぐり捨て、泥臭い熱量で練習にのぞんでいるのが、はた目にも伝わってきた。上達は早かった。元からあったしなやかさに力強さを得て、主役を張り合うくらいまであっさり駆けのぼってきた。

可憐《かれん》な白鳥と妖艶《ようえん》な黒鳥。それぞれに演じ甲斐《がい》があり、どちらが上とかはあまりない。自由に選んでいいというなら、好みでわかれるだろう。

だが、ちがう。エレナの黒鳥に憧《あこが》れてバレエに生活をささげてきたいずみにとっては。

「事件の前の夜、あいつから聞いた。納得させるために、片岡をスワンのデッキに呼んだって」

貯水池のそばにあるウッドデッキには円形の広場がある。ちょっとしたステージみたいなそれを使い、小梢は実力を見せつけるつもりだったのだ。ライバルの目の前で、自分こそ黒鳥にふさわしいんだと。

幼稚で馬鹿げた演出だった。ちゃんと実力を比べたいなら百パーセント、レッスン教室でやるべきだ。けれど小梢は求めた。完全で、劇的な勝利を。

そのために呼びつけられた。結果がわかりきっている茶番。これがいじめでなくてなんなのだ。

渋々出かけ、けれど気乗りせず、スワンで時間をつぶしているうちに事件が起こった。

「そして今度は、君が呼びつけた。あいつを、スカイラウンジに」

鮎川の口調に、断罪の響きはなかった。

「古館のおばさんから聞いた。小梢のスマホに履歴が残ってたって。事件が発生してから十分もせずに、あいつは君に電話をかけている」

いずみが、待ち合わせ場所にこなかったから。

「スワンの外にいた小梢を、なんといって呼びつけたんだ？」

声に、かすかな力みがあった。

「なんのために呼んだんだ」

危険な場所へ。呼ぶ必要などないのに。

いずみはうつむき、唇を結んだ。

やがてあきらめたような、深いため息が聞こえた。

「どちらにせよ、あいつは君のもとへ駆けつけた。そしてふざけた殺戮に巻き込まれた。君は無傷で助かり――、あいつは右目を失った」


その光景は、はっきり瞼《まぶた》に焼きついている。だらしなく仰向《あおむ》けに倒れた小梢の身体。よだれをたらした口もとと、あさってのほうへ投げだされた視線。その片方から、黒ずんだ血液があふれている。

深呼吸をしたかった。あるいはこのまま目の前の長テーブルに突っ伏して、大泣きできれば楽だろう。けどここでメロドラマを演じても、なんの役にも立ちはしない。

銃弾は、小梢の右目からこめかみへ斜めに抜けた。至近距離だったから、あともうちょっとずれていれば脳を破壊したにちがいなかった。それでも瀕死《ひんし》の状態だったが、彼女は生き延びた。そしてひと月後、母親の口を借りていずみを告発した。右目に真っ白な包帯を巻いて。

「……小梢さんは、わたしのことを、なんといってるんですか」

鮎川は答えなかった。告発記事は小梢がいずみをスワンに誘った理由や、なぜふたりがスカイラウンジにいたのかといった点にはまったくふれていなかった。ふたりの関係にしても、クラスメイトでおなじバレエ教室に通っていたという、ごくごく表面的な事実が記されている程度だ。

彼女の、いずみや事件に対する本音も、書かれてはいない。

「小梢さんに、会えませんか」

「無理だ」

即答だった。

「古館のおばさんが許さない」

いずみは会ったことがない。電話で話したこともないし顔も知らない。記事に写真はなく、想像することしかできないけれど、きっと美しい人なのだろうと思う。

「なあ、片岡」わずかに表情のある声。「なんで謝らない？」

心から理解できないという響きだった。

「チャンスは何度もあったはずだ。直接古館のおばさんに伝えてもいい。マスコミを経由してでもいい。死んだ連中と遺族に、傷を負った小梢に、たった一言『ごめんなさい』と君がいえば、それが嘘でも、おれたちは納得できたかもしれない。なのに、君はいわない。一度たりとも」

頑《かたく》なに、沈黙を貫いてきた。

「自分は悪くないから？　責任なんてないから？　謝ったら罪を認めることになるからか？　……たしかに正論だな。くそみたいに正しい」

でも――。鮎川の口調にやるせなさがにじんでいた。それをいずみは、黙って受け止めるほかなかった。

「もし会えるなら――」感情を殺した口ぶりで。「何を話す？　あいつに、どんな言葉をかける？」

「わたしは――」

いずみは顔を上げた。

「たぶん、ありがとうって、いうと思います」

ファイルや冊子がならぶ正面のキャビネットを見つめる。

「死なないでくれてありがとう。生きていてくれてありがとうって」

五時間目の終わりを告げるチャイムが鳴った。古文のプリントは、ほとんど白紙のままだ。

「……古館のおばさんには、死んでも聞かせないほうがいいな」

鮎川の声がそっぽを向いた。疲れきったため息とともに。

「先生」

動きかけた背後の気配が止まった。

「わたしも、取り戻したい」

キャビネットを見たまま、いずみはつづけた。

「この世界に対する信頼を」

他人の口から出た言葉のように、それはいずみの耳に聞こえた。

「わたしも、小梢さんも、小梢さんのご家族も、きっとみんなそれを必要としているんだと思います」

「手伝ってください」

鮎川の返事はなかった。じわりと熱をもつような沈黙だった。

「……手伝う？」

「そしたら先生に、すべてを話します」

さっき鮎川は、いずみに尋ねた。なんといって小梢をスカイラウンジに呼びつけたんだ？　と。つまり小梢は、黙っているのだ。たぶん母親にも。

鮎川の、逡巡《しゅんじゅん》の時間はわずかだった。

「おれに、何をさせようっていうんだ」

「NO動画」

訊《き》き返しはなかった。彼はそれを知っている。

「あれがほしい。できれば、ぜんぶ」

以前、動画サイトで観たことはある。さすがに気分が悪くなって途中でやめた。いずみの家にはスマホしかなく、動画の保存はしていない。規制がかかっている現在、手に入れるためにはパソコンと、それなりのスキルが要るだろう。いずみに自信はなかったし、真澄に頼むのは論外だ。徳下やお茶会のメンバーを頼る気にもなれなかった。

「――なんのために？」

戸惑いを押し殺した質問に、心のなかで応じる。

なんのため？

決まってる。闘うためだ。このくそったれな悲劇と。

「乗り越えたいんです。それには正面から向き合うしかない――。さっき先生も、そうおっしゃっていたはずです」

いずみは頭を下げるようにうつむいた。太ももにのせた両手をぎゅっとにぎった。

「お願いします」

うなじのあたりに視線を感じた。憎しみと同情と疑い。はたしてどれがどのくらいの割合か。

鮎川の返事を待つうち、ふと、意識がよそへ飛んだ。レッスン教室の夏公演はどうだったんだろう。わたしと小梢以外、まともに主役を張れそうな子はいなかった。系列の教室から応援を呼んだか、演目自体を替えたか。どのみちろくなもんじゃなさそうだ。

踊れていたら——。黒鳥オディールの振り付けに、得意のジャンプはあまりなく、配役されたら上手《うま》く組み込んでもらえないかとお願いするつもりだった。でもむずかしいかなあ。わたしのジュテは元気いっぱいすぎるから、黒鳥のエロスと合わないだろうし。けど、いけそうなイメージはあったんだ。王子を惑わす、魅惑のジャンプのイメージが。きっとそれは小梢が演じるオデットと、ちょうどいい感じのコントラストで……。

「DVDでいいか」

我に返り、いずみはゆるみかけた口もとを結んだ。間もなく休み時間が終わる。うなずくより先に鮎川がいった。

「学校には内緒だ」

背後からのびてきた手がいずみの肩口をかすめ、プリントをつかんだ。陽の光のせいで、白衣がまぶしかった。


学校から歩いて行ける家電量販店でポータブルDVDプレイヤーを買った。お茶会の参加費一回ぶんでイヤホンを新調してもお釣りが返ってきた。通学用のショルダーバッグに忍ばせ登校する。腫物《はれもの》扱いのいずみを相手に、持ち物検査をする教師はいない。誰もがいずみを避けているわけではなかった。時間をつくってマンツーマンで教えてくれる教師はいたし、相談室を訪れた保健の先生と昼ご飯を食べることもあった。復学から一週間が過ぎ、学力の程度がわかると、担任の牛倉とこの先の学習計画を話し合ったりもした。具体的にはクラスに復帰するタイミング、そして冬休みの使い方についてだ。二学期中に復帰を目指そう。冬休みには集中講義をしないか。牛倉からそんな提案をされるたび、もにょもにょとごまかした。すると牛倉も強く求めてはこず、じゃあまあ、仕方ないなあ、といった弱り顔でお茶をにごした。ようするにいわされているのだろうといずみは感じたし、そう思うようにつとめるところもあった。牛倉にせよマンツーマンで教えてくれる教師にせよ保健の先生にせよ、ひと皮むけばいずみとの関係を結びあぐねているのはあきらかで、いずみはいずみでよけいな期待を抱かないよう自制を保った。それはつまり自衛だった。失望に、心を折られないための。

十月も半ばを過ぎ、主立った行事もだいたい終わって、校内の雰囲気は平穏だった。受験が迫った三年生とちがい、ひまな二年生のなかには相談室に通ういずみの様子をこそこそうかがいにくる者もいたらしく、それは牛倉からも聞いていた。昼休みか放課後に、気が向いたら話してみたらどうだと、わりとしつこくすすめられたが、はたして小梢の取り巻きだった連中から嫌味をぶつけられるのが先か、妙な義務感を抱いた優等生と気まずいやりとりを交わすのが先か、どちらにしても晴れやかな気分にはなれそうもなかった。そんな未来への憂鬱《ゆううつ》を、裏庭と廊下から浴びせられる直接的なからかいや嘲笑がかき消してくれることもあった。いっそ清々《すがすが》しいほど無邪気な悪意は一年生の男子グループのものらしく、彼らをたどっていけば、きっとあの紙ヒコーキの設計者に会えるのだろうと思った。

木曜日の三時間目、古文の時間に鮎川は現れた。挨拶《あいさつ》さえなく、先週のプリントと今週のプリントをいずみの前に置いた。ほとんど空白だった先週のプリントに木梨先生の達筆すぎて読みづらい文字がふんだんに書き込まれていた。解かれた形跡すらない問題に対するアドバイスは独白めいていて、丁寧であればあるだけ他人行儀に映るのだといずみは知った。

それから鮎川は、透明なプラスチックケースをプリントの上にのせた。おさまっているDVDの表面に手書きで、アルファベットの「O」、その下に「①〜④」と数字が記されていた。

「大竹が写したやつだ」

いずみはケースをなで、礼をいう代わりに「残りは?」と訊いた。

十分単位で区切られた動画はぜんぶで六つあるはずだ。

「少し手間がかかりそうだ。とくに五番目は、はっきり映ってるらしいから」

殺人シーンが。

「おなじ理由で、丹羽の映像は手に入りにくい」

説明は終わりだった。あきらめの言葉がない以上、むずかしいがやってみる——と前向きに解釈するしかなかった。

いずみはＤＶＤをにらみつけ、それから尋ねた。「観ましたか、これ」

「――ああ」

それはそうだろう。でなくちゃ本物かどうかわからない。

「じゃあ、気づきましたか」

今度は答えが返ってこなかった。

「わたしに」

スポーツ用品店の前で突っ立っていた、ポニーテールの少女に。


映像は、ガラス張りの天井を見上げたところからはじまる。真っ青な空が映っている。絵に描いたような晴天だが陽の光はやわらかく、白トビはあまりない。

４Ｋみたいな画質ではないけれど、記録としては充分だった。多少の粗さがカメラの性能ゆえかコピーによる劣化のせいかはわからなかったが、むしろ気障りなのは音声のほうだった。これから四十分間、大竹の興奮しきった息づかいを聞きつづけなくちゃならないのは拷問だ。おまけにゴーグルと一体化したカメラは完全な大竹視点で、歩けばゆれるし、顔を動かすたびあっちへこっちへ吐き気がするほどブレまくる。内容以前にこの二点で忍耐が必要だった。

早めに下校したいずみは駅の手前で道を曲がって人気のないファストフード店に入り、二階の隅っこの席でＤＶＤプレイヤーと向き合っていた。自宅で真澄に気づかれるわけにはいかなかったし、クラスメイトにも会いたくない。パーカーのフードをすっぽりかぶっているせいで耳に突っ込んだイヤホンがむしむしした。椅子の固さはお尻《しり》に優しくなかった。けれどオレンジジュース一杯で粘れるのだから文句はいえない。

画面のタイムレコードは午前十一時ちょうどを示していた。録画のスタートを確認するような動作があり、それから大竹は天井から顔を下げた。黒鳥広場を行き交う人々が映った。家族連れ、カップル。男性、女性、子どもからお年寄りまで、どんなタイプの人間だって見つけられそうな数だった。こちらへ好奇の目を向ける者もいた。映像では確認できないが、大竹は坊主頭にゴーグルをかけ、拳銃《けんじゅう》の入ったチョッキとショルダーバッグを身につけ、腰に日本刀といういで立ちなのだ。まともじゃない。ぱっと見、そう感じるのがふつうだろう。

ドン、と銃声が響く。人々がいっせいにびっくりして腰を引く。何事かという表情になる。二発目の、ドン。ガラス張りの天井へ向けた拳銃を放り捨て、大竹はバッグから新しい拳銃を取り出す。両手に一個ずつ。そしてそれを交互に、目の前の来場者に向かって撃つ。ドン、ドン。ドン、ドン。人々は、わけもわからず逃げ惑った。悲鳴があがった。ぽかんとしているポロシャツの男性、腰を抜かしてタイルに尻もちをついているロングスカートの女性。はふはふと、汗ばんだ大竹の吐息が聞こえる。

拳銃を突き出しながら大竹は移動した。ドン。「ひゅっ!」と妙な奇声をまじえながら、ドン。噴水を背にして、左手前方へ急ぐ。行く手に、広々とした構えの店舗が見える。フロアに面した商品棚に、いくつものシューズが展示されている。そのひとつを手にした少女が、ぽかんとこちらを見ている。ポニーテールだったころのいずみだ。

大竹が発砲する。店のどこかに当たる。客たちはわけもわからないままめいめい、棚に隠れたり床に転げたり、なりふりかまわず走りだしたりと、蜂の巣をつついたようなありさまだった。

そのなかでいずみは、金縛りにあったように突っ立ったままでいた。

大竹が、猛然と迫ってゆく。置物になった少女の姿がどんどんアップになる。

あらためて映像を観ると、ほんとうに間抜けな顔だと、いずみは思った。動けなかった。そのとき何を考えていたかなんてすっかり忘れてしまったけれど、動けなかったということは憶《おぼ》えている。

ぐらぐらにゆれる映像のなかで、大竹の右腕が正面へのびた。銃口が、いずみをとらえていた。意識的に狙ったのかはわからないが、たしかに照準は合っていた。それも憶えている。撃たれると思った。次の瞬間、銃声が鳴り響く。大竹から見て右手にあるシューズが弾《はじ》けた。いずみのそばのＳＡＬＥの棚に飾られた白いシューズだ。

ポニーテールのいずみが、鞭《むち》で叩《たた》かれたように背筋をのばした。それから慌てて背を向け、弾けたシューズの逆側へ、姿勢もへったくれもない無様な恰好《かっこう》で駆けた。

何も考えられなかった。生きるとか死ぬとかすら頭になく、ただただおそろしい銃声から遠ざかりたい一心で、狂ったように近づいてくる怪物から逃げたくて、じたばたと手足を動かしたのだ。

不運だった。こうして冷静に映像を観ると断言できる。もう少し立ち位置がずれていたら、大竹の銃弾が右でなく左のシューズに当たっていたら、きっといずみは人々とおなじように白鳥広場のほうへ走っただろう。

だがじっさいに弾けたのは右側のシューズで、だから左手へ行くほかなく、そして迫ってくる大竹の圧力に押されるようにフロアの奥へ、店舗と店舗のあいだの通路を、いずみは走ってしまった。

ポニーテールがゆれていた。大竹がそれを追う。しかしじつのところポニーテールは大竹にとって美味《おい》しそうなニンジンなんかじゃなく、彼はたんに警備員がいる第二防災センターを目指していただけだった。かつて勤めていた職場。納得のいかない仕打ちで辞めさせられた因縁の場所。

そんなことを知るすべもない少女は、ひたすら必死に、転がるがごとく通路を走った。鉄の扉にぶち当たり、がくがくとふるえながらそれを開け、バックヤードへ踏み入った。すぐ背後に怪物は迫っていた。閉まったばかりの鉄の扉がガァンと音をたて、パニックで爆発しそうな頭が思わずふり返った。その拍子にいずみは、第二防災センターのそばにある、非常階段を見つけたのだ。


翌日も、早めに学校をあとにした。昨日とちがい理由があった。カウンセリングの日なのだ。

三郷駅へ走る電車の長椅子で、いずみは自分の太ももをさすった。大竹の動画を観たせいだろうか。今日は一日、気を抜くとあの映像が瞼に浮かんだ。耳には心臓を殴りつけられるような銃声と、悲鳴、そして気色悪い吐息がこびりついていた。

それが呼び水となり、映像にない記憶もよみがえった。あの薄暗い非常階段を、無我夢中で駆け上がった記憶。冷静な思考なんて一ミリも残ってなくて、二階や三階をすっ飛ばすように駆け抜けて、そこから先はらせん状になった階段を、どんどんどんどんのぼっていった。カンカンカンカン、急《せ》き立てるように自分の靴音が響き、下から銃声や怒鳴り声が聞こえ、息がつまり、涙があふれ、鼻水を垂れ流したまま、もうどうしていいのか、何が起こっているのか、この階段をいつまでのぼればいいのか、のぼりつづけた先がどこにつながっているのか何ひとつわからずに、でものぼりつづけるしかなくて、やがて太ももが悲鳴をあげ、階段を踏み外し、全身がバラバラになりそうな痛みでいっぱいになったのは、ふたつの音が、つづけざまに聞こえたときだった。小梢がかけてきた電話。そして頭上から、大丈夫？　という声。

電車が三郷駅のホームに滑り込む。それはついさっきの記憶。いまいずみの目の前では、青白いライトに照らされた海草が水槽の中でたゆたっている。

相変わらず、北代とのあいだにコミュニケーションはなかった。顔を合わせたさい復学の様子を訊かれ、「大丈夫です」と返して終わった。あとはいつもどおり、この薄暗い院長室でふたりして、ポコポコと泡をあげる水槽を眺めているだけだった。

まどろみかけるたび、ドン、という銃声が脳内にこだまして、いずみを眠りから引き戻した。

大竹が突入した第二防災センターは教室二つぶんほどの広さがあって、デスクとパソコン、ロッカーや機械のタワー、それにたくさんのモニターが置かれていた。在室していた警備員は四名。大竹の登場にみな困惑の表情を浮かべていた。及び腰で立ちつくす彼らに対し大竹は、ひと言の説明もなく発砲した。彼らのおびえきった姿を責めるのは酷だろう。手当たり次第といったふうに飛んでくる銃弾を前に、デスクの陰で丸くなる以外どうしようがあったのか。次々と発射される銃弾のほとんどはデスクや機械に当たり、かすかな火花をあげただけだったが、一発だけ、立ち上がりかけた警備員の肩をえぐった。大竹は、倒れた彼のもとへ駆け寄った。真っ赤に染まった肩を押さえながら警備員が大竹を見上げる。中年男性の、ちょっと頼りなさそうな顔がゆがむ。痛みなのか、恐怖なのか。

大竹が彼に拳銃を向けたとき、悲鳴があがった。

きゃああっ！　という女性の声。

おどろいたように大竹がふり返り、両手で口もとをおおった彼女の、慌てて駆けだす背中が映る。銃口がそちらへ向く。次の瞬間、銃声。同時にカメラがゆれる。風景が正面から天井へぐるりとめぐる。肩を撃たれた警備員がすきをつき、大竹を転ばしたのだ。

大竹が背中から床に叩きつけられる。とっさに引かれた引き金、ふたたび銃声。警備員の彼は大竹を取り押さえるよりも逃げることを選んだ。この間に、残りの警備員たちも防災センターをあとにしていた。

うがあああっ！　無人になった室内で、大竹は獣のように吠《ほ》えた。拳銃を撃ち、撃ちきっては捨て、また新しい拳銃を手にして撃つ。デスクを蹴りつけ、タワーになった機械をなぎ倒し、ヒステリーをまき散らしてから、ようやく彼は防災センターを出る。この子どもじみた数分間の癇癪《かんしゃく》が、結果的に何人かの命を救った。

彼が黒鳥広場に戻り一階フロアを白鳥広場へ進みだしたころ、すでに警備員たちは遠く離れ、あれだけいた来場者も消え失《う》せていた。ひとりぼっちの苛立《いらだ》ちを、大竹は乱暴な足どりと拳銃の無駄撃ちと、くそっ！　と吐き出す悪態に込めたが、それはひどく滑《こっ》稽《けい》な抵抗だった。せいぜいマネキンや、上空に吊《つ》るされたバルーンが犠牲になるだけだった。

鮎川が用意した映像は、ジーンズショップから茶髪の少年が転がり出てくるところで途切れていた。彼がこのあと日本刀で刺し殺されるのを、いずみはネット記事で読んでいる。

「不思議な感じです」

しずくが地上へこぼれるように、ごく自然に言葉がもれた。

「知れば知るだけ、偽物になっていく気がするんです。映像とか新聞記事とか、もちろんそれは事実で、まちがってはいないんだけど、でも、ほんとうでもないんです」

北代から返事はなかった。相づちも。

水槽を見つめたまま、つづけた。

「じゃあおまえの記憶が正しいのかっていわれたら、そんなのわかりません。あやふやです。たぶんこの先、もっともっとあやふやになっていくんだと思います」

やがて頼れるのは記録された事実だけとなるのだろう。

「それをたくさん集めて、読んで聞いて、知って考えて、ふり返ってみたりしてたら、あのときなかった選択肢が、まるであったかのように思えてくるんです。どうしてその選択肢を、正解を、わたしは選べなかったんだろうって。ちゃんと理由はあったはずなのに。どうしようもなかったり、気づくひまがなかったり、勘ちがいとか思い込みとか、いろんな原因があって、だから正解を選ぶことができなくて。でもそれは、あのときのわたしだけにわかることだから、いまのわたしにさえ、ちゃんと説明なんてできなくて。だから、それを誰かに伝えることが、むずかしすぎて、もどかしい」

なんでまちがえたんだ？――そんな問いかけに、いったいどう答えたらいいんだろう。自分ならまちがわない。――そう断言されてしまったら、うなだれるしかないじゃないか。

「『白鳥の湖』を知ってますか？　じつはあれ、ずいぶん昔に改変されているんです。オリジナルのチャイコフスキー版はさんざんな評価で、いまはプティパ＝イワーノフ版とかゴルスキー版とかが主流になってます。オリジナルはひどいんです。特にラストが最低。王子はオデットにひとめ惚《ぼ》れしたくせにオディールに目移りして、なのに強引に復縁を迫って、オデットを巻き込んでいっしょに死んでしまう。ふたりして、嘆いているところを洪水に巻き込まれて」

プティパ＝イワーノフ版の「来世で結ばれる」といったエクスキューズすらない、ただただ無残で救いのない結末。

「そこで物語は改変されます。チャイコフスキーの死後に演じられたプティパ版はお客さんに大ウケ。おかげで『白鳥の湖』は世界三大バレエのひとつとして残ったんです。いまじゃあクライマックスで王子と悪魔が決闘を演じたりするバージョンもあります。悪魔に打ち勝って、オデットと永遠の愛を誓い合うみたいな」

鮎川の言葉を借りるなら、世界への信頼が回復するのだ。身もふたもない悲惨なラストとどっちがいいかといわれたら、いずみだってこちらを選ぶだろう。悲劇を乗り越える物語のほうを。

「でもチャイコフスキー版のほうがマシだと思うところもあります。こっちには悪魔がオデットに呪いをかけた理由が、両親をからめた因果として用意されているから。悪意に筋道がついている感じです。それがプティパ版ではぞんざいになる。王子やオデットに向けられる魔女の悪意に理由はなくて、ただそのようにあるとしか思えないほど理不尽なんです」

とにかくおまえらを不幸せにしてやろう——。

言葉が、発したそばから水槽の水に溶けていく感覚があった。

「そんなつもりはなかったんです」

ゆらりとゆれるリュウキュウスガモに、いずみは語りかける。

「あの子を傷つけるつもりなんて、これっぽっちも。それならそもそも断ります。スワンになんか行きません。呼び出されたのにムカついて、わざとゆっくり時間をつぶして待たせてやったけど、でもそんなの、他愛ないことでしょう？」

あなたにされたことに比べたら、ぜんぜんかわいいものでしょう？

「小梢なんか大っ嫌い」

プライドの塊で、身勝手で、サディストで。外面だけはかわいこちゃん。

「ずっと思ってた。あんな女、いなくなったらいいのにって」

いじめられてるときはもちろん、それが下火になって以降も。いやむしろ、そのあとどんどん、憎しみは増していった。

鮎川のいうとおりだ。小梢は変わった。花瓶の件があってから、いじめを鮎川に叱られてから、嫌がらせをぴたりとやめた。そしてバレエに本気をだしはじめた。まるで心を入れ替えたみたいに。だけど、そうじゃない。それはかたちを変えたいじめだった。相手の大事なものを奪うという意味で、いちばん残酷な。

優雅にのんきに踊っていればよかったのに。闘争心をむき出しに、汗をいとわずレッスンに打ち込むなんて、そんなの、ずるい。案の定、差はみるみるつまった。血がにじむ思いでわたしが積み上げてきたものにあなたはあっさり追いついて、冬休みと三学期だけで夏公演の主役を争うほどに上達した。春休みに入ると、もうほとんどならんでいた。間もなく追い抜かれるのは確実だった。そう。才能があったのは、あなたのほうだった。

厳然たる事実。

でも。だからこそ。

なぜ白鳥をやらないの？　主役はあなたでいい。白鳥をやればいい。だから黒鳥役は、わたしにちょうだい。ずっと憧れてきた。エレナの黒鳥を、いつかあれを演じたいって。それだけを目標にやってきた。勉強も遊びも友だちも犠牲にして、母親にも迷惑をかけて。だからお願い。わたしと張り合うなんてくだらない理由で、奪わないで……。

あの誘いこそ、いじめだった。スワンの貯水池で、みじめな敗北をわたしに突きつけるための。

結末はわかっていた。だけど行かなきゃならなかった。いまならまだ、そんなに負けてないかもしれないから。心が折れずに済むかもしれないから。どうしようもなければ頭を下げよう。話し合いで駄目なら、ぶっとばしてやる。そんな可能性すら覚悟して、電車にゆられた。

そして事件が起こった。いずみは大竹から逃げるため、非常階段を駆け上がった。

「その途中で、あの子から電話がかかってきたんです」

事件のことなど知らず、ただたんに連絡もなく遅れているいずみを責める目的だったのだろう。

「わたしは走りながらスマホを取り出して、相手も確認しないで通話にして……。その拍子に落としてしまったんです。慌てて拾おうとしたら階段を踏み外して……」

転げた痛みを感じる余裕もないまま、すがるようにスマホへ手をのばしたとき、

「上から『大丈夫？』って女の人の声がしたんです。だからわたし、彼女を見上げて叫びました」


助けてっ！


たぶん、その声は届いた。すぐそばにあった通話口の向こうにも。

「助けて。助けて、助けて」

泣きじゃくるように、上からやってきた女の人に繰り返した。

「ラウンジは安全だから、早く行きなさいってその人にいわれて。わたしはもう、小梢のことなんか頭になかった」

力をふりしぼり上を目指した。スマホを置き去りにしたと気づいたのはラウンジに着いてからだ。小梢がその後も繰り返し電話をかけてきていたことは、事件のあとスマホ

が手もとに戻ってからようやく知った。

「小梢の誘いを断ればよかったんでしょうか。わざと遅刻するなんて意地悪をしなかったら？　非常階段を見つけなかったら？　電話であの子と、ちゃんと話していたら――」

悲劇は防げたのだろうか。

こんな仮定は無意味だ。考えても仕方ない。答えは出ている。

「月並みな意見だが――」

ぼそり、と北代の声がした。

「君になんら責任はない」

いずみと同様、北代も水槽へ語っていた。

「古館小梢さんにかぎった話ではなく、スカイラウンジで亡くなった全員に対して。たとえ君が被害に遭う人間を選んだのだとしても、それは順番を決めたにすぎない。どうであれ結局、丹羽はその場にいた者たち全員を撃っただろう」

「でもあいつはわたしの背後に立っていた。すぐ近くにっ」

吐息がかかるくらいそばに。

「やりようがあったかもしれない。わたしがチャンスをつくれば、相手はひとりで、こっちのほうが多かったから。わたしがおびえさえしなければ――」

「君の置かれた状況で、抵抗できる人間はめったにいない。きっとわたしも何もできない。多くの人がそうだろう」

「じゃあどうして、わたしは責められているんですか？　どうしてお母さんが、嗤《わら》われなくちゃならないの？」

　ようするに運が悪かった。それだけのはずなのに。

「――山路さんは責められた。記者会見までさせられて」

　まぶしいフラッシュに目をすがめる頼りない顔、こけた頬。

「逃げただけなのに。ただ大竹から、拳銃から、逃げただけなのに」

だが彼は、大竹を転ばした。女性に拳銃を向けた大竹の足にしがみつき、背中から思いきり、転ばしてしまった。だから制圧することができたはずだということになってしまった。

「あの人は、肩を撃たれてた。撃たれてたのに……」

血を流しながら暴漢にかかっていったのだ。疑いようもなく、銃口が向けられた彼女を助けるために。

なのにそれが、彼を責める口実となってしまった。

　山路さん、なぜ大竹をほったらかしで逃げたんですか？　山路さん、警備員としてその行動は適切だったとお考えですか？　山路さん、かつて部下だった大竹が防災センターを襲ったのは職場に恨みがあったからではないですか？　当時の教育係としての責任はどうお考えでしょうか？　山路さん、大竹はその後四人の命を奪っています。遺族のみなさんにひと言お願いします。

お世辞にも彼の受け答えは上手くなかった。しどろもどろで要領を得ず、同席した上司の助けでぎりぎり成り立っているかいないかというありさまだった。

山路さん、山路さんは事件収束直後、ご家族宛てに『命拾いした』というメッセージを送っていますが、これはどういう意味か説明してください。

その質問のとき、汗にてかった山路の顔が思わずといったふうに、笑った。苦笑のような失笑のような泣き笑いのような。それが誰に向けたどんな感情の笑みだったかもわからないまま、けれど一瞬で「不謹慎」の評価はくだった。火消しは失敗し、むしろ大きく燃えあがり、彼は姿を消した。ネットの掲示板やSNSではまことしやかに夜逃げだとか一家離散だとかささやかれている。

「なんで」

恐怖がよみがえった。彼の騒動を後追いで知り、次はわたしだと感じたときの恐怖。じっさいに追い回された記憶、おびただしい数の陰口。

「なんでこんなに、悪意があふれているんですか？」

会話が途切れた。おとずれた沈黙は、答えなどないことを示していた。

『命拾いした』の、どこが駄目だった？　襲われて負傷した男が、事件直後の興奮さめやらない状態で家族に送ったメッセージじゃないか。たしかにたくさんの人が亡くなった。もっとふさわしい言葉はあったかもしれない。でも、だからって、「意味を説明しろ」？　は？　何いってんの？　そりゃあ笑っちゃうでしょ。

わかってる。通じない。こちら側の言い分は通じない。彼らにとって事件は客席から眺める「物語」で、山路は「登場人物」で、記者会見は「場面」だった。表情やしゃべり方は「お芝居」とみなされ、カメラのフラッシュは「演出」だった。そしてこの「物語」は、観客が望むとおりに「改変」される。

病院の屋上で踊る動画が広まったとき、痛いほど実感した。人が死んでるのに楽しそうですね、と嫌味のコメントがいくつもいくつも投げつけられた。この子、余裕だな、と決めつけられた。ふつうの神経してたらトラウマ抱えるレベルのはず。サイコちゃん？　いやいや、彼女は犯人に気に入られて、だからわりと平気だったんだよ。きっと友だちの女の子が嫌いだったんじゃない？　だからこんなにうれしそうに踊っているのかあ、納得ナットク……。

わたしが事件のことなどぜんぜん気にせず、余裕しゃくしゃくで踊っていたのだと、どうして彼らは断定できたのだろう。

芸能人のコメンテーターは怒りをにじませながらこういった。何もできなかった、仕方なかった。それって結局、自分だけは殺されないって安心してた人間の言葉じゃないの？

ＹＥＳと答えてほしいのか。はい、安心でしたよ。これで満足ですか？

だけどあのとき、わたしが殺されないという保証がどこにあったのか、わたしにはわからない。

通じない。だって彼らはちがう。あのスカイラウンジで四つん這《ば》いになった人たちの前に立ったり、後頭部に拳銃を突きつけられたりしていない。丹羽佑月の声や息づかい。血の臭い。銃の音。あの日の空の青さ。

「次の瞬間、死ぬかもって状況が、ほんとうに想像できますか？」

北代から返事はない。

「生き残ったあとの気持ちは？」

安堵《あんど》、喪失、迷い、不安、怒り、失望……すべての言葉が当てはまり、そして不充分だ。きっとわたしには、山路の気持ちも理解できない。

「……君の置かれた状況、なんて、わかったふうなことといわないでください」

「ああ——そのとおりだ。すまなかった」

「今日の話を誰かにしたら赦《ゆる》さない。お母さんにも、学校にも」

「わかっている」

「——次はもう、しゃべりません」

「うん」

こんな意地悪をぶつけたいわけじゃなかった。ライトに照らされた水面は、波のひとつも見当たらない。それを見つめながら、視線とおなじく、ふたりの言葉はすれちがいつづけたのだといずみは思った。

6

つまり――、と徳下が人差し指を立てる。

「つまり片岡さまがスカイラウンジに着いたのは、古館さんよりも先だったということですね？」

いずみは小さくうなずいた。三回目のお茶会がはじまっていた。前回の予告どおり徳下は、まずいずみにじっさいの行動を話すよう求めてきた。黒鳥広場のスポーツ用品店からバックヤードへ、そして非常階段を駆け上がって転んだところまで、正直に話した。小梢との関係だけは友だちで押しきって。

「つまり古館さんがスカイラウンジを目指したのは、幸雄くんとは関係なく、片岡さまの身を案じたからだったのですね」

「そうだろうと、思います」

保坂は腕を組んでいた。生田は頬に手を当て眉《まゆ》をひそめている。背中を丸めている道山、頬杖《ほおづえ》をついている波多野。四人は定位置になった席につき、いずみの証言に耳をかたむけている。

「転んだのがどの辺りか、憶えていますか」

「三階は過ぎていました。そこから階段がらせん状に変わったので、たしかなはずです」

スカイラウンジはおよそ五階の高さに位置している。全速力なら女のいずみでも三分とかからず行けただろう。しかしあのときはパニックのせいで息があがり、身体のバランスもめちゃくちゃだった。だからスマホを落としたし、慌てて階段を踏み外した。

「十一時八分です」

スマホに小梢の着信が残っていたから即答できた。おなじ時刻、大竹は防災センターで拳銃を乱射していた。

「そのタイミングで、女性が下りてきたのですね」

「はい。その人は取り乱しているわたしを上のラウンジは安全だからといってなだめてくれて。でもすぐに騒がしい館内放送が流れたせいで、わたしはまたパニックになって」

肩を抱かれ、大丈夫、大丈夫だから、と元気づけられた。

「少し落ち着いたところで、下で何が起こっているのかを訊かれました」

「なんと答えたのです？」

「ありのままを。ゴーグルをつけた坊主頭の男がとつぜん撃ってきたって。バックヤードまで追われて、夢中で階段を逃げたんだって」

ふむ、と徳下が相づちを入れた。

「その人は、早く上に行きなさいとわたしを立たせて、自分は階段を駆け下りていきました」

「なるほど」

満足げな響きだった。

「その女性は、菊乃さんではなく——」

「若かったです。二十代くらいだったと思います」

顔ははっきり憶えていないが、

「たぶん、ラウンジのスタッフさんです。エプロンをしていたから」

徳下のうなずきは、すべて心得ているふうだった。大竹の動画には防災センターを訪れ悲鳴をあげる女性が映っている。それがいずみと入れちがいに非常階段を駆け下りた彼女だと想像するのは自然だ。

「整理しますと、片岡さまは十一時五分過ぎに非常階段をのぼりはじめ、八分には三階フロアより上におられた。古館さんから電話があり、同時にラウンジからやってきたスタッフの女性と鉢合わせた」

直後に館内放送が流れた。いずみは上へ、スタッフの女性は下へ、ふたりはわかれた。

「そのまままっすぐラウンジへ向かったのですか」

「途中でへたりながらでしたけど。最後のほうは這うような感じで」

身体の疲労よりも、心の動揺で呼吸がままならなくなっていた。

「それに転んだとき、膝《ひざ》を打ってしまって……」

「ラウンジに着いた時刻は？」

「正確にはアレですけど……。ただ、菊乃さんの姿はなかったです」

会っていればいずみも、彼女の真っ青なワンピースを憶えていただろう。

菊乃は十一時十四分に三階でエレベーターを降りている。

「ふうむ」と、徳下が鼻を鳴らした。「ラウンジの様子はいかがでしたか」

「それはみんな、混乱しているように見えました。騒ぐとかより、おびえている感じで」

ガラス張りの天井、壁。ドーム状に青空が広がっていた。そのさわやかさと正反対に、眉をひそめ、肩を寄せ合う人々。いずみを迎えてくれたのは口ひげをたくわえた店長の男性だった。大丈夫かと心配されたあと、やはり下の様子を訊かれありのままを答えた。

店長はいずみがもたらした情報をラウンジの面々に伝えた。固まっている若い三人の女性グループ。ビール腹の初老の男性と、おなじくらいの年代に見える女性がいたが、べつに知り合いというわけではないようだった。あとはスーツの男性と、ちょっと派手目の女性のカップル。といっても恋人ではなく、セールスか何かの関係だったんじゃないかといずみは思っている。ふたりをじっさい目にした印象と、男性のほうが高級エステ器具の営業マンだったという報道からの想像だ。

店長もふくめて計八名。ここに双海幸雄くんを加えた九名が、ラウンジで亡くなった者たちである。

徳下が事務的に訊いてくる。「片岡さまは、それからずっとラウンジにいらしたのですか」

「そうです」

もう一度、ふうむ、とうなる。

「古館さんがやってきたのは——」

「半過ぎ、だったはずです」

正確に憶えてはいないが、十一時半に菊乃と小梢は三階のエレベーター乗り場で会っているという徳下の話は感覚的にも違和感がない。

「エレベーターでやってきたのですね」

「はい」

「幸雄くんを連れていた」

「はい」

「古館さんから事前にそのような連絡はあったのですか？　いまからスカイラウンジに行くだとか、子どもを連れていくだとか」

「いいえ。ほかの人たちはスマホで警察や家族と連絡を取っていたけど、わたしはスマホを非常階段に置き忘れていたから」

「ふむ」

徳下の相づちが、どこか意味ありげに感じられる。

「では彼女が到着してから、どんなお話をしましたか」

「……どんなって？」

「まずは下の様子です。幸雄くんとどこで会ったかの説明もあったのではないですか」

「それは――」

生き残りはいずみと小梢だけ。ラウンジには防犯カメラもない。

「――あまりよく、憶えていません。わたしも小梢さんも取り乱していたし」

「おかしい」

はっきりした物言いにぎょっとして、思わず顔を上げてしまった。

「失礼しました。ですが、やはり、納得しかねるといわざるを得ません。考えてもみてください。ラウンジにこもっていた面々にとって下の状況は重大な関心事だったはずです。とりあえず安全そうだとはいえ、逃げ場のない密室にいるのですからね。可能ならすぐにでも下へ行き、外へ避難したいと思うのが当然の心理でしょう。加えてエレベーターの問題があります」

見開いた徳下の目がいずみに迫ってきた。

「ラウンジに犯人を寄せつけないためにはエレベーターを上階で停めておく必要があります。にもかかわらず、それはいったん菊乃さんを乗せ三階に下り、そしてなぜかそのまま放置されていました」

呼び戻すことをせずに。

「そのエレベーターを使って古館さんはラウンジを目指したわけですが、それは片岡さまにも知らされていなかった。つまりエレベーターは、誰が乗っているかもわからないまま動きだしたということになります。ラウンジの面々にとって、これほどおそろしい事態はないでしょう」

「犯人が乗ってたら終わりだもんね」

波多野が口を挟み、徳下がうなずく。

「おっしゃるとおりです。だからこそ、呼び戻しておくべきだったのです」

そしてストッパーをかませておけば勝手に動く心配はなくなる。

「そうしてしまうと、今度は、上がってこられなくなるからじゃないかしら。救助の人とか」

おっとりした生田の意見を、「警察とは電話でやりとりすればいいだけっすよ」としりぞけ、波多野は頭をかいた。「ていうか、非常階段もあるわけだし」

「そうなんです。非常階段があるんです」

徳下がめずらしく声を張った。

「たいへん興味深いのです。エレベーターを上から下へ使うのはまだいいとして、下から上へ使われるのは相当なストレスだったはずです。ところが菊乃さんが降りたあと、彼らはエレベーターを呼び戻さなかった」

「くどい」保坂が吠えた。「時間の無駄だ。結論だけ簡潔に話せないのか」

「申しわけございません。悪いくせなのです」

悪びれた様子もなく、

「非常階段。まさにこれが鍵《かぎ》なのです」

とつづける。

「高さは五階ぶん。けっして歩けないものではない。げんにそれを使って下へおりた人間がいます」

いずみに声をかけたエプロンの女性だ。

「当日スカイラウンジに勤務されていたアルバイトは、浜屋《はまや》園子《そのこ》さんという女性です」

ぴりっとした空気を感じた。それを誰が発したのか、確かめる間もなく徳下がつづける。

「十一時八分に片岡さまと鉢合わせている以上、時間的に考えて彼女は菊乃さんよりも先にスカイラウンジを離れていなくてはなりません。そこでひとつ目の疑問です。なぜ浜屋さんは下へおりたのか。状況の確認でしょうか、たんなる避難だったのでしょうか。銃声が聞こえてパニックになり勝手に行動した……あり得る話ですが、やはりおかしい。それならエレベーターを使えばいいからです」

「周りの人間が止めたんだろ」と保坂。

「わたくしもそう思います。おそらく店長さんが、大事をとって制止したのでしょう。ならばと彼女は非常階段へ走った」

スタッフなら当然その存在を知っている。

「次の疑問。なぜ菊乃さんは下へおりたのか。すでに館内放送が流れ異常事態は明白でした。なのに菊乃さんは下へ行こうとし、エレベーターを求めた。非常階段を使わなかったのは、のぼり下りする体力に自信がなかったからでしょう」

たかが五階とはいえ、八十に手が届く年齢の者にはきつい。

「エレベーターを戻さなかった理由もこれでいちおう説明がつきます。そう。彼女は初めから、ラウンジに戻ってくるつもりだったのです」

もう一度エレベーターを使って。

「なぜそんな必要があったのか――は、いったん横に置きます。ここで注目すべきは、浜屋さんには許可されなかったエレベーターの使用を菊乃さんには認めた点です。事態が好転した情報はなかったはずなのに、店長さんは菊乃さんを止めなかった」

腕力では確実に劣る老婆を。

「お客さまの要望ゆえ断れなかったというのも変な話です。危機管理上それは失態ですし、エレベーターを呼び戻さないのは、ほかのお客さまたちを危険にさらすことにもなります」

当然、店長自身の命も。

ほどなく非常階段からやってくる者がいた。いずみだ。

「さきほど片岡さまはこうおっしゃいました。ラウンジの店長さんに下の様子を訊かれ、ありのままを答えたと。犯人の男は黒鳥広場で銃を撃ちはじめ、撃ちつづけながらバックヤードにやってきた――店長さんはすぐに察したはずです。だから本館の第二防災センターに連絡がつかなかったのか、と」

そして――。

「片岡さまは、大竹が白鳥広場へ移動していることを知らなかった」

犯人は銃を持って黒鳥広場の辺りをうろついている――。いずみは本心からそう思い込んでいた。移動している可能性を考える余裕などなかった。いずみが本気だったからこそ、恐怖は、またたく間にスカイラウンジの面々に伝わった。下は、やばい――と。

「じっさい犯人たちの動きは警察も把握できていませんでした。正確な人数もわかっていなかった。外に仲間がいる可能性すら疑っていたくらいです」

相手がテロリストなら気をつけて気をつけすぎることはない。けれどその慎重さが、被害の拡大を招いた一因だった。

「別館の第一防災センターと連絡がつき、とんでもない事態になっていると教わって、しかし何がなにやらわからずに、さぞかし不安ばかりがふくらんだことでしょう。具体的な指示はたったひとつ。エレベーターを上にとどめておくこと。――わたくしが店長さんの立場だったなら、まちがいなく悩んだはずです。エレベーターを呼び戻すかどうか。言い換えるなら――、菊乃さんを見捨てるか否かを」

息をのむ気配がした。

「そういった議論がスカイラウンジで起こっただろうと、わたくしは想像します」

徳下が、わざとらしくバインダーをめくった。「事件収束後、警察の救出隊は非常階段を使いラウンジへ向かっていますが、階段とラウンジをつなぐ扉には鍵がかかっており、外から破壊しなくてはならなかったそうです」

施錠は、いずみの話を聞いた店長から出た提案だった。異論はあがらなかった。スカイラウンジにこもるという決定はすでになされていて、外からの侵入を防ぐ措置は当然とみなが受け止めていたのだ。

「これもわたくしの想像を補強する事実といえそうです。しかし肝心のエレベーターをほうっておいたのでは本末転倒もいいところです。むしろまっ先に呼び戻すべきでしょう。なぜ、それをしなかったのか。いや、なぜ、できなかったのか」

丸い目がいずみをのぞき込んでくる。

「その場におられた片岡さまなら耳にしているはずです。誰かがエレベーターを呼び戻そうと手を挙げ、誰かがそれはまずいと制止したやりとりを」

はっきりとは憶えていない。おびえを抑えるのに必死で議論に参加するなんて無理だった。何より怖かった。店長と、彼に食ってかかる面々の、感情むき出しの怒鳴り合いが。

「――よく憶えてません。でも」

いずみは額に手をそえる。必死に思い出そうとしている、というふうに。

「菊乃さんを待つほうがいいと、みんなそう考えていたようでした」

心のどこかで、かくん、と何かが外れた気がした。

記憶が、ゆがむ。

「だってエレベーターを呼び戻しちゃったら——」

ゆがませる。

「彼女が困るに決まっているから」

ババアがどうなったって自業自得じゃねえか！　——スーツの男の金切り声。

エレベーターを戻したら訴えるなんて脅しは無視でいい。少し考えればわかるだろっ。

——年配の男性が詰め寄る。

待ってください！　ですが下手をしたらわたしらみんな、あとで人命を見捨てたって非難されるかもしれないんですよ？　——店長の口ひげが唾《つば》で濡《ぬ》れている。

ぜったい報道されますから、おもしろおかしく書かれちゃいますよ。

あとのことなんか知るかっ。イカれた殺人鬼がやってきたらあんた責任とれんのかっ！

「みんな、菊乃さんの無事を願ってる感じで……でも、やっぱり、犯人がくるのは困るから、それで、バリケードというか、椅子とテーブルでエレベーターのドアを囲うようにして。それを盾に、左右に男性が陣取って。女性はカウンターの隅に固まって……」

「ふむ」

徳下がリズムを刻む。

「そしてエレベーターが動きだしたのですね？」

緊張が走った。くそっ！　と吐き捨てたのは誰だったろう。ふざけやがってっ。男性だった気もするが、いずみといっしょに固まっていた女性陣の誰かかもしれない。

「乗ってきたのは犯人ではなく、浜屋さんでも菊乃さんでもなく、見知らぬ女子高生と男の子だった」

古館小梢と双海幸雄くん。

「救助隊でなかったのは残念だったでしょうが、とはいえ新たな訪問者は貴重な情報源です。訊きたいことは山のようにあったはずです」

下の状況は？　浜屋は？　菊乃はどこに？　犯人たちは？

切実な疑問が、腐るほどあった。

「これでようやく、最初の問いに戻りました。古館さんが何を話したかよく憶えていないという片岡さまの主張はおかしいという、わたくしの疑問です。なぜなら店長さんらに通常の理性が残っていたなら、古館さんと幸雄くんから聞き出した情報を片岡さまに確認するはずなのです。ラウンジにいた者のなかで唯一、下からやってきたあなたに」

いずみは額を押さえる。演技でなく頭痛がする。

「片岡さま」

徳下の追及が、さっきよりも近くから聞こえる。

「もし――、もしほんとうに片岡さまが、それをくわしく聞いていないのだとしたら――

――いえ、聞けなかったのだとしたら」

……エレベーターが動きだす。表示ランプがそれを教えてくれる。胸がつぶれそうな緊張が充満している。男性陣はテーブルを盾に、エレベーターの扉の左右で椅子を構えている。それをいずみたち女性陣が固唾《かたず》をのんで見守っている。

「あなたたちは――」

到着の表示が光り、すっとドアが開いて――。

「犯人に対して、どんな準備をしていたのです？」

「やめてくれっ」

思わぬところから声があがった。

「……もういい。もう充分だろ」

道山が、泣きそうな顔で徳下を見た。

「あんた、やりすぎだ。そんなの、その子に訊いてどうすんだよ。いまさら責めて、どうすんだよ」

「責めているつもりはないのです。事実を――」

「事実ならわかってんだろ！」

唾が飛ぶ。

「わかってんだろっ。死んだんだよ。殺されたんだよ。馬鹿みたいな理由で、馬鹿みたいなやり方で。そうだろうが。それがぜんぶだろうが！　……もういいじゃねえか。もう……」

突っ伏し、大きな肩がゆれた。嗚咽《おえつ》がもれた。誰も何もいえなかった。いずみ自身も、いったい何がとつぜん道山の感情を決壊させたのか見当もつかず、ただ呆気《あっけ》にとられていた。

「……おれだよ」

やがてそうつぶやいて、彼は顔を上げた。

「もう、ぜんぶ話すよ」

涙と鼻水で、ぐしゃぐしゃになっていた。

「おれのせいなんだ。おれがあのとき、あいつを嗤《わら》ったんだ。大竹の奴を」

「おれは、ほんとは、小田嶋っていうんだ。あそこで働いてた警備員だよ」

徳下以外の者たちが、目を見張った。

「第二防災センターだ。あの日も出勤だった。知ってんだろ？　最後に大竹を羽交い締めにして、いっしょに刺された馬鹿がいたって」

その勇気ある行動はテレビでも取り上げられていた。組みつかれた大竹はみずからを日本刀で刺し、刃は小田嶋にも届いたといわれていた。

「大げさに書かれてたけど、じっさいはかすり傷もなかった。日本刀の刃はおれまで届かなかったんだ。それでも英雄扱いで、正直……戸惑ったよ」

苦しそうな自嘲《じちょう》が浮かんだ。テレビに流れた入院中のインタビューはいずみも目にしていたが、じつは念のための検査入院にすぎなかったという。その映像は首から下しか映っていなかったため目の前の彼とはつながらなかった。入院着越しにも見てとれた筋肉質な身体も別人のように丸くふくらんでいる。英雄の面影はほとんどない。

「直接テレビに映ったのはその一回だけだよ。ちょうど山路さんがバッシングを浴びて、その代わりっていうか穴埋めっていうか……イメージアップに貢献しろって会社からいわれてたんだ。だけど、できるだけ断ってた。カメラは苦手だったし、どうせ……どうせ、あの報道があると思ってたから」

「大竹の、動機となった出来事ですね」

小田嶋がうなだれた。

「去年の夏だった。スワンで悪ガキどもにからまれて、挑発されて、大竹はキレて手を出しちまったんだ。それで会社からさんざん叱られて、あいつは逆ギレして……もともとそういうところがある奴だったよ。おれは苦手っていうか、はっきりいって嫌いだった。あの野郎、こっちが歳下だからって偉そうに説教とかしてくるんだよ。わけわかんねえ精神論とか、言い掛かりみたいな小言とか。うざかったんだ。だからあいつが辞めるってなって、うれしくてさ……。最後にあいつが荷物を取りにきたとき、偶然シフトで会っちまったもんだから、つい、声をかけたんだ」

ざまあみろ――。

「ほんの出来心だよっ。深い意味なんてなかった。なのにあの野郎、それを根にもったみたいなことを書き残してやがって……」

ふたたび小田嶋は、嗚咽をもらす。

大竹の動機についてはさまざまな分析や憶測が報道されている。本人は警備会社を不当に解雇された屈辱が大きなきっかけだったとエレファンツのSNSやメールのやりとりで書き連ねている。日常的なイジメもあったと。しかし彼の凶行を最後に止めた英雄が、それらに関わっていた事実は報じられていない。

「ぜんぶ、山路さんにかぶせようって、そうなったんだ」

会社が決めた方針だったという。

「なるべく悪者は少なくしたいって。職場ぐるみみたいなのは困るからって……。うなずくしかなかった。おれは、マジで怖かったんだ。あのころは毎日毎日、山路さんが吊るし上げられてる姿がテレビとかネットにさらされてて。あの人、ぜんぜん悪い人じゃねえんだ。なのにまるで、悪魔みたいなあつかいになってて、なんだこれって。ほんとに怖くて、だから会社のいうとおり、黙っておこうって……」

小田嶋が徳下を見上げた。

「これでいいか？　おれが嘘をいってないのは、あんたがいちばん――」

「ひとつだけ」徳下が人差し指を立てた。「事件発生時、小田嶋さまは第二防災センターにいらっしゃらなかったのですね」

「……ああ、そうだよ。おれは、出動してたんだ。屋内花壇のとこで、不審っていうか、困ってそうな客が防犯カメラに映って、山路さんの命令で防災センターを出たんだ」

それが十時五十分ごろ。

「その出動とは、どんな用件だったのですか」

小田嶋の唇がもにょもにょと動いた。

「ん？　すみません、なんと」

「……ごだよ」

「ご？」

「迷子。迷子だった」

じりっとした沈黙が漂った。いずみは、自分の背中から汗が噴き出るのを感じた。

「お母さんが、買い物してたら息子がいなくなったって」

「それって――」

思わずといった調子で生田がもらし、小田嶋が顔をゆがめた。

「ああ――お母さんは、迷子の息子さんを『幸雄』って呼んでた」

幸雄くんのお母さん、双海佳代さんだ。

小田嶋は歯を食いしばった。

「くわしい話を聞いてる最中に、あの騒ぎが起こったんだ。銃声は遠かったけど、悲鳴が聞こえたからただ事じゃないってすぐわかった。問い合わせても、山路さんの無線はつながらなくて」

大竹に襲われていたからだ。

「状況がわかんないまま、右からも左からも走って逃げてくる人がいて……。そのうち第一のほうから暴漢が現れたって無線が入った。向こうは白鳥広場の丹羽しか確認してなかったけど、おれは黒鳥のほうにもいるってわかってたからそれを伝えて、そしたらすぐに館内放送が流れて、第二が襲われたって情報も入ってきて……。避難誘導しなきゃとは思ったけど、でも、どうしようもなかった。おれは動きようがなかったんだ。あんな事態は想定外だったし、状況も意味不明で、人は多くて……。第二の同僚はバックヤード通路を使って逃げてたから会うこともなかった。ちゃんと指示を出してくれる人間がいなかったんだ。おまけに、おれのそばには幸雄くんのお母さんがいた。彼女もやばい事態だってわかってて、それでおれの胸を叩いて——お願い、幸雄を捜して！」

だらだらと、小田嶋のおでこから汗が流れた。

「そんなこといわれたって、どうしようもねえよ。だけど突っぱねるわけにもいかないし、わけがわかんなくなって、その場で右往左往しちまって」

やがて銃声が近づいてきた。

「彼女の——佳代さんの手を取って走ったんだ。なかなかいうことを聞いてくれなかったから、力いっぱい引っ張った。上からも銃声はした。貯水池側の出入り口へ逃げようと思ったけど、それは佳代さんのせいでできなかった。子どもを捜せ、見捨てないでくれって、ずっとそればっかり……。ちょっと気が変になってたんだと思う」

ぴりっと空気が張りつめる。いずみは思わず息をのむ。

「そうこうしてたら二階から銃声がしたんだ。おれたちはとっさに白鳥広場へ向かった」

「十一時半ごろですね」

徳下が、感情なく確認を入れた。

「ああ、たぶんそんくらいだったと思う。……そっからもたいへんだった。とにかく佳代さんが思うように動いてくれなくて焦った。どんどん大竹は近づいてくるし、いいかげんやばいってなって」

パニックは伝染する。小田嶋も冷静でいられたはずがない。

「なんとか白鳥広場に着いて、でも、あそこはやばかった。人が死んでた。死んでたんだ」

頭を抱え、そのまま、口調が崩れた。

「死んでたんだよう。そんなのアリかよ。なんなんだよ。なんであんなことになってんだよ。人が倒れててさあ、血を流しててさあ、うめいててさあ。後ろから、あいつがやってくるんだ。早く逃げなくちゃいけないのにあの人が、佳代さんが邪魔してくるんだ。だから、しようがなかったんだ。ほんとうに、どうしようもなくて……」

「佳代さんを、どうしたんです？」

わずかに間があった。だがもう、小田嶋は楽になりたかったのだろう。

「どうもしてない……ただ、あの人はおかしくなってたんだ。それで、暴れるみたいな感じになって、だから、突き飛ばすみたいな……」

彼女は床に倒れた。痛みからなのか心が限界を迎えてしまったからなのか、そのまま動かなくなった。そんな彼女から、小田嶋は離れた。

「どうしようもなかった。もう無理だったんだ」

そして彼女は、大竹の標的になってしまう。

「英雄が、聞いて呆《あき》れるな」

つぶやいた保坂に向かって、小田嶋は泣き笑いを返した。

「そうさ。でも徳下さん、あんた弁護士ならわかんだろ？　警察はおれのやったことを防犯カメラで確認してた。けど、罪には問わないっていわれた。誰にも、この件は伝えないって。だってそうだろ？　おれは、悪かったのか？　あのお母さんをどうすればよかったんだ？　いっしょに死んでやればよかったのか？　それとも、もっと最初のうちに殴るなりして、無理やり外へ連れだせばよかったのか？　だったらそうさせてくれ。あのときに戻してくれ。そしたらちゃんと殴るからよお！」

叫び、テーブルを両手で叩く。何度も何度も繰り返し、お茶のペットボトルが倒れた。

「その先を教えてください」

徳下の声はいつも冷たい。

「……おれは、死体にびびっちまって、それで、腰がぬけたみたいになって。とにかく隠れようと思って、ベンチソファの裏に這っていって」

白鳥広場に大竹がやってくる。

「奴が、なんか、してる、感じだった」

佳代さんが刺されている場面を、小田嶋は見ていないという。音がしたかも定かではない。ただ、気配はあった。

「で、銃声がしたんだ」

撃たれたのは噴水に沈んでいた老人だった。彼の名を、いずみは最近調べたばかりだ。俵松太郎《たわらまつたろう》、七十五歳。

「おれは、そんなじいさんにはぜんぜん気づいてなかった。泣きもわめきもしてなかったから、だから、じいさんが殺されたことも知らなかったんだ」

そこに音楽が流れだす。『四羽の白鳥』だ。

「噴水の仕掛けが動きだしたってわかった。あれは客によく訊かれるから曲名とか成り立ちとか研修で憶えさせられるんだ。それで、ソファに隠れながら様子を見たら、大竹が少女の人形が回ってるのをぼうっと眺めて突っ立ってて。チャンスだと思った。いまなら、足音が聞こえないんじゃないかって」

そして後ろから組みついた。

「ほとんど反射みたいな感じだった。やけくそっていうか。あの緊張に耐えられなかったっていうのが、いちばん正しいんだと思う」

大竹が自害し、いっしょに倒れ込み、意識は朦朧《もうろう》となった。何分後に救助されたかは憶えていない。

「会社からは慰留されたけど、でも大竹の動機が報じられて、山路さんがどっかいなくなって、それからしばらくして辞めたよ。べつに責められたりはしなかったけど……でもやっぱ気になって……。それに、人が怖くなった。ちょっとでも怪しい客がいたら警戒せずにいられない。どうしようもなく構えちまうんだ。警備員っていってもおれらは接客業みたいなもんだから、ピリピリしてたら煙たがられる。クレームも増えて、でも直そうにも直せなくて……なんつーか、無理って感じた」

いまはニートで、この集まりには小遣いがほしくて参加してた。だけどもう、充分だよ……。

乱暴に涙のあとをぬぐう。

「悪かったな。あんたが期待してる証言ができなくて。おれは防犯カメラに映ってることしかしてないんだ」

「そんなことはありません。たいへん興味深いお話でした」

徳下が、にっこりとほほ笑んだ。たぶん、出会ってから初めて見る表情だった。

「では」と笑みを消し、中華テーブルの面々を見回す。「小田嶋さまのお話に、何かご意見のある方はいらっしゃいませんか」

「ちょっと待ってくださる？」

生田の眉間《みけん》に、深いしわが寄っていた。

「ねえ、徳下さん。彼のお話に、なんの意味があったの？　菊乃さんが亡くなったことと、ぜんぜん関係なかった気がするのだけど」

「直接的にはそうかもしれません。ですが、事実を集める作業というのは無駄を恐れていてはできないものでして」

「なら、まず、なんでしたっけ、スカイラウンジのウェイトレスの、浜屋さん？　そう。彼女に会っていろいろ訊くべきじゃないかしら。だって菊乃さんは、彼女が階段で下へ向かったすぐあとに下へおりたのでしょう？　何か知っているとしたら彼女だと思うのよ」

「そのとおりですが、まことに残念ながら、浜屋さまとは連絡が取れていないのです」

「電話番号くらいわかるんでしょ？　あなた警察の手下なのだし」

「手下ではまったくありませんし、むしろ職業柄、毛嫌いされているほどなのです」

「でも吉村社長のお力があるじゃない」

「何もかもとはいきません。とくに浜屋さまは事件後に引っ越されており、携帯番号も変えておられるようなのです」

　いずみは徳下の顔色をうかがった。嘘かどうかはわからない。

「でも、そうだとしても、結局わたしたちに何を訊《き》いたって、そんなの、何もかもわかるわけないと思うのよ。なのにあなた、まるでわたしたちを責めるみたいに、ずっともう、そうやってきてるでしょ？」

「そんなつもりは――」

「ごまかしはやめて。あなたはそうしてます。まちがいありません。そこの片岡さんも、道山――じゃなくって、小田嶋さん？　彼だって、みんな、あんな事件に巻き込まれてつらい思いをしてるんですよ。そりゃあ、ちょっと、よくないことをしてしまったりもあるんです。そんなの、当たり前じゃないですか」

生田にしては強い口調だった。疲れたように息を吐き、頬に手を当て、そして小首をかしげる。

「ねえ、徳下さん」

「なんでしょう」

「犯人が悪い――ではいけないの？」

皮肉な響きは少しもなかった。心から、彼女は問いかけているようだった。犯人が悪い、ではいけないの？

生田のそばに座る小田嶋が洟《はな》をすすった。すぐに涙があふれた。

「だってそうでしょう？　犯人だけが悪いんですよ。犯人だけが。それでいいじゃない。もう終わったんです。それでいいじゃないですか」

ほら、小田嶋さん、大丈夫よ、大丈夫だからね――大男をあやしつつ、徳下をにらむ。

「わたしも、もうやめます。これ以上あなたにいじめられるのは嫌」

「つまり、この先の質問にはお答えいただけないということでしょうか」

「ええ、そう。そうね。わたしも、ほら、なんでした？　そちらの方がしている、黙秘？　それをしようと思うのよ」

「ふむ」

徳下が息をついた。

「とはいえ、生田さま。残りは十一時半からのたった三十分間です。簡単でかまいませんので、どうかお教えくださいませんか」

「こないだ話したはずですよ。わたしはあちこち歩き回ってから保護されたんです。二階の連絡通路で」

ねえ――と生田は、ふたたび徳下に呼びかける。

「どうせあなた、ほんとか嘘か、知っているんでしょ？」

目を丸くする徳下に、生田は唇を尖《とが》らせそっぽを向いた。「下品ね」

「まことに申しわけございません」

徳下が軽く頭を下げた。憎らしいほどしれっとした所作で。

「そういうことなら」

今度は保坂が声をあげた。「そういうことなら、わたしもさっさと済ませてもらいたい。そっちの彼や彼女ほど劇的でもないしな」

小田嶋といずみへあごをしゃくり、

「十一時半以降だったな」

と勝手にはじめる。

「丹羽を追って、三階の屋内花壇を過ぎたあたりか。丹羽はそれから、店の中をのぞいたりしはじめたんだ。そこでわたしは、思いきって二階に下りた。一階を移動する大竹とすれちがったあとだな。エスカレーター㊓を使った。今度こそすきがあればと思ったんだ」

距離を置き、しばらく彼のあとをつけた。何軒目かで中から銃声がし、わきの通路に身を隠した。丹羽が出てくるのを待ち、迷った。

「撃たれた人間を助けるか、丹羽を追うか。丹羽は吹き抜けの渡り廊下を使って貯水池側へ行ったり駐車場側に戻ってきたり、ふらふらとしはじめていた。すきがありそうな反面、動きが読めなくもなっていた。とにかく生存者をほっとけないと思い、わたしは銃声が聞こえた店の中に入った」

カジュアルなアパレルショップだ。

「三人、倒れていた。ふたりはどう見ても手遅れだった。どうしようもなかった。もうひとり、女性がかろうじて息をしていた。どうにか手近なもので、応急処置の真似事をした。それから丹羽を追おうと通路に出たが、奴の姿はなかった。見失ってしまったんだ」

保坂が腕を組んだまま、わずかにうなだれた。

「それで終わりだ。わたしはあきらめて、その店の中で救助を待った。悔いはあるが、やれることはやったと思っている」

「はあ？」

声をあげたのは小田嶋だった。目をむき、「何いってんの？」と唾《つば》を飛ばす。

「何いってんだよ、じいさん！　何がやれることはやっただよ。あんた何もしてねえじゃんか。たんに丹羽のケツ追っかけて、人が撃たれるのを見物して、それで何？　やれることはやった？　そんなんで偉そうにおれや片岡さんに説教してたのかよ！」

「小田嶋さま、どうか――」

「だいたいよお、見失ったって、そんなわけねえだろ。あいつはバンバン拳銃《けんじゅう》撃ってたんだぜ？　音を追えばいいじゃねえか。床には撃ち終わった拳銃が落ちてたんだろ？　それをたどって行きゃあいいじゃねえか。ようするにあんた、びびったんだろ？　びびって、死ぬのが怖くなって、だから縮こまったんだろ？　いいよ、ぜんぜんふつうだよ。それが当たり前だよ。だから、お願いだから、そうやってカッコつけるのだけはやめてくれ。恥ずかしくてこっちが死んじまうからよお」

保坂はむすっとしたまま、何もいい返さなかった。小田嶋は頭を抱え、ひひひ、と痙《けい》攣《れん》するように笑っている。きっと泣いてもいるのだろう。そんな彼らに、生田は眉《まゆ》をひそめるばかりだ。

「もういいよ、小田嶋くん。黙りなよ」

波多野が面倒くさげに頭をかいた。「無様なのはお互いさまだろ？　君に保坂さんを嗤《わら》う資格はないし、保坂さんもおれたちに説教する資格はない。ここにいるみんな、誰かを責める資格なんてもっちゃいない」

「はあ？　何余裕こいてんだよ！　あんたこそどうなんだ。適当にへらへらしてるだけのくせして見下してんじゃねえぞ。どうせあんたも、どっかで丸くなって泣きべそかいてたんだろっ」

小田嶋が立ち上がった。

「くだらねえ。帰るよ。もうこないし、金もいらない」

「君のいうとおりだ」

え？　と小田嶋のいきおいが止まった。

「正解だよ、小田嶋くん。まあ、泣きべそはかいてなかったけど、丸くなってた。っていうか、ぶっちゃけ、おれは事件のあいだじゅう、爆睡してたからね」

棒立ちになった小田嶋が目を丸めた。

「前の夜、仕事の飲み会だったんだ。浴びるほど飲んで、午前様でさ。朝から二日酔いで、死にそうだった」

波多野は小さく息を吐き、自嘲《じちょう》を浮かべながらつづけた。

「だから、ずっと寝てた。スワンに着いてから、ひとりになって、十一時ごろは、とっくにぐっすりだったよ」

「どこで、ですか」

尋ねた徳下に、波多野は皮肉な眼差《まなざ》しを返した。

「あんたさ、そういうのほんと、嫌味だからやめたほうがいいよ」

「おっしゃることがわかりかねるのですが」

「まあ、いいけどさ。自分の車の中だよ。買い物するって嫁さんに嘘ついて、車に戻ったんだ。座席を倒してスマホもマナーにしてね。寝たら起きないタチだから、警察の人に起こされるまでいびきかいてたよ」

「どこの駐車場ですか」

「防犯カメラで調べてんじゃないの？」

「お願いします」

「貯水池のほうにある有料の青空駐車場」

徳下が唇に手を当てた。「――なるほど」

「つまりそういうこと。おれにはおたくらを嗤う資格も説教する資格も見下す資格も、なんなら涙を流す資格もないってわけ。おれの知らないあいだに事件は起こって、夢をみてるうちに終わってた。誰が死んだとか何人死んだとか聞かされても、リアリティなんかひとつもない。それはそれでつらいんだぜ？　だからこの会に参加したんだ。小田嶋くんや片岡さんの話を聞いて、ちょっとだけ、埋まったような気がしたよ」

語り終えた合図のように、頭の後ろで手を組んだ。

「もうさ、今日は終わりでいいんじゃない？　っていうか、こっちの話はほとんど済んだわけだし、あとは菊乃さんがどうしてああなったのか、興味ある人だけ残って徳下さんの話を聞けば――」

「待ってください」

いい終わるより先に、いずみは割り込んだ。

「……わたしは、聞いてほしい」

みなの視線を感じた。それを受け止め、唾を飲む。

「知りたい。知りたいんです」

言葉を選ぶ。

「……不安で、しようがないんです。スカイラウンジの、あの処刑が、ほんとうにわたしのせいかもしれないって思ったら……。もしかして菊乃さんも、わたしのせいで亡くなったんじゃないかって」

「考えすぎだよ」

「でも！」

いずみはとなりの波多野に、そしてほかの面々に訴える。

「ほんとうのことを話して、ほんとうのことを知らなくちゃ、前に進めません」

青臭く映ったろうか。思春期のぶりっ子に聞こえたろうか。だとしてもかまわない。

ここでお茶会が、終わりさえしなければ。

どすん、と小田嶋が席についた。保坂や生田があきらめたように息をもらした。波多野は唇を曲げている。

「つづけましょう」

徳下が、いずみに手のひらを向けた。

「片岡さまのお話の途中でした。古館さんがスカイラウンジにやってきて、その後どうなったのか。わたくしは古館さんから下の様子や双海幸雄くんの説明があったはずだと主張し、片岡さまはよく憶《おぼ》えていないとおっしゃった」

「はい」

「それがほんとうならば、何か事情があったのではないか、というのがわたくしの考えです。そこでもう一度うかがいます。エレベーターが動きだし、古館さんと幸雄くんが現れて、それからどうなったのです？」

いずみは小さく息を吸う。記憶の断片が交錯する。エレベーターのドアを囲うテーブルのバリケード。左右に陣取った男性陣。カウンターの隅で固まっている女性陣のなかにいる自分。張りつめた緊張感、熱い呼吸。エレベーターが到着する。ドアが開く。次の瞬間、椅子が――。

「なぜ古館さんからお話を聞かなかったのです？」

椅子が、ものすごいいきおいで――、

「幸雄くんが泣いていて、それどころじゃなかったからです」

――小梢を殴打した。

「エレベーターのドアが開いたときから大声で泣いていて、小梢が必死にあやしていたんですけど、どうしようもない感じで」

……エレベーターの横に陣取った男性陣は椅子を手にしていた。やってきたのが犯人だった場合は思いきり殴りつける。カウンターから見て手前に店長と年配の男性が、奥にスーツの若い男が、それぞれ椅子を手にエレベーターの到着を待っていた。やってきたのは小梢たちだった。けれどスーツの若い男は、問答無用で椅子をふり回した。

「小梢も、困っていました」

はっきりと、そう口にする。

「ラウンジの人たちみんなで幸雄くんをなだめて。とくに女性陣は人数も多かったから、かわるがわる。でも結局、彼は泣きやんでくれなくて。お母さん、お母さんと繰り返して」

……スーツの男がふり回した椅子は、小梢の胸を打ち、彼女は「ひっ」と叫んでその場に崩れた。その瞬間、べそをかいていた幸雄くんが、爆発するように泣きだした。手にしていたバスの玩具《おもちゃ》が床に落ちた。お母さんなんて言葉を発する間もなく。

「カフェのデザートがあったので、そういうのを使ってご機嫌をとろうともしたんですけど」

「そのあいだにも、古館さんからお話を聞くことができたのではないですか」

小梢は呼吸困難に陥っていた。スーツの男は狼狽《ろうばい》し、女性陣から罵声《ばせい》が飛んで、それにまた罵声を返し、怒鳴りちらし、店長や年配の男性も真っ青になっていた。

「幸雄くんが小梢から離れようとしなかったんです。なついているというか、頼りにしているふうで。だから話を聞く余裕がなくて」

女性陣が幸雄くんをなだめ、小梢の面倒はいずみが受けもった。ブラウスの胸を開《はだ》け、冷やしたタオルで押さえながら、いずみの混乱は増すばかりだった。どうして小梢がここに？　この男の子は誰？　わけがわからない。

「そうしているうちに、エレベーターが下りてしまったんです」

そう。エレベーターが動いた。ストッパーをかけるかかけないか、そんな議論が起こるより先に。

「それで、呼び戻そうとしても今度は上がってきてくれなくて」

苛立《いらだ》ちでエレベーターのドアを蹴《け》りつける者がいた。椅子を床に投げつける者がいた。寝ころんだまま荒い呼吸を繰り返す小梢。幸雄くんの泣き声は、もはや泣き声なんていう生やさしいものではなく、耳をつんざく叫びになっていた。

「仕方ないから、とにかくみんなで、協力してなんとかしようって声をかけ合って」

そのガキを黙らせろっ！

怒号が響いた。うるせえんだよ！　と。

「きっと助けがくるから、ぜったいに、あきらめずにがんばろうって」

黙るんだ、コノヤロウ！

細い首を絞めあげる男の太い指。

やめて！　とすがりつく年配の女性。遠巻きにおびえている若い女性三人組と派手目の女性。

泣くのをやめろっ。頭がおかしくなりそうだっ！

「ようやく幸雄くんが泣きやんで……」

タオルで猿ぐつわをした。止めようとする者はいなかった。

「みんなで励まし合って……」

くそっ、くそっ、くそおおっ！

なんで、こんなめに……。

「犯人がきたときの対策をもう一回確認して……」

おまえ、立てっ！

おまえとおまえも、そこに立て！　壁をつくるんだ！

早くしろ、ぶん殴るぞ！

「そうしてたら『四羽の白鳥』が流れて……」

いつの間にか彼は包丁を手にしていた。だから逆らえなかった。いずみはエレベーターの前に立たされた。左右に若い女性がひとりずつ立ち、三人で壁になった。

「またエレベーターが動きだして……」

いいか？　おまえらが飛びつくんだ。まずはおまえだ。そうだ、おまえが悪いんだから な。おまえが非常階段なんか使ってやってくるのが悪いんだ。だからややこしくなったんだ。いいな？　大丈夫だ。おまえが突っ込んだら、ちゃんとおれが仕留めてやる——。

「丹羽がやってきました」

目が合って、そのぽかんとした顔に、こちらもぽかんとしてしまい、足が動かなかった。

「丹羽が銃を構えて——」

そして一歩、エレベーターの外へ踏み出した。

次の瞬間、いずみたちの横から包丁を持った彼が丹羽に襲いかかり、そしてその頭が、ドン、と弾《はじ》けた。

「彼は——、キッチンの包丁をにぎっていた店長さんは、自分がみんなを守るからといって先頭に立って……。運が悪かったとしかいえません。弾が当たったのは偶然だったと思います。丹羽も、びっくりしてたみたいだったから」

じっさい丹羽は、あっぶねえ、と笑っていた。それから頭が弾けた店長の遺体を蹴飛ばし、年配の男性とスーツの男に命じてカウンターのほうへ運ばせた。目の前で人が死ぬという事態に、恐怖を超えて神経が麻痺《まひ》した。女性陣のなかには、もらしている者もいた。

「小梢たちが、丹羽の前に四つん這《ば》いにならばされて……」

なんで猿ぐつわしてんの？——丹羽が幸雄くんを見て笑う。

そっちの君は、顔色が悪いねえ。——幸雄くんに寄り添う小梢は、起き上がるのがやっとといったふうだった。

「それからは、小梢が告白したとおりです」

いずみの背後に丹羽が立っていた。後頭部に銃を突きつけられていた。

初め、年配の男性の、髪の薄い後頭部が弾けた。一発で、彼は亡くなった。

丹羽が拳銃を取り換える。

次の犠牲者は、派手目の女性。これも一発で、後頭部に穴があいた。

次の一発。人が崩れ落ちる音。視線を天井に逃がしたせいでその瞬間を見てはいないが、音がした場所からして年配の女性がやられたとわかった。

丹羽が拳銃を取り換える。

次の一発。女性三人組のひとりが死んだ。直後に悲鳴。となりで四つん這いになっていた友だちが叫んだのだろう。次の弾が、その悲鳴を永遠に止めた。

丹羽が拳銃を取り換える。一個につき二発しか撃てないのだと、天井を見上げながら気づいた。

次の、ドン。三人組の、残りのひとり。

ドン。スーツの男。

丹羽が拳銃を捨てる。そして腰の日本刀を抜き、いずみの首もとに当てる。
選べ。次に殺す人間を、悪い人間を、おまえが選ぶんだ。
……いずみは動けない。何も考えられない。
――次は、子どもを撃つよ。
反射的に、視線を下げた。
顔をこちらに上げた小梢と、目が合った。
ドン。
「小梢と、幸雄くんが撃たれて――」
目の前に、あきらかな、死が。
あっ、あっ、あっ――。
弾ける頭。
――ほらね！
丹羽のはしゃいだ声。
――やっぱりこいつは悪だったんだ！
やっ、い、い、い、やっぱりこいつは悪だったんだ。
その直後、
「最後まで――」

丹羽の手から日本刀が落ちた。

「小梢は、幸雄くんをかばおうとして……」

涙があふれてくる。つまりそうになる息を、必死に保つ。

「それで、丹羽が、新しく取り出した拳銃で自分の頭を撃って――」

いずみの耳もとで、ドン。弾けたように身体が倒れかかってきた。支える気力もなく、いっしょに床に崩れた。銃が、いずみと小梢のあいだに転がった。弾が一発、残った拳銃が。

その場面をふり返っていずみは思う。あのスカイラウンジで――わたしたちは殺し合ったのだと。

「わたしの話は終わりです。菊乃さんについて聞かせてください」

いずみは涙をぬぐい、徳下を見上げた。

「十一時半に、菊乃さんは、三階のエレベーター乗り場にいたんですね？」

「そうです。バックヤードから現れて、幸雄くんの手を引いていた小梢さんと鉢合わせたのです」

丹羽がエスカレーター㋒を越えたばかりのころだ。

「菊乃さんと古館さんはエレベーターの前で何か言葉を交わしています。いったい何を話したのか定かではありませんが、菊乃さんの身ぶりは上へ行くよう促しているように見えます」

じっさい小梢はスカイラウンジへ向かった。

「そして菊乃さんは、ふたたびバックヤードへ消えるのです」

え？　という空気が生じた。

「理由はわかりません。次に彼女が防犯カメラに映るのは十一時五十分ごろ。三階ではなく、一階のバックヤードからエレベーター乗り場へ歩いてくる姿が確認できます。このとき、彼女の様子は少しおかしい」

よろめくような足どりで、まるで逃げるように、エレベーター乗り場へ向かったという。

「エレベーターを呼びつけ、ドアが開いた瞬間、彼女はそこに崩れるように倒れ込んでしまいます」

以前、生田が訊《き》いていた。病気だったのか、と。

「正直、なんともいいがたいというのが医師の診断です。外傷は丹羽に撃たれた銃弾のみですから、疲労やストレスによるめまい、立ちくらみのたぐいだったのでしょう。しかしだとしても、何か理由があったはずだ。バックヤードで、極度の緊張を強いられる何かがあったにちがいない。それが秀樹氏の考えなのです」

たしかに、菊乃の動きは不可解だ。彼女はなんのためにスカイラウンジを離れ、なぜ、小梢といっしょに戻らなかったのか。なぜバックヤードを行き来していた？　一階のバックヤードから現れた理由は？　そしていったい、何におびえていたのか。

パン、と徳下が手のひらを合わせた。

「時間です。本日はここまでにいたしましょう」

それからみなに向かっていう。「小田嶋さまや生田さまからは無駄ではないかとお叱りを受けましたが、わたくしはこの話し合いにとても手応《てごた》えを感じています。おそらく菊乃さんの行動を、少なからず正確に、説明できる気がしているのです。来週、それを披露いたします」

ふたたびあの、にっこりとした笑み。

「ぜひ、ご参加を」

白けたムードになってもおかしくなかった。一週早く証言は出尽くし、波多野がいったように、あとは興味があるかないかだけのはずだ。げんに小田嶋は今回かぎりと明言している。

なのに徳下は、さも当たり前であるかのように来週の参加をうながし、そしてなぜか、この小部屋に漂う緊張感は消えていない。

「では、今回の報酬です」

徳下が封筒を配る。

と、これまでとのちがいに気づき、いずみはぎゅっとお腹を押さえた。

過去二回、徳下は報酬を配る前に退室している。その都度変わるボーナスの金額を調整するためだろう。

それを今回はしていない。もともと封筒にボーナスの三万円は入っていて、全員に全額払うつもりだからか。あるいは——ゼロだから？

全員が全員、何か重要な嘘をついている？

「また来週、ここでお会いしましょう」

にっこり。


嫁さんに叱られてね——と苦い顔で波多野はいった。「二週連続で帰りが遅かったもんだから怪しまれてるんだ。笑われるかもしれないけど、怒らせたらあとが怖いからさ」

店を出たところで声をかけられ、名刺を渡された。表には「波多野晋也《しんや》」の名前と会社名、市外局番からの電話番号などがあり、裏に手書きで携帯の番号が書かれていた。

「メッセージをくれる？　来週のこととか、いろいろ相談したいから」

少し強引な気もしたが、いずみはうなずいた。まさかというかやはりというか、封筒にボーナスは入っていなかった。それについて話したいのは、むしろいずみのほうかもしれない。

「じゃあ、また」

駐車場へ走る背中を見送っていると、店から保坂が出てきた。いずみをちらりと見やり、軽く頭を下げてくる。会釈を返すと、どこかバツが悪そうに駅へ歩きだす。前ほどの敵意は感じない。それで充分だといずみは思う。

「おい」

とつぜん、背後から威嚇するような声がした。びっくりしてふり返ると、小田嶋が立っていた。スタジャンのポケットに手を突っ込み、落ち着きなくきょろきょろしている。

「こんなもんにしとけよ」

すっと体温が下がった。

「あんまり、調子にのんな」

「……どういう意味ですか」

「うるせえ」

悪態は、おびえに似ていた。

「まさか来週も、くるつもりじゃねえだろうな」

いずみは黙って彼を見つめ返した。小田嶋が、はっきりと目をそらした。

「とにかく、これ以上、よけいなことはいうんじゃねえ」

吐き捨てて、逃げるように去ってゆく。芹那たちと遊んでいたころ、不良や、もっと怖い人と接したこともある。それに比べると小田嶋の威勢はぎこちなく、いかにも善良だった。けれど馬鹿にする気はない。ひょんなきっかけで、人間は豹変《ひょうへん》するのだとスカイラウンジで学んだ。手もとに模造拳銃がなくたって、包丁一本にぎるだけで、変わり得る。

それにしても。

まったく意味がわからない。小田嶋の意図はなんだ？

カシャン、と金属音がした。生田が自転車を、駅に背を向け力強く漕《こ》いでいた。保坂に追いつかないよう気をつけつつ、いずみも駅を目指した。歩きながら真澄にメッセージを送る。波多野のように疑われてはかなわない。

つぶれた中華料理店の中にはまだ光が灯《とも》っていた。いずみは徳下という男が、少し怖くなってきている。

五日後、小田嶋が行方不明になったと知らされた。

7

駅のロータリーに白い乗用車が停まっていた。そのそばに背広の男が、ホテルのドアマンみたく立っていた。陽の光の下で見る徳下には、どこか冗談のような雰囲気があった。

「ご足労いただきありがとうございます」

いずみに気づき、すっと頭を下げる。

「乗ってもいいですか？　誰かに見られたくないんで」

「ええ、もちろんです。どうぞ」

ドアを開け、まるでセレブを招くように腰を折る。気恥ずかしさに後押しされ、いずみはそそくさと後部座席に身を隠した。

「学校はよかったのですか」

おそるおそるといったスピードで車を発進させながら徳下が訊いてきた。時刻は四時を過ぎたところで、下校にはまだ少し早い。

窓を開けながら答える。「帰りたいといえば止められません。ほんとうは、こなくていいと思われているんだと思います」

「まさか」

「誰だって面倒は嫌ですから。いまでもマスコミから問い合わせがきたりしてるみたいだし、保護者からもいろんな声があるそうです。あんなことがあってよく平気ね、とか。小梢さんより早く復学するなんてどういう神経してんの、とか」

真澄がキッチンでひとりぼうっとしているのは、だいたい保護者会の日の夜だ。いずみには明かさないが、何をいわれてきたか想像はつく。

「ＰＴＡの人から、良い学校があるってわざわざパンフレットが送られてきたこともありました。まあ、悪意だけじゃないんだろうけど」

家にいたいずみが受け取ったときは、中に丁寧な手紙まで入っていた。みんなのためにどうかご検討くださいと締めくくられていた。

素朴に本気で、転校したほうがあなたのためだと信じる人がいそうなことは、いずみにも理解できた。ただ、その手続きにかかる労力や、費用や、どうしようもない屈辱を、彼らは想像できないだけなのだ。

「一部の声に惑わされてはいけません。良識ある多くの人は、あなたが被害者であるとわかっています」

「徳下さんもですか」

「当然です。あの状況で、あなたに責任を求めるのは愚かしい。法的にも、常識的にも。たとえば犯人に殺すと脅され誰かを殺《あや》めたとします。その場合もたいてい、違法性は阻却されます」

「罪に問われないということですか」

「そうです。ですからあの場で、片岡さまが丹羽に強要されて誰かを撃ち殺していたとしても、それは罪にならないのです」

「……ひどいたとえ話ですね」

「失礼しました。忘れてください」

車は幹線道路をスムーズに進んでいた。

「何か、可笑《おか》しいでしょうか？」

て」

徳下に訊《き》かれ、自分がニヤついていることに気づいた。

「いえ……。ただ、徳下さん、わたしに罪はないとか、ずいぶん簡単にいうなあと思っ
て」

返答に、少し間があった。

「あくまで法律上の話です。一般論としての」

「ええ、わかってます」

そう返し、窓外へ目をやる。笑みはもう消えている。

会話が途切れ、不安が頭をもたげた。だいたいの行き先は聞いているが、具体的にど
んな場所か、いずみは知らない。

「わたしが、ついていってもいいんですか」

「よいのです。これは先方の希望ですので、お付き合いいただけないと困るところでし
た」

徳下からメールが届いたのは昨晩だった。放課後に二時間ほど時間をもらえないか。

できれば明日か明後日に。会ってほしい女性がいる。

「小田嶋さんがいなくなったというのは、ほんとうなんですか」

「どうやら信憑《しんぴょう》性は高いようです」

彼女――と徳下はつづけた。「彼女と小田嶋さまは、いっしょに暮らしているとおっ
しゃっています」

おなじく昨日、「彼女」から徳下に電話がかかってきたのだという。声にも番号にも憶《おぼ》えはなかったが、向こうは徳下が弁護士であることもお茶会のことも知っていた。自分は小田嶋の同居人で、お茶会については本人から聞かされていたと「彼女」は説明した。そのうえで、彼が帰宅していないこと、スマホもつながらないことを訴えた。

「音信不通になったのは五日前――つまり、先週のお茶会の夜からだそうです」

嫌な感じがした。帰りに話しかけてきた小田嶋の落ち着きのない態度、要領を得ない脅し文句。

「何か、勘ちがいとかじゃないんですか」

「さあ。それはなんとも」

「事故とか、ですか」

それでも連絡くらいはありそうだが。

「――喧嘩《けんか》して、出ていったとか」

いいながら、まったく信じていない自分がいた。それは徳下も同様だろう。

「警察への相談も検討しているそうです。その前に心当たりを聞いておきたいとのことでしたが、残念ながら何もないとお答えしました。ならばお茶会の様子を教えてくれと希望され、口外しない約束があるため応じかねるとお伝えしたところ、先方が片岡さまのお名前を口にされたのです」

「……小田嶋さんから聞いていた、ということでしょうか」

「そのようです。会って話したいと」

なぜ？　たしかにいずみ本人が相手なら口外しない約束など関係なくなるが……。

「ご自分のお名前も、そのときに伝えると強くおっしゃっているのです。わたくしは警戒されているのかもしれません」

そうだとしても、なぜいずみなのか、という疑問は消えない。

「ほかのメンバーでもいいですよね？」

徳下は答えなかった。前を見てハンドルをにぎる姿はどうにも様になっていない。

「わたしが子どもだからですか？　だからどうにでもなると思って」

あるいは――。

「疑われてるんですか？」

疑う――。思わず口をついた言葉に、胸騒ぎを覚えた。小田嶋が消えたのは、勘ちがいでも事故でもない。それがいずみの直感だった。

「念のため伺いますが、片岡さまにお心当たりはありますか」

「小田嶋さんの行先ですか？　ありません。まったく」

「トラブルなどを耳にしたりは」

「お茶会自体がそうなんじゃないですか。だとしたら、怪しいのは徳下さんです」

たしかに、と徳下は事務的にうなずく。

状況がはっきりするまで先週脅された件は黙っておこうと決めたとき、徳下が尋ねてきた。

「会に参加されている方と、私的に連絡を取ったりといったことはありますか?」

「……答える必要がありますか?」

「いえ。ただ、わたくしも立場上、責任があるのです。とくに片岡さまは未成年ですから、どうしても心配してしまいます」

「こうして連れ出しておいて、よくいえますね」

「耳が痛いです」

波多野とは、日曜日にメッセージを交換した。込み入った内容を文字にするのは面倒で、ひと言、ボーナスは入っていたかを尋ねた。ゼロ、と回答が返ってきた。電話で話そうと誘われ、さすがに警戒心もあり、やんわり逃げた。以来、メッセージのやり取りもしていない。

「会合の参加者間でトラブルが発生したとなればたいへんです。次回の延期も考えなくてはなりません」

「――つづける意味があるんですか? わたしたちの話は終わったのに」

徳下は答えない。

「徳下さん、おっしゃってましたよね。菊乃さんが亡くなった状況を説明できそうだって」

「それはまだご容赦いただきたいのです。もう少し、情報を整理しなくてはなりません」

「わかってます。でも、約束は守ってください」

このドライブに付き合う条件。

「わたしがどんな嘘をついていると、あなたは疑っているんですか？」

どうしても確認しておかなきゃならない。ちゃんとこの先へ進むために。

「疑われるのは慣れっこです。ネットじゃ、わたしが丹羽とヤったんじゃないかって説もあるくらいだし」

それを見たときはさすがに笑ってしまい、そしてなんだか、むなしくなった。

「でもやっぱり、納得できないんです。わたし、お茶会ではぜんぶ正直に話してる。あんなにちゃんと、事件の初めから終わりまで話したのは初めてだった」

警察の聴取は丹羽がやってきてからがメインだった。いずみも小梢も、店長も、スカイラウンジにいた者はひとくくりに被害者とされ、小梢の胸の殴打のあとや、幸雄くんがされていたタオルの猿ぐつわも、すべて丹羽の仕業とみなされていた。

「お金がほしいわけじゃありません。ただ、嘘つき扱いされるのが、我慢できない」

徳下の後頭部をにらみつけた。

「きちんと説明するか、取り消すかしてください」

「わかりました」

徳下が前を見たままいう。

「帰りに、必ず」

ここで粘る時間はなさそうだった。間もなく着きますと徳下に告げられ、いずみは窓の外へ目をやった。街からそんなに離れた気はしないのに、シャッターの下りた店舗やほとんど空き地に近い駐車場が、妙にさびれた風景をつくっていた。

「――その彼女さん、大丈夫な人なんですか？」

名乗りもしない人物にのこのこ会いにきてよかったのか、いまさらながら不安になった。徳下は大人の男で弁護士という肩書ももっているが、いざというときに頼りになるかは怪しい気がする。

「ご安心ください。小田嶋さまの行方はともかく、彼女に関しては大丈夫でしょう」

疑いをこめたいずみの視線に応じるように、徳下がつづけた。

「確信はなくとも予想はできるのです。憶えてらっしゃいますか？　小田嶋さまが、片岡さまのお話の途中で割り込んだのを」

やめてくれっ、と彼は声をあげた。もういいだろ、と。小梢がスカイラウンジに着いてからのことを徳下に追及されていたタイミングだった。

「小田嶋さまは恐れたのだと思います。この調子でいけば菊乃さんの死も、スカイラウンジでの処刑も、すべての原因がある一点に集約されてしまうのではないかと」

「ある一点？」

「『彼女』にお会いになればあきらかになるはずです。小田嶋さまが会合に参加された理由も、先方が片岡さまの同席を望んだ理由も、わたくしがこうして足を運ぶ理由も」

やがて車は道路沿いのファミレスへ滑り込んだ。下手くそな駐《と》め方を気にもせず、徳下は店へ入った。席はそこそこ埋まっていた。なのに禁煙フロアにいるその女性が「彼女」だと、いずみはすぐにピンときた。憶えていないつもりでも会うとわかるものなのか、と少しおどろく。

いずみの様子から、徳下は察したようだった。席へ歩み寄り、「彼女」に声をかける。

「浜屋園子さまですね？」

あらためて向き合うと記憶がよみがえり、目の前の浜屋園子が自分の記憶とだいぶちがうと気づかされた。半年前、非常階段で会ったときの彼女はお団子頭をきれいな茶色に染め、ちゃきちゃきしたお姉さんという印象だった。いまも髪型はおなじなのに、色あせ、最低限の手入れしかしていないのがすぐわかる。服も肌も、全体的な雰囲気も、痛々しいほど荒《すさ》んで見える。

それはそのまま、向こうから見るいずみの印象なのだろう。徳下のとなりに腰かけるいずみへ、浜屋は皮肉な眼差《まなざ》しを向けてきた。かすかな笑みは侮蔑《ぶべつ》というより安堵《あんど》を感じさせ、少しばかり同情もふくまれていそうだった。あんたもたいへんだね――。

「確認ですが――」

通りいっぺんの挨拶《あいさつ》と自己紹介を終え、徳下が切り出した。

「小田嶋さまとは事件の前からお付き合いされていたのでしょうか」

「ええ、まあ。去年の秋くらいから。合コンでいっしょになって、なんとなく話が合って、そのまま」

浜屋は視線をそらしながら投げやりに答えた。落ち着かないそぶりが小田嶋が消えたせいか、ふだんからそうなのか、いずみにはどちらもあり得そうに思えた。

「あそこの仕事は、彼にすすめられて面接を受けてみたんです。ひとり欠員がでたらしいって聞いて。そしたら受かったんで年明けから働いてました。わたしも彼も、付き合っていることは職場では内緒にしとこうって決めてたから証拠なんてないですけど」

「かまいません。あなたがあの事件のさなかにスカイラウンジから階下へ下りたことが、何よりの証拠でしょう」

浜屋は一瞬だけ徳下へ目をやり、すぐにわきへそらした。

「スカイラウンジの下にある黒鳥広場から銃声が聞こえ、悲鳴が聞こえ、あなたは心配になったのですね？　何せ小田嶋さまが勤める第二防災センターは、黒鳥広場のすぐそばにあったのですから」

「……へんに、責任感があったりするから、彼」

恋人が暴漢に立ち向かう可能性が思い浮かび、いてもたってもいられなくなった。

「エレベーターを使おうとは思いませんでしたか」

「そうしようとしたけど店長に止められました。だから強引に、非常階段を使ったんです」

「下の様子は、どのくらい把握していたのですか」

「だいたい見当がついてて。黒鳥のとこはガラス天井だからわりと上から見通せます。それであたし、見たんです。やばそうな奴が拳銃を撃ってるのを」

大竹だ。

「だから心配になった。ぜったいやばいと思って」

制止する店長らをふり切り、非常階段で防災センターへ向かった。

「そして三階のあたりで、下からのぼってきた片岡さまに会ったのですね」

浜屋が視線をよこしてきた。いずみが見返すと、バツが悪そうに目をそらす。

「そう、その子。たぶんとしかいえないけど。だって印象がぜんぜんちがうから」

「当時はポニーテールでしたからね」

「うん、それはなんでか、はっきり憶えてる。あと、スマホを拾おうとしてたのも」

徳下がうなずく。浜屋が下りてくるタイミングで小梢から電話がかかってきたことはお茶会で伝えてある。

「どのような会話をされたか憶えてらっしゃいますか」

「べつに……そっちもこっちも慌ててたし、とにかく上へ行きなさいって、そういったと思うけど」

いずみをラウンジへうながし、浜屋は第二防災センターを目指した。

「防災センターが騒がしくて、何か起きてる感じがしてて、それでよけいに気が急《せ》いて……。中をのぞいたら、犯人のあいつが倒れてる警備員に銃を構えてて、それで思わず声を出しちゃって。そしたら、あいつが、こっちに銃を向けてきて、だから逃げなきゃって背中を向けて」

直後、肩を撃たれ尻《しり》もちをついていた警備員の男性——山路が大竹を倒す。

「そうした経緯で——」

徳下がテーブルに身を乗り出した。

「あなたは撃たれたのですね？」

え？　といずみは思った。

「倒される直前に大竹が放った銃弾が、あなたに当たってしまった」

浜屋はうなだれるように顔を伏せていた。震えをこらえているようにも見えた。やがて小さく、「……背中を」とつぶやいた。

腑《ふ》に落ちるものがあった。死亡者とちがい負傷者は全員がくわしく報じられているわけじゃない。だからいずみは、浜屋の負傷をまったく知らなかった。

「たいへんな災難ですが、致命傷でなかったのは不幸中の幸いでした」

徳下の気遣いに、浜屋が例の皮肉な笑みを浮かべる。

彼女にはぎりぎり逃げる体力が残されていた。向かった先は、下りてきたばかりの非常階段。

「でものぼりきる余裕はなかった。すぐにへたり込んでしまって、そのまま意識を失《な》くしたんです」

「助けを呼ぼうとは思いませんでしたか」

きっと鋭い目つきが飛んできたが、徳下は意に介さずつづけた。「ついさっき、出くわした女の子がスマホを拾おうとしているところを目にしたばかりです。頭に浮かぶのがむしろ自然でしょう」

「背中を撃たれて死にかけて、犯人がすぐそこにいて、そんな状態で警察を呼んだって仕方ないじゃない」

「警察ではなく、職場にです。あなたが働いていたスカイラウンジに。電話番号は登録してあったはずですし、そこに人がいることもわかっています。急げば五分もせずに助けがやってくることも」

浜屋が唇を噛《か》んだ。

「浜屋さま。小田嶋さまは、それをずっと気にされていたのだとわたくしは推察します。わたくしどもの会合に参加したのも、その話にならないよう見張る意味合いがあったのでしょう。あなたがラウンジを出て撃たれたこと。ラウンジに助けを求めたこと。そのSOSに応じた者がいたこと」

みなの反対を押しきってエレベーターを使った者。

「吉村菊乃さんです。あなたには、『日曜日のおばあちゃん』のほうがわかりやすいかもしれませんが」

だから菊乃は、下へ向かったのだ。負傷した浜屋を助けるために。体力的な事情で階段は使えなかった。何より負傷している浜屋を連れ帰るつもりだったなら、エレベーターはぜったいに必要だった。

ラウンジでの会話が思い出された。エレベーターを戻したら訴えるなんて脅しは無視でいい――そんな台詞《せりふ》が耳に残っている。おそらく菊乃は、浜屋を連れて戻るまでにエレベーターを動かしたら、あとでその行為を問題にすると脅したのだろう。彼女は大きな会社の創業者の妻で、かつては経営にも携わっていたやり手だと記事で読んだ憶えがある。口が達者だっただけでなく、説得力もあったのだ。だから店長らはエレベーターを戻すことを躊躇《ちゅうちょ》した。

「証拠は？」

浜屋が敵意をむき出しにいう。

「証拠があるんですか？　あたしが助けを呼んだって証拠が」

「お認めになりませんか」

徳下が小さなため息をついた。「調べれば通話履歴が見つかるはずです。それを恐れて、あなたは電話番号を変えたのでしょうが」

「だから証拠を見せろといってるの！」

騒がしいファミレスの店内で彼女の叫びはかき消え、けれどその怒りや焦りやおびえが、いずみにはっきり見てとれた。

「……通話履歴があったって、憶えてない。かけたかもしれないけど、何を話したか憶えてない。あたしは階段をちょっとのぼって、そこで意識を失くした。だから何も憶えてない」

「浜屋さま」

徳下の口調は、これまでになく穏やかだった。

「それに小田嶋さまも、おそらく思いちがいをしてらっしゃいます。わたくしどもは犯人捜しをしているのではありません。いまさら誰かに責任をとらせようなどと思ってはいないのです」

「はっ。嘘ばっかり。甘いことといって、こっちが何か認めたら裁判とかする気なんでしょ？　あたしたちの将来をめちゃくちゃにする気なんだ。そっちはお金があるから、なんとでもできるんでしょ？」

大げさで感情的な物言いは、年齢の何倍も幼く映った。

「ふむ」徳下の相づちが事務的なものに変わった。「わかりました。信じる信じないはともかく、わたくしどもがおふたりに対し、この先民事裁判などを利用した責任の追及をしないことは、ここで明言しておきます。そのうえで事件について、浜屋さまがお話しになっていないことがあれば伺いたいのです」

「……いったでしょ？　あたしはすぐに気を失って、あとはほとんど憶えていない」

それより、と今度は浜屋が身を乗り出してきた。

「彼がどうなってるのか、そっちの心当たりを教えて」

小田嶋が消えたのは先週のお茶会の夜からだという。電話もメールも返信がなく、翌日からは不通になった。

「知人やお友だちには連絡を取りましたか」

「ええ……、でも彼、最近はみんなと距離を置いてたから」

「お仕事もされていなかったそうですね」

「仕方ないでしょ？　あたしは撃たれて、彼だって刺されかけた。立ち直れなんて簡単にいわないでよ。彼、すごく責任を感じてた。職場のいじめが動機になったとかなんとか噂されて。あんなの、たんなるこじつけなのに」

馬鹿みたい――。そう吐き捨てる浜屋の気持ちが、痛いほどわかった。無責任につぶやかれる有象無象の意見はたいてい、馬鹿げているのだ。けれど馬鹿げていると切り捨てるには強い精神力が要る。開き直る力が要る。そうしないとささやかな毒はちょっとずつでも心にたまり、やがて内部をむしばんでしまう。

彼女が電話番号を変え、小田嶋とともに引っ越したのは、外野のそういった声から距離を置くためでもあったのだろう。

「あたしの心当たりはぜんぶ当たってみた。なかには、『やっぱり逃げたんだ』みたいにいうくそ野郎もいたけど――」

吹っ切るように息を吐く。

「銀行のお金も減ってなかった。クレジットカードは持ってるから、それでなんとかしてるのかもしれない。だけどウチにいろいろ置きっぱなしだし、ふらっとどこかへ出かけたなんてあり得ない。警察にも相談しようって思ってる。でもその前に、あんたたちの話を聞いておきたくて」

こちらにまっすぐ向き合う彼女から、いいようのない不安がもれていた。

「お願い。知ってることがあったら教えてちょうだい」

軽く頭を下げる態度には誠意があった。

「残念ですが、思い当たることはないのです」

徳下が神妙に答えた。「お聞き及びかと思いますが、わたくしどもは事件の検証以外には何もしていないのです。プライベートに関わるお話はほんのわずかしか憶えがありません。小田嶋さまについて知っているのは、やはり事件の関係で職場にいられなくなったことくらいで、失踪《しっそう》される兆候はまったく存じ上げません」

そう、と返す浜屋の身体から力がぬけていくのがわかった。

ただし、と徳下が指を立てる。「わたくしどもの会合が何かしら影響している可能性が否定できない以上、最大限の協力をさせていただきたく思います。もし警察が動いてくれないといった場合はぜひご一報ください。微力ながらお役に立てるかもしれません」

「……じゃあ、そのときは、お願いします」

浜屋がひと口も飲んでいなかったドリンクバーのオレンジジュースをすすった。それ

が合図かのように、徳下が腰を上げ、

「では、外で待っていますので」

伝票を手に離れてゆく。

いずみは浜屋と向き合った。これが浜屋の希望だとあらかじめ耳打ちされていた。いずみを呼んだ理由。ふたりきりで話をしたい。

「どう?」

ぎこちない質問が飛んできた。

「まあ」

と、いずみは返した。

「そっか」

相手の返答も素っ気なく、けれどそれは暗に理解を示していた。まあ、としかいいようのない状況を知る者同士の連帯がかすかにあった。

店内は、もうずっと騒がしいままだ。子どもがはしゃぎ、ママさんたちがおしゃべりに興じている。音楽の話で盛り上がっているのは大学生の集まりだろうか。

「びっくりした。週刊誌の、アレ」

浜屋が、言葉を選ぶようにいった。アレが小梢の告発記事を指していることはすぐにわかった。

「その前から、スカイラウンジがやばかったのは知ってたけど……でもまさか、あんなことになってたとはさ」

浜屋は顔をそらしていた。そこにいずみは、彼女の負い目を感じた。

「正直いって、あたしはラッキーだったと思ってる」

いずみは見つめた。自分をスカイラウンジへ送り込んだ女を。

「たとえば彼が休みだったら、たぶんずっとラウンジにいただろうし。そしたら殺されてたと思う。ああ、でもあたしが動かなかったらエレベーターを停めておけたのか。だったら犯人はこられなかったかもしれないね。そっか、駄目か」

薄い笑みが、またたく間にひきつった。

「ねえ、じゃあ、どうすればよかったと思う？　彼をほっとけばよかった？　防災センターに近づいたのがまずかった？　たぶん、そうなんでしょうね。そうなんだろうけど、そんなの、わかるわけないじゃない。撃たれて、助かりたいと思ったら駄目？　助けを呼ばずに、黙って死ぬのが正解だった？」

浜屋は必死に、感情を抑えるために、身体を強張《こわば》らせていた。あの事件があってから、きっと何度となく繰り返した問いかけなのだろう。

「……わかんない。何をどうすればよかったのか、むずかしすぎて、気が変になりそう。確かなのはひとつだけ。あたしはまちがった。それでたくさんの人が犠牲になった」

「でも、あなたがきてくれなかったら、わたしは死んでたと思う」

いずみは、なるべくはっきり、言葉を伝えようと思った。

「あなたがきてくれなかったら、わたしはあそこでへたり込んだままだったと思うから。エレベーターが動かなかったら、丹羽は非常階段でラウンジに行こうとしたかもしれなくて、そしたらわたしはぜったいに殺されてた」

「大げさ」とつぶやきながら目を伏せ、無理やり絞り出したような明るさでいう。「そうならない確率のほうが高かったと思うよ、きっと。あいつが非常階段に気づかない確率のほうがさ。それにもっと、正しいやり方はあったはずでしょ？　あのままあんたを三階へ避難させるほうが、ぜんぜんマシだった。三階の、駐車場のほうから外へ出ろとかさ」

結果論だ。それはお互いわかっている。だけど口にしなくては、毒がどんどんふくらんでしまう。

「ねえ、お願い。正直に答えてちょうだい。あのときあたしが、スカイラウンジへ行けって、あなたにそういったのは、ほんとうによかったの？」

浜屋は組んだ両手におでこをのせていた。祈りをささげるみたいだった。

瞬間、さまざまな光景が脳裏をめぐった。スカイラウンジでのぎすぎすした空気。やってきた小梢、幸雄くん。暴力。悲鳴。怒鳴り合い。神経を逆なでする幸雄くんの号泣。そして丹羽佑月。青空の下の処刑。ドン。幸雄くんの頭が弾けて。ドン。丹羽のささやき。この世界が不実ゆえ、我は喪に服す――。落下する日本刀。ねえ、いずみ、がんばりなよ、負けちゃ駄目だよ、逃げちゃ駄目だよ、ちゃんと生きて、ちゃんと幸せになるんだよ——。ドン。ドン。

小梢のえぐれた右目がわたしを見ている。

「よかったか悪かったかは、わかりません。でもわたしたちは、生きているから。この先も生きていくから、それは、よくても悪くても、変わらないです」

浜屋はしばらく下を向いたままだった。それから「そっか」と声を宙へ飛ばした。「そうだね」と。

その表情は、いずみの目に、さっきよりも幼く映った。まるで帰る場所を失った、迷子のように。

「あのおばあちゃん、あたしのこと、大っ嫌いだったんだ。あたしも、あの人のこと大っ嫌いだった。わがままで偉そうなんだって、小田嶋くんに愚痴をこぼしてたくらい。なのに助けにきてくれた。やばいよね」

泣いていいのか笑っていいのか決めきれないように、浜屋は顔をゆがませた。

「ラウンジにいたままでもおばあちゃんは犠牲になったかもしれないし、ある意味おばあちゃんがエレベーターで下へおりたせいでラウンジが襲われたともいえるでしょ？ 非常階段のドアは鍵《かぎ》をかけられたんだしさ。じゃああたしの責任は結局何パーセントなんだろうとか、そういうの考えだしたら、なんか、キリがなくて。誰かのせいにしたほうが楽だけど、そんな簡単じゃない気もするし」

よくわかんないけど、と彼女は独り言のようにいう。

「その場その場でさ、正しくてもまちがってても、決断をくだしていく以外、どうしようもないじゃない」

そのとおりだった。いずみも浜屋も、あの日あの場であの瞬間、自分が最善と感じた道を選んだのだ。熟考とはほど遠い、反射のような決断ではあったけど、でも少なくとも、誰かを犠牲にしようという悪意は、なかった。スカイラウンジでの処刑も、いずみは望んで見過ごしたわけじゃない。ただ無力だっただけだ。死にたくなかっただけなのだ。

でも、たぶん、浜屋は気づいている。きっと小田嶋も、そして山路も。

できたかもしれないという可能性。やりようがあったんじゃないかという自分自身への疑い。

わたしたちが抱える割り切れない気持ち。ワイドショウや週刊誌では伝わらない、ぐるぐるした想い。いや、どんな方法を使っても、ほんとうを正しく伝えるなんて不可能で、だからわたしたちはこの先、とてもわかりやすく黒と白に塗られた世界で生きていくほかないのだ。

「思っちゃうんだよ。彼、もう嫌になっちゃったのかなって。それでどっか行っちゃったのかなって。あたしのことも、自分のことも嫌になって」

事件の記憶も。双海幸雄くんのお母さんを見捨ててしまった罪悪感も。

「もう、愛とか恋とか、そういうのはわかんないけど、でも、あの人がいなくなっちゃうのは、きついな」

浜屋は遠くを見つめていた。不安やおびえ、負い目。それらが踊っているのはきっと、出口のない、あきらめという名のステージなのだ。

「わたし、小田嶋さんに脅されたんです」

「え？」

こちらへ目をむく浜屋を、いずみは見つめた。

「もうお茶会にくるなって。よけいなことしゃべるなって。あれって、徳下さんがいうとおり、わたしが浜屋さんに会ったことを指してたと思うんです。浜屋さんのこと、小田嶋さんはかばおうとしてた」

菊乃が被害に遭った原因と浜屋の行動を結びつけたくなくて、それであんな似合わない脅し文句をぶつけてきた。

「これからいなくなる人が、そんなこと、しないと思う」

浜屋は答えなかった。答えずに、疲れた笑みを浮かべた。


「ほんとうに小田嶋さんの行先に心当たりはないんですか」

後部座席でエンジンがかかる音を聞きながら、いずみは徳下に尋ねた。

「それはもちろん。まったく見当もつかないのです」

車がゆっくり動きだした。徳下はハンドルを数回きってのろのろと駐車場の出口まで車を進めた。いったん停まった先の道を車両が、けっこうなスピードでひっきりなしに走っていて、徳下の腕前で安全に割って入れるタイミングは夜が明けてもきそうになかった。

じっさい空は、茜《あかね》色から黒へ変わりつつある。

「信用できない」

道路に合流するのを待ちきれず、いずみは会話を再開した。

「徳下さんは先週のお茶会で、誰にもボーナスをあげなかった」

おどろくそぶりもなく、徳下は通過する車両を眺めている。

「小田嶋さんがゼロ円だったのは浜屋さんとの関係を隠したからですよね？　というか、それ以外に考えられない。だとしたら、ようするに徳下さん、それを知ってたってことになる」

「たいへんな誤解です。わたくしは小田嶋さまの態度を目の当たりにし、そういうことだろうと推察したにすぎません」

「じゃあ何も知らないまま小田嶋さんをお茶会に誘ったら、たまたま浜屋さんの恋人だったってことですか？　そんなの都合よすぎて、おもしろくもおかしくもないです」

「笑わせたいと思ってはいないのです」

ようやく車が途切れた。徳下はエンジンを吹かし、けれどすぐに急ブレーキを踏んだ。

二秒後、トラックが通り過ぎた。この調子だとほんとうに朝がくるかもしれない。

「小田嶋さんがこなかったらお茶会はなんの意味もなかった」

「そんなことはありません。片岡さまの証言も、わたくしは非常に興味深いと思っております」

「ラウンジの生き残りだったから、それでわたしに声をかけた」

週刊誌やテレビで報道されていたうえに、ネットでは実名も明かされていた。浜屋とちがい引っ越したわけでもなく、手紙を送るのは簡単だっただろう。

「わたしはそうだとして、ほかの人たちはどんな理由で選んだんですか」

「選んだというのは語弊があります。声をかけて断られた方も多いのです」

「たとえば誰ですか」

徳下が息を吐いた。困ったもんだとでもいうふうに。

「浜屋さんが非常階段で倒れていたのは知っていたんでしょ？　警察情報が手に入るならそれくらい余裕なはず」

「片岡さま。たしかにわたくしは被害者の身内の代理人という立場ですが、何もかも教えてもらえるというわけではありません。とくにプライバシーに関する事柄は容易ではないのです。じっさい菊乃さんに直接関わること以外、マスコミとおなじかそれ以下の情報しか持ち合わせていませんでした」

「防犯カメラの映像は？」

「映像の所有権は警察でなくスワンにあるのです。秀樹氏の会社はスワンとも取り引きがあり、そのコネクションを使って取り寄せました。よっていちがいに警察が協力的という結論にはならないのです」

「つまり結局、手当たり次第適当に声をかけたってことですか。そしたら偶然、役に立つ人がきてくれた。やっぱり、都合がいいって話になります」

徳下が息を吐いた。今度はあきらめがにじんでいた。

いっとき、道路がしんと静まった。ここぞとばかりに徳下が車を発進させた。

「――確信があったわけではないのです」

とくに段差もないのに、なぜかガタンと車体がゆれた。

「秀樹氏の依頼を受け情報を整理し、まずどこが取っかかりになるだろうかと考えました。いちばんの手がかりは防犯カメラの映像です。菊乃さんはエレベーターで三階に下りてバックヤードに消え、ふたたび三階のエレベーター乗り場に現れています。そしてまたバックヤードに消え、次に現れるのはなぜか一階のエレベーター乗り場でした。焦りを感じさせる足どりでエレベーターに近寄り、箱のドアに挟まる形で倒れ込みます。そのまま立ち上がることなく、やってきた丹羽に撃たれて亡くなった……。注目すべきはバックヤードにちがいありませんでした。そこで何があったのだろうか。警備員が全員無事に避難したのは確認がとれています。するとイレギュラーな何かがあった、もしくは誰かがそこにいたのではないか。そういった考えに基づいて情報を精査しておりますと、奇妙な点に気づきました。単純な話です。ラウンジの被害者のなかに、スタッフがひとりしかいなかったのです」

店長の男性だ。

「休日の忙しそうな日に、食事も出すラウンジをたったひとりで回せるでしょうか。調べてみると当日、アルバイトの女性が勤務していたことがわかりました。その彼女はどこへ行ってしまったのか。亡くなったのか救助されたのか。これはすぐに確認がとれました。彼女は一階の非常階段で救助されていたのです」

徳下の車は数えきれないほど後続車に抜かれた。一車線道路だったらもめ事になりかねない速度で走ってゆく。

「大竹の動画に映っている女性だと考えるのは自然です。つづけざまに菊乃さんが上から下りてきている以上、彼女が最重要な関係者である可能性は非常に高い。ところがわたくしが調査をはじめたころ、すでに彼女とは連絡が取れない状態になっていました」

小田嶋と浜屋は同僚にも関係を秘密にしており、接点は見えづらかった。

「近道はあきらめ、ひたすら愚直に映像を見返しました。話を聞けそうな人物をチェックしつつそれをしていますと、事件発生直後、中央の屋内花壇で立ちつくしている双海佳代さんと警備員姿の小田嶋さまに気づきました。彼は周りの混乱ぶりや佳代さん、そしておそらくは悲鳴などに動揺しながらも、ずっと黒鳥広場のほうを気にしていました。その視線は銃声が鳴っているおなじ一階フロアでなく、あきらかにもっと上を向いていたのです」

スカイラウンジのほうを。

「確信はありませんでした。けれど話を聞く価値はある。しかし単独で訪ね、断られたらおしまいです。嘘をつかれるかもしれない。そこで複数人を一堂に集める検証会を思いつきました。これならば参加しやすいでしょうし、周りを気にして嘘がつきにくくなるかもしれない」

何より負い目を抱える者は、それが自分のいないところで暴かれるのを恐れる。

「もし失敗しても、あらためて個別にアプローチすれば済むことですし」

「小田嶋さんの行動は、事前に防犯カメラで確認済みだったんですね」

「ほんとうは片岡さまやほかのみなさまもそうしたかったのですが、さすがに映っている人数が多すぎて不可能でした」

そこで最初の集まりで居場所を訊いた。二回目のお茶会までにカメラの映像で行動を確認し、追及をはじめた。波多野の推理はおおよそ当たっていたのだ。

「嘘が見抜けるというのは嘘だったんですね」

「戦略的ブラフといってほしいのです。たしかに初めは半分はったりでした。なのでボーナスは、みなさま一律ゼロ円にしていたのです」

「――まさか」

「ええ、じつは、その後もずっと」

開いた口がふさがらない。ペテンもいいところだ。

「クレームがあれば、それも真実を聞き出す取っかかりにできる。そうした期待もありましたが、申し出てくださる方はひとりもいらっしゃいませんでした」

つまりみな、嘘をついている自覚があったということ？

「先週、ボーナスを入れるふりすらしなかったのはなぜですか」

「ひとつは小田嶋さまをゆさぶるためです。どうしても浜屋さまの連絡先を知りたかった。もうひとつは、そう、真実みなさまが隠し事をしてらっしゃると判断したからです」

「とくにわたし、ですか」

先週のお茶会で、小田嶋とおなじくらい話をしたのはまちがいなくいずみだ。

「徳下さんは初めから、小田嶋さんとわたしをターゲットにしてたんですね」

「たしかに。ですが、もうおひと方」

「え？」

「むしろいまとなっては、その方が中心といっても過言ではないのです」

三人目のターゲット？　菊乃の死に、波多野、保坂、生田の誰かが関わっている？

「それはいったい――」

「正確には」

わざとらしく、徳下が遮った。「残りのおふたりも数合わせというわけではありません。それなりに議論をしていただく必要がありましたし、何よりわたくしはお声がけのさい、片岡さまが疑ってらっしゃるのとはちがう意味で、たしかに選んでおりました。菊乃さんの死とは関係なく、自分自身が話してみたいと思う方を優先的に」

我ながら公私混同も甚だしいのです——と悪びれもせず加える。

赤信号につかまった。おそろしいほど丁寧に車が停まる。

たぶんもう三人目のターゲットの名は教えてもらえないのだと伝わってくる呼びかけだった。

「片岡さま」

「夕方の約束がありました。なぜ片岡さまのボーナスをゼロにしたのか」

どんな嘘をついていると、疑っているのか。

「それを説明するには菊乃さんの行動を解き明かすことが必要です。集まった情報を総合して考えると、自然に答えは導かれます。菊乃さんは浜屋さまのＳＯＳを受けてエレベーターで救助へ向かった。一階で犯人に襲われたと浜屋さまから聞いていたため鉢合わせにならないよう三階でエレベーターを降りた。三階から慎重に非常階段を下り、倒れている浜屋さんを見つけた。手当てを試みたが彼女の負傷は思った以上に重く、おまけに意識も失っていて避難させることすらむずかしかった。そこで菊乃さんは、いったんラウンジへ戻ることにした。人手を連れてくるために」

ラウンジから、応援の人間を呼ぶために。

エレベーターが停まっている三階へ戻り、そこで幸雄くんを連れた小梢と出くわした。

「高い確率で菊乃さんは、古館さんにこう頼んだと考えられます。『上に行って、男性を呼んできてちょうだい』」

思わずいずみは「あっ」と声を出しかけ、すんでのところでそれを嚙み殺した。

自分だけ残ったのは、浜屋を介抱するためだろう。

「おわかりですか？　片岡さまのお話からは、この件がすっぽり抜け落ちているのです」

いずみがでっち上げた、みんなで一致団結し励まし合っていたという「物語」のなかでは。

「げんにラウンジから、下へ応援に向かった人はおりません」

「――それは徳下さんの想像です。菊乃さんが小梢に何をいったかなんて、わからない」

「おっしゃるとおり。もしくは古館さんが菊乃さんの伝言を無視しただけかもしれません」

信号が赤から青へ。エンジンがブルンと鳴る。

「ですがわたくしには、いったんバックヤードへ行った菊乃さんがエレベーター乗り場に帰ってきて、にもかかわらず古館さんと幸雄くんだけをエレベーターに乗せ、自分はふたたびバックヤードへ戻るという行動を、ほかの方法で合理的に説明できる気がしないのです」

そのとおりだ。呆れるほど自分は抜けていたのだと、いずみは思う。

だからまっすぐ、彼の後頭部を見つめた。

「理屈はわかります――でも少なくとも、わたしには、憶えがない」

「なるほど」

ハンドルのにぎり方がまるで、運転くらい余裕です、という態度に見えた。道がまっすぐだからでしょ？　心のなかでそう毒づく。

「——もう一回訊きますけど、小田嶋さんがどこへ行ったか、徳下さんは知らないんですね？」

対向車の明かりが彼の横顔を照らした。

「存じ上げません」

きっぱりとした返答が妙に神経に障った。

「じゃあ、どういうふうに考えているんですか。わたしは小田嶋さんが、浜屋さんを置いてどっかへ行くなんておかしいと思ってます」

印象でしかないけれど、お茶会が終わった夜に話しかけてきた小田嶋の姿には慣れない脅しへの戸惑いとおなじくらい、まともな理性があった気がしてならない。だからこそいずみは、彼に恐怖を覚えなかった。

徳下が小首をかしげた。「自発的な失踪でないなら、事故、もしくは事件の可能性が高くなりますが」

「事件……」

「ええ。誰かに連れ去られた、といったケースも無視できないでしょう」

失踪に納得がいかないだけだった。しかしいわれてみると、物騒な事態も充分あり得ると気づかされる。

「でも、だとしたら——」

お茶会の夜に偶然、強盗や誘拐犯に襲われた？　——これまた都合よすぎるだろう。

だからいずみは、言葉の先をのみ込んだ。だって自然に考えたら、こうなってしまう。小田嶋はあの夜の、あのお茶会が原因で誰かに連れ去られた。するとその「誰か」は、お茶会の参加メンバーか、メンバーに近しい者以外とは考えにくい。

皮肉屋の波多野、怒ってばかりの保坂、おっとりした生田。老齢の保坂と女性の生田に小田嶋をどうこうするのはむずかしそうだし、波多野も体格では小田嶋に負けている。けれどふいをつけば、誰にでもやりようはありそうだ。

徳下は何食わぬ顔で車を走らせている。

両手でお腹を押さえる。徳下が関わっていると決まったわけではない。乱暴な真似をする人間にも見えない。ただ彼だけが、いずみたちの正確な情報をもっている。そしてあの夜、いずみはたしかに、彼を怖いと感じた。理詰めで追及してくるやり方のせいだろうと思っていた。けれどもしかすると、本能的に、何かもっと得体のしれない何かを嗅《か》ぎ取ったのかもしれない。いやぜんぶ、考えすぎなのかもしれない……。

どのみち、誰であれ、小田嶋を連れ去る動機がわからない。

「片岡さま」

車窓の風景が、見慣れたものに変わっていた。あと数分で三郷駅に着くだろう。

「念のため、しばらくは片岡さまも充分にお気をつけください」

「――わたしが、襲われるというんですか」

「念のためです。ほんとうに、念のために」

しかしその口ぶりに、いつものとぼけた調子はなかった。

「まことに残念ですがこうなってしまった以上、金曜日の会合は中止にいたします。わたくしどもと無関係であろうと、小田嶋さまの安否がわからない状態で会を継続するのはふさわしくないでしょう。いずれみなさまにはお支払いしていなかったボーナスもふくめ、報酬の全額をお手もとに届くよう手配いたします」

「秀樹さんは、それで納得するんですか」

「ご心配にはおよびません。当初の目的は過不足なく果たせたと、わたくしは確信しております」

「……菊乃さんが被害に遭った真相ですね」

「そうです」

「答えを、教えてもらえないんですか」

「申し訳ございません。ご本人さまに確認がとれていない以上、この場では控えさせていただきます。片岡さまにとって、どうしても必要な答えでもないでしょうし」

思わず、いずみは鼻で笑ってしまった。あまりにも、正しすぎて。

「ほんとに」

ひどく投げやりな口調で。

「ほんとにそう。わたしにとって菊乃さんの死は切実じゃない。いってしまえば、興味を惹《ひ》かれるエピソードってところです。でも、それってみんなそうじゃないですか？　たぶん世の中のほとんどの人が、スワンの事件や被害者に対して」

「するとわたくしも、切実でないということになってしまいますね」

「徳下さんはお仕事だから、そういう意味の切実さはあるのかも。どんどん情報を集めて、バンバン推理を進めるのはすごいし、きっと正しいんだと思います。けど、そうじゃない。白か黒か、右か左かだけじゃなく……」

上手《うま》くいえない。上手くいおうとすればするだけ、こぼれてしまう。要約した瞬間に失われる、実感。ほんとうに伝えたいこと、あのときほんとうに感じたこと。どんな言葉なら正確なんだろう。正確さなんてこだわる必要はないんだろう。だけどこだわってしまうのは、バレエをやっていたせいかもしれない。正しい動きが美しさだとたたき込まれてきたから。

「どんなふうに語っても、ずれちゃうから。だからもう、あきらめました」

「何を、です？」

「白鳥でいること」

車が、三郷駅のロータリーに進入した。

「汚《けが》れのないヒロインでいること」

よろよろと、路肩に停まる。

「でも、わたしは跳びたい。たとえ真っ黒になっても」

車内に沈黙がおりた。すぐにでも車を降りてしまえばいいのに、いずみは動けなかった。想いといっしょに気力も吐き出してしまったみたいだ。

辺りは真っ暗になっている。家に帰らなくては。

「差し出がましいようですが」

徳下は言葉をきった。似合わないためらいだった。

「――ひとつ、話をさせてください」

静かに背もたれに身体をあずけた。

「……わたくしの、同業者の話です。彼とは同い年で、顔かたちもよく似ていて、そこそこの正義感を抱いて弁護士になったところもそっくりなのです。刑事弁護を専門にしている事務所に入所し、さまざまな事件を担当しました。数をこなせばこなすだけ、法廷における暗黙のルールのようなもの、あるいは戦術めいたものを憶えます。弁護士の仕事は理念上、法廷における正義の遂行を是としますが、じっさいの仕事は被告人の利益を最大限に守ることです。依頼人がどんな人物であろうとも、この点はゆるがせにできません。巷《ちまた》ではよく『犯罪者の味方』といってやり玉にあがることがありますが、弁護士のあるべき心得をまっとうした結果ともいえるでしょう」

その彼が――と宙へ話しかける。

「その彼が、あるとき殺人犯の弁護を受けもちました。仮にA被告とします。Aは三十代男性。子どもばかりを狙って性的ないたずらを繰り返していました。わかっているだけでも六人。その六番目の子が亡くなったことで事件が表面化したのです。Aはいたずらについては認めましたが、殺害についてはあくまで事故であると主張しました。いたずらのさなか、偶然、誤って、子どもは亡くなってしまったのだと。いたずらの最中に亡くなったのにすんなり殺人にならないのを不思議に思われるかもしれませんが、法律とはそういうものです。いたずらはいたずら。その過程で被害者が亡くなった場合も、いたずらとはべつに殺意を証明しなくては殺人罪は適用されません。傷害致死では量刑が軽くなります。なかなかやっかいなものなのです」

小さく肩をすくめ、ぴたりと身体が止まった。

「Aは、これっぽっちも反省なんかしていませんでした。担当になった弁護士の彼に、なるべく早くここから出してくれと願うだけでなく、上手くやってくれたなら、次も、おまえを雇ってやると、そういったそうです」

裕福な家の生まれで、仕事をせずとも困らない金を持っていたという。

「亡くなった子どもには生まれたばかりの妹さんがいました。Aは出所したあかつきにはその子をやってやるから、だからまた世話になる、金はたんまり払ってやると、弁護士の彼にいったのです」

ロータリーの奥へ、バスが走ってゆく。

「殺意の証明は非常にむずかしいものです。殺すつもりで殴ったのか、殺すつもりなどなくただ殴っただけなのか、それを確定できる証拠はほぼありませんでした。弁護側としてはこういうロジックも使えたでしょう。『被告人はこれまでのわいせつ行為において誰も殺害していない。よって本件も殺意をもっていたとはみなせない』」

高架に電車がやってきて、轟音《ごうおん》とともに去ってゆく。

「検察は、殺人罪で起訴してきました。界隈《かいわい》では蛮勇と陰口をたたかれていました。そして弁護士の彼は、あらゆる法廷戦術を駆使しなかった」

わずかに顔を、こちらへ向けた。

「わざと下手くそに徹したのです。結果、Aは殺人罪で実刑を受けます。もちろん奴はべつの弁護士を雇って即刻控訴しましたがね」

笑みを浮かべたまま、前を向く。

「言語道断、弁護士にあるまじき行為です。ぎりぎりバレない範囲でやったつもりでしたが事務所の所長にすっかり見抜かれ、烈火のごとく叱られました。そしていまだに謹慎処分のままなのです」

「――だから、こんな変な仕事を任されてるんですか」

徳下が、笑みを広げた。「わたくしの話とは申しておりません」

追及はやめた。無意味だろうから。

「制度とは、ある意味で、あきらめるためにあるのです」

独白じみた声がつづいた。「仮にAが二十年服役しても、死刑になっても、それで被害に遭ったご遺族の、理不尽な悲劇が解決するわけではありません。どのような方法をとっても、それは回復不可能なものなのでしょう。ゆえに、少しでも近い道を探すほかないのです。自分たちにとって、ほんのわずかでもマシなやり方を。そのひとつが法律です。ルールにもとづいた儀式をとおして区切りをつける。決まりなのだから仕方ないと、無理やりにでもおのれを納得させる。そうしないと、あまりにもやるせない」

またバスが、過ぎてゆく。人々が歩いている。なのになぜか、静かだ。

「つまらない話をしました。忘れてください。そもそも片岡さまがおかれている状況と、この話はだいぶちがう。――ただ、わたくしは探しているのです。悲劇と向き合う方法、乗り越えるための手続きを。簡単でないのはわかっています。たとえば法律で裁かれない罪が、それゆえに苦しみが癒《い》えない罪というものが、この世の中にはある」

徳下が、一拍置いた。「罪を抱えつづける苦しみは、罰を受けるより何倍もつらいでしょう。そのうえで申し上げたい。わたくしはあなたに協力します」

不意打ちをくらった。胃がぎゅっと、悲鳴をあげる。

「意味が、わかりません」

ひどい声だ。強がりというより泣き言。

「邪魔はしないということです」

「だから、意味がわからないっ」

いずみの昂《たか》ぶりを、徳下は小さなため息で受け止めた。

「片岡さまと古館さんの証言には、矛盾があります」

「あの子がまちがってる」

切り捨てるようにいう。口をつぐんだ徳下に、かすかな迷いの気配があった。「これは、あまり知られていませんが――」仕方ないというふうに、サイドウインドウの外を見る。

「丹羽は、所持していた模造拳銃を見事に使い果たしています。銃弾もすべて」

「……え？」

一瞬、何をいっているのかつかめなかった。

「そんな報道は――」

「ええ、ありません。警察も発表していない。けれど、わかるのです。あなたと古館さんの証言によって」

息がつまる。

「ここからは報道された内容です。スカイラウンジの処刑で、あなたをのぞくメンバーは丹羽の前で四つん這いにならべさせられ、外しようのない標的となってしまった。ほとんどみな、一撃で絶命しています。丹羽自身もふくめて」

丹羽は四つん這いの人々の、丸見えになった後頭部の延髄を的確に撃ち抜いていた。

「例外がふたり。ひとり目は古館さんです。彼女は生き残った。ほかのみなさまとちがい、後頭部でなく正面から右目を撃たれています。この点が、死を免れた要因だったのでしょう」

そして、もうひとり。

「双海幸雄くん。彼だけは、二発撃たれている。後頭部と、正面を」

いずみは車を飛び出した。

8

降り注ぐ四月の陽光、スワン本館白鳥広場、午前十一時ちょうど。ベンチソファに座る青年はスマホを手にしている。亀梨洋介。こちらに気づき、きょとんとした顔になる。それはすぐ、スマホへ向かう。恋人から届いたメッセージ。彼の口もとが優しくゆるむ。ドン。

丹羽佑月の右手がカメラに映る。模造拳銃《けんじゅう》をにぎっている。亀梨はベンチソファの上でぴくぴくしている。のけぞらせた頭を、がくんと前へ垂らす。もう一発、丹羽は彼の頭部に発砲する。ドン。

その場に居合わせた人々のおどろき、困惑、及び腰。一瞬遅れて、響きわたる悲鳴。それにまじって、カンという音。丹羽が手放したひとつ目の模造拳銃がタイルの床へ落ちる音。

ハンティングの開始。ドン、ドン、カン。ドン、ドン、カーン。茫然《ぼうぜん》としているオジサン、腰を抜かしているオバサン。ドン、ドン、カーン。ようやく人々は逃げだす。ちりぢりに走りだす。ドン、ドン、カン。高校生くらいの女の子同士……。ドン、ドン、カーン。ドン、ドン、カーン。五つ、六つと模造拳銃が減ってゆく。白鳥広場で丹羽は計十六発、八個の模造拳銃を消費した。

ゴーグルカメラがとらえる彼の呼吸は軽やかだった。鼻歌が聞こえるときもあった。エスカレーターで運ばれながら、二階を走る男女のペアを狙撃《そげき》。男性が倒れ、女性が甲高い悲鳴をあげる。かすかな笑い声。カーンと拳銃が下の階へ落ちる。九個目。

カメラが見下ろす白鳥広場の光景。白いタイルの床に横たわる被害者たち、血痕《けっこん》、空の模造拳銃。ぐるりと視界がめぐる。二階フロアを走ってゆく人影、ガラス天井、青空。自動音声の館内放送が騒がしい。

二階に着くと、目の前にボブカットの女性が立っている。携帯ショップの店員らしい。こちらに向かって口をパクパクさせる彼女に、「火事だそうですよ、お嬢さん」と声をかける。ドン。弾は彼女の首もとをかすめた。ガチッ。弾詰まり。十個目を捨て、十一個目を。ドン。今度は額が弾《はじ》ける。とどめのドン。投げ捨ててカーン。

丹羽はゆったり歩いた。急ぐことはなかった。たまに逃げ遅れた来場者と出くわした。ドン、ドン、きゃあ！　深追いはせず、先へ進む。一階フロアの奥から銃声が聞こえ、立ち止まる。黒鳥の泉からスタートした大竹が発する銃声。一階を逃げてくる客たち。

丹羽が彼らを二階から狙い撃つ。ドン。ドン。当たらない。客たちは猛然と白鳥広場のほうへ消える。十三個目。

歩みを再開する。すでに屋内花壇は越えている。ほどなく一階を、体格のいい五分刈り頭の男がやってくる。大竹だ。彼は猛然と歩いている。ショウウインドウを銃弾で砕き、マネキンを破裂させながら進んでいる。丹羽が手にした拳銃が、大竹をとらえる。けれどすぐに引っ込め、彼は大竹がきたほうへ、二階のフロアを進む。渡り廊下を使い、駐車場側と貯水池側を行ったり来たりする。気ままな足どり。通路沿いの店舗をのぞき、逃げ損なった者がいると近づく。「大丈夫ですよ」と声をかける。そして銃弾を浴びせる。ドン、きゃあ！　ドン。ドン、きゃあ！　ドン。十四、十五個目。

はっきり鼻歌が聞こえる。威勢のいい曲調だったり、サスペンスふうのものだったり。ドン、きゃあ！　ドン、カチン。十六個目。

若者向けのアパレルショップ。大丈夫ですよ、ドン、きゃあ！　ドン。大丈夫ですよ、ドン、ドン、嫌っ、やめて、お願い、ドン、ドン、ドン、ガチッ。十七、十八、十九……二十個目がカンと床に落ちる。

通路の正面から走ってくるカップル。丹羽の足が止まる。ドン、ドン、カチン。二十一個目。

音楽が聞こえだす。オルゴールのような音色に、弾んだメロディ。チャイコフスキー作曲『四羽の白鳥』が、すぐ先の黒鳥広場から流れている。それを合図に、丹羽がゴーグルを外す。通路へ放り投げる。

けれど映像は途切れない。丹羽が知っていたかどうか、いまとなっては不明だが、録画の終了は正午ぴったりではなく、『四羽の白鳥』にのせた仕掛け人形のダンスが終わる時刻に設定されていた。残り三分少々。

ドン、と銃声が響く。気まぐれのようにもう一発、ドン。二十二個目。ドン、ドン。二十三個目。映像はずっと白鳥広場のほうを向いたまま、二階通路を映している。

しばらくして、遠くから、ドン、と聞こえる。つづけざまに、ドン。時刻からして、黒鳥広場で菊乃を撃った音だろう。二十四個目。

音楽がやむ。映像が途切れる。


いずみはDVDプレイヤーのブランク画面を見つめながら額のところで両手を組んだ。開けた窓から光が差し込んでくる。金曜日の三時間目。相談室にはいずみしかいない。

両手に額をこすりつけ、記憶を引き出す。報道によると犯人が用意した模造拳銃はぜんぶで六十個。犯行開始時、丹羽が三十個、大竹が二十九個所持していたという。残りのひとつは中井順の殺害時に使われていた。

菊乃を殺害した丹羽はスカイラウンジへ。模造拳銃は残り六個。

まず彼は、店長の男を撃った。次に髪の薄い年配の男性が撃たれた。残り五個。派手目の女性と年配の女性。残り四個。

三人組だった女性のひとり、そしてもうひとり。残り三個。

三人組の、最後のひとり。そしてスーツの男。残り二個。

――次は、子どもを撃つよ。

小梢と目が合う。

ドン。

ドン。

弾ける頭。

いずみの耳もとで、ドン。

これで――、残り一発。

ボン。

びくっと顔を上げる。ドアの辺りで、黄色いテニスボールが弾んでいる。

ひゅっと目の前を、もうひとつ、おなじ色のボールが過《よ》ぎる。ボン、とドアに当たって転がる。窓の外から、きゃはは、と甲高い声がする。チャイムが鳴る。体育の時間だったのだろう。何年生かはわからない。

「どうした」

声のほうを向くと、鮎川が立っていた。ドアを閉め、テニスボールを拾う。

「関係ないものを持ち込んだら駄目だ」

「わたしのじゃありません」

「こっちじゃない。そっちだ」

鮎川の目はDVDプレイヤーに向いていた。

昨日の古典の時間、丹羽動画の完全版が手に入りそうだと彼にいわれた。今朝受け取ったそれを、教師のこない三時間目を使って確認していた。放課後を待ちきれなかったのは、もちろん徳下のせいだ。彼のほのめかしに、いずみの胸はざわついた。そしてついさっき、ざわつきはピークに達した。

徳下のいうとおり、丹羽は最後の模造拳銃で自分を撃っていた。それをいずみは知らなかったし、知るすべもなかった。だから弾の残数なんて気にしてなかった……。

「日曜日に――」

鮎川の声で我に返る。白衣の教師は窓のほうを向き、拾ったテニスボールを手もとで遊ばせていた。

「小梢の病院へ行ってきた。じつは事件からずっと、会えていなかったんだ。古館のおばさんがすすめてくれても、小梢に断られてた。見られたくないんだろうって、おばさんはいってた。右目を失った、自分の顔を」

鮎川が、いずみの背後へ歩いてくる。細く長く、疲れきったように息を吐きながら。

「おれはそんなの、気にしない。ずっと小さなころから知ってるんだ。顔なんて見飽きてる。べつにいまさらどうでもいい。中身が大切とかいうと嘘くさいかもしれないが、それとも少しちがう。小梢はおれにとって、空気とか水とか、あとは、米みたいなものだ。そばにあるのが自然なんだ。ないとそわそわする。多少状況が変わっても、空気や水や米が要らなくなるなんて、あり得ないだろ？」

コン、と背後で音がした。

「気持ちはわかる。女の子だし、まだ十六歳だ。そりゃあ気にするよな」

コン。いずみの、肩が強張《こわば》る。

「この半年、待ったんだ。毎週病院へ足を運んで、そのたびに断られて。代わりに手紙を書いた。字が汚いからメールのほうが楽だったけど、やっぱりこういうのは手書きのほうが伝わるだろう。おばさんもそのほうがいいっていうしな」

コン、と音が鳴る。おそらくキャビネットのフレームを叩《たた》いている。彼の拳《こぶし》が。

「で、先々週から君のことを書くようにした。復学したこと、相談室でたまに会うこと。周りの人間から疎まれてることも書いた。悪く思わないでほしい。小梢に、みんなおまえのことを思っているんだって、そう教えたかっただけなんだ」

コン、コン。

「返事はなかった。でもおばさんによれば、これまでの手紙でいちばん興味を示してたそうだ。だから日曜日に、君とのやりとりを教えるから会わせてくれないかって、おばさんから伝えてもらった。君が事件について調べていることも、会ってぜんぶ話すって」

鮎川が言葉をきった。チャイムが鳴る。四時間目も教師が訪れる予定はない。

「――ようやく、病室に招かれた。半年ぶりに、あいつに会ったよ」

ゴン。

「包帯を巻いてた。頬がこけてた。腕も枯れ木みたいだった」

ゴン。

「表情なんかない。心が見えない。この子は誰だ？　おれは一瞬、そう思ってしまった。いや、嘘だな。おれは彼女の姿に、ぞっとしたんだ」

ゴウン。キャビネットのゆれが、背中に伝わってくる。

「思ってしまったんだ。おれはこの子とやっていけるのか？　って。いずれこの子といっしょに生活をして、買い物に行ったり映画を観たり遊園地で遊んだり。抱けるのか？　おれはこの子を、抱きたいと、心の底から欲求できるのか。彼女の、失われた右目を見ても」

ゴウン、ゴウン。

ゴウン、ゴウン。

「醜いのは小梢か！　おれか！」

ゴウン……。残響を、いずみはひたすら背中を丸めて聞いた。

「……おまえだったら、よかった。小梢をあんなふうにしたくそ野郎が、おまえだったら。それなら、なんの問題もなかった。いまこの場で絞め殺して、それで解決だ。そう思わないか？」

自分の鼓動が、少しうるさい。

「先生──」

いずみは背を向けたままいう。

「──それより小梢さんのことを聞かせてください」

テニスボールが正面のキャビネットに投げつけられた。跳ね返り、天井に当たった。それから床に落下した。

「ふざけてんじゃねえぞ」

後ろから首をつかまれた。ぞわりと鳥肌が立った。力はこもっていない。それがよけいに圧迫を強くする。

「──となりは、職員室ですよ」

「だから？」

わずかに力が加わる。

「クビになる？　どうでもいいよ」

「スカイラウンジ」

ふっと圧力が弱まった。

「スカイラウンジの様子をわたしがどう話したか。小梢さんは気にしてたはずです」

返事はない。ただ首に当てられた手のひらから迷いが伝わってくる。

「直接、わたしの口からあの子に──」

「それは無理だ。小梢は」

一瞬のためらい。

「――あの子はおまえを恐れてる」

なんで？　と声にする間もなく、

「会ってすぐわかった。おまえの名前が出るたび、おまえの話をしているあいだ、あいつは……」

ふたたび、首への圧力が強まった。

「ふつうのおびえ方じゃない。たんに事件の記憶がそうさせているとも思えなかった。あいつは、犯人よりもおまえのことを恐れていた」

かすかな吐息。

「病室を出るまぎわ、おまえに伝えておくことがあるかと訊《き》いたら、こういってた。『ブラボーなオデットだ』ってな」

思わず息をのむ。ブラボーな、オデット。

「説明されなくても意味はわかった。被害者ぶってるおまえに対する、せいいっぱいの皮肉だろう」

ちがう。それはちがうと直感した。その「ブラボー」の意味は――。

「何をした？」

ぐいっと頸動脈《けいどうみゃく》を絞めつけられる。

「あの子に何をした？」

痛みに顔がゆがみそうになる寸前、

「何を！」

「小梢さんは――」

声を、絞り出す。

「わたしの話を、聞きたがってる」

唇を結び、テーブルへ視線を落とす。ポータブルＤＶＤプレイヤーのブランク画面を
メーカーのロゴがむなしく泳いでいる。

首の圧力は弱まっていた。荒い息づかいが耳に届いた。

「……無理だ。おばさんがヒステリーを起こして終わりだ」

「なら、先生が、届けてください」

不意をつかれたような気配がした。

「メッセージです。小梢さんへのメッセージ」

腹に力をこめる。「ほかの人には聞かせたくない。先生にも小梢さんのお母さんにも」

「何を勝手な――」

「そうしないとわたしたちは、乗り越えられない」

乗り越えられない。いずみはそう、繰り返す。

鮎川が、呆《あき》れたように息を吐いた。「乗り越える？」怒りがにじんだ。「おまえのメッセージごときで？　それができるとでも？」

「無理でもやらなくちゃならない。じゃないと悲劇の勝ちだから。先生がそういった」

圧力が増した。乱暴な力強さで。いずみは歯を食いしばる。叫ぶわけにはいかない。いまは、鮎川が必要だ。

「わたしは、負けたくない。この世界を、あきらめたくない」

鮎川は黙ったまま首をにぎっていた。風のない日だった。とても静かだった。

床のテニスボールが目に入った。あざやかな丸い黄色は、まるで小っちゃな満月みたいだ。

鮎川のため息が聞こえた。まるで永遠につづきそうな響きだった。けれどいずみはわかっていた。彼の苦しみは、あきらめきれないからなのだ。だから、このため息は、もう間もなくやむ。ふたたび息を吸うために。

「――いいだろう」

首が解放された。

「来週の、この時間にまたくる」

「わかりました」

鮎川が相談室をあとにする。いずみはしばらく、動悸《どうき》がおさまるのを待った。胸に手を当て、深呼吸をひとつ。かすかに芽生えた小梢に対する嫉妬《しっと》をわきへ追いやり、思う。くるべき時がきたんだと。

弾数の問題は解決していない。警察が追及してこないのはいずみの記憶ちがいとみなしているからか、そもそも大した齟齬《そご》じゃないと考えているからか。たぶん半々だ。仮におかしいと察していても騒ぐ気はないのだろう。どのみち、犯罪には問えない。そして真相がどうであれ、死者が生きかえるわけじゃない。

だが、徳下の真意はわからない。

腰を上げる。いずみは、ほとんど衝動的に長テーブルの上に立った。窓と向かい合う。カーテンが垂れている。足が動いた。流れるようなステップでテーブルを駆け、窓枠を蹴《け》る。窓をくぐった身体が宙を舞う。飛び立つ羽のイメージで両腕を広げ、足を前後にピンとのばして。全身を一本の芯《しん》にして。着地する芝生のステージ。見上げる空。まぶしい光。

リハーサルは終わった。

さあ、開演のベルを鳴らそう。

四時過ぎに学校を出たところで思わぬ電話がかかってきた。

〈会えないかな〉

波多野の声は切迫していた。

〈小田嶋くんと、徳下さんについて話しておきたいことがある〉

9

「小田嶋くんがいなくなったのは聞いてる？」

車を走らせるなり、波多野はそう切り出した。

「先週のお茶会が終わってから家に帰ってないらしい」

「――波多野さんは、それをどこで？」

徳下がいずみに報《しら》せたのは、会いたいという浜屋の希望があったからだ。基本的に徳下は他人の情報を本人のいないところで教えない。今夜予定されていた最後のお茶会の中止を告げるメールでも〈出席者のご都合により〉とぼかしてあった。

「信じてもらえないかもしれないけど――」探るような口調でいう。「本人だよ」

「え？」

「小田嶋くん本人さ。おれは君とおなじように、小田嶋くんとも連絡を取り合っていたんだ」

お茶会の帰りにいずみを送っていたように、集合のときに小田嶋を近くまで連れてきたことがあるのだと波多野は語った。

「彼の家の近くまで迎えに行ってね」

波多野が口にした住所は、浜屋と会ったファミレスの辺りだ。

「なんで、小田嶋さんと？」

「特別な理由があるわけじゃないよ。二回目のお茶会がはじまる前、たまたまふたりきりになってね。歳が近いし、なんとなく打ち解けただけで」

波多野が車をカーブさせる。徳下とは安定感が段ちがいだ。とくに目的地はなく、話をするあいだずっと走らせておくといわれていた。

「彼の事情を知っていたわけでもない。前回、言い合いみたいになった場面があったろ？　彼、大事なことは何も話してくれなかったからね」

「浜屋さんのことも？」

波多野がピクリと反応した。

「小田嶋さんの恋人です」

「ああ……、そういうことか」

波多野が乱暴に車線を変更した。高架道路に乗るらしい。

「窓を閉めてもらえる？」

「でも――」

「あ、そっか。ごめん。でも、じっくり考えたいんだ。信号なんか気にせずに」

いずみはギリギリ閉まりきらない程度まで窓を上げた。思ったより気にならなかった。このライトブルーのファミリーワゴンに慣れてきている。たぶん波多野にも。

「それで、小田嶋さんはどこに？」

「待って。まず君の話を聞きたい。君はなんで浜屋さんという人を知ってるの？」

話してもいいのだろうか。隠す必要はないと思うが……。

「徳下さんだろ？」

波多野が先回りしてきた。

「小田嶋くんが消えたあと、徳下さんから教えられた。ちがう？」

「──そうですけど」

「やっぱり。片岡さん、君、狙われてる」

言葉を失った。まったく想像もしていなかった。さっぱり意味がわからない。

「小田嶋くんが姿を隠したのも、徳下さんのせいだ」

「待って。何がなんだか──」

「お茶会がどうして開かれたのか、ふたりで検討したのを憶《おぼ》えてる？　なぜおれたちが集められたのかって」

「小田嶋さんは、浜屋さんの恋人だったからです。徳下さん、ほんとは彼女に会いたかったんだって」

「そう。そしてスカイラウンジで生き残った片岡さん。初めから君たちが目的だった」

「目的って……」

「復讐《ふくしゅう》」

頭の中が真っ白になる。悪い冗談だ。けれど波多野の口ぶりは確信に満ちている。

「菊乃さんの？　でも、それは」

「君にはなんの責任もない？」

それは――、わからない。断言なんて、誰にもできない。

「小田嶋さんも、直接は関係ない」

「どうかな。その浜屋さんって人の身代わりという可能性もある」

たしかに徳下は浜屋を捜していたが――。

「菊乃さんが動機ともかぎらない。もっと漠然とした、抽象的な理由で動いているのかもしれない。たとえば――」

車のスピードが上がる。

「――正義」

胸が、つぶれそうな感覚。

「どういう、意味です？」

「そのままだよ。正義を遂行しようとしている。そんな可能性だってある。小田嶋くんは警備員だったにもかかわらず来場者の誘導を放棄し、あの母親を見捨てた。法律で裁かれなくても、それは罪だ」

むちゃくちゃだ。むちゃくちゃだが……。

「君はラウンジに残った人たちを見殺しにした。助けられたかもしれない人々を犠牲に、ひとり無傷で助かった」

「わたしだって頭に銃口を突きつけられてたっ」

「そう……。もちろんそうだよ。でもそれが、徳下に通じるかはわからない」

陽が陰りはじめている。

「……徳下さんが、正義のためにわたしを狙ってるなんて、馬鹿げてます」

「たしかにね。でも君は、あいつがなぜこの集まりの仕切り役をつとめているのか、その理由をちゃんと知ってる？」

職務怠慢がバレて謹慎中の身だから……。

「というか――」波多野が早口でつづける。「あいつが徳下宗平だって、ちゃんと確認したか？」

めまいがした。寒気に襲われる。

「吉村社長がほんとうに菊乃さんの死の真相を知りたがっているって、本人に確認は？」

していいるわけがない。連絡先だって知りはしない。

「うかつだったよ。おれもしてない。名刺一枚にだまされた。こっちに偽名を許した余裕に、相手が偽名だって可能性を見過ごしてしまった」

「あの名刺に、電話してみれば」

「したところで確証はもてないよ。徳下宗平って弁護士がいたとしても、それがあの徳下宗平かは確かめようがない。写真を見せろとゴネないかぎりは」

事務所にお茶会の経緯は伝えない、疑問や質問は個人アドレスに――初めから彼はそう断りを入れていた。

「まあ、どのみち答えは出てる。小田嶋くんがそういってるんだからね」

「徳下さんに、何かされたと？」

「されかけたらしい。ゆうべ連絡があったばかりで、まだくわしくは聞けてない。すっかりおびえちまっててさ。警察に相談するのも待ってくれというんだ。君の話を聞くかぎり、浜屋って人に迷惑をかけたくないのかもしれないな」

徳下は、すでに浜屋の連絡先を手に入れている。

「彼は、どこに？」

「おれの家。君といっしょなら、ぜんぶ話すといってる」

車が、下道へおりる。

そのマンションは縦にも横にも広く、いかにもファミリー向けという建物だった。

「こっちへ」

波多野がオートロックにパスケースをかざすと、ドアが静かに左右に開いた。明るいエントランスを進み、エレベーターに乗る。彼は七階のボタンを押した。

「保坂さんと、生田さんには」

「伝えてないよ。あのふたりの連絡先は知らないしね」

「……徳下さんは、三回目のお茶会でみんなが隠し事をしていると疑ってました」

「君も図星だった？」

「――はい」

「ふうん」と波多野が宙へ顔をやった。

「……生田さんは、察しがつくな」

二階のランプが三階へ移動する。

「たぶん、名前」

いずみは波多野へ疑問の視線を投げた。生田は完全な偽名だが、それはペナルティにふくまないと徳下は断言していた。

「名前そのものというより、罪の隠蔽《いんぺい》かな」

「罪の？」

「うん。名前を明かさないことが罪を隠すための嘘だからペナルティの対象にしたんだろうね」

「生田さんは、何を？」

波多野が唇をゆがめた。

「なんで生田さんが自分の行動をあやふやにごまかそうとしてたのか。そして、なんで彼女が、あの男の子のお母さんが白鳥広場で殺されたことを知っていたのか。想像力があれば、わりと簡単な答えかもしれない」

五階へ。

たしかにそれらはいずみも疑問に思っていた。しかし簡単とはいうけれど、答えは見当もつかない。

つまり——と波多野がつづける。

「つまり、やっぱりあのお茶会は、裁かれていない罪を暴くためのものだったんだろうね」

裁かれていない罪。悲劇の総括——これは徳下の言葉だ。

「保坂さんのそれも、わかるんですか」

「だいたいは」

六階へ。

「上で、小田嶋くんもまじえてゆっくり話すよ。たぶん合ってると思うから」

「波多野さんも、嘘を？」

「ああ——、嘘というか、なんというか」

弱り顔で笑う。「駐車場で寝てたってのはほんと。事件が終わるまで、マジで爆睡してた」

「じゃあ——」

「言い方がむずかしいんだけど……ただ、徳下にとってはおれが、いちばんどうでもいい参加者だったのはたしかだろうね」

エレベーターが七階に到着する。

波多野が表情を引き締め、辺りをうかがう。いずみもつられて、徳下の姿を捜してしまった。

「行こう」

三棟が向き合って三角形をつくっていた。それぞれが渡り廊下でつながって、回廊のようになっている。上にもずらっと部屋がならんでいる。エレベーターの表示は十五階以上あった。三角形に切り取られた空は、黒く塗りつぶされている。

人の出入りはなかったが、団らんの雰囲気はあった。どこかから、子どもの泣き声が聞こえる。

「騒がしいだろ？　中は防音がちゃんとしてあるから快適だけど」

七〇五号室の前に立ち、波多野が鍵《かぎ》を開けた。電気はついている。

「ただいま」と廊下の奥に声をかけてから、いずみに道をゆずってくれる。

沓脱《くつぬぎ》には革靴が一足とくたびれたシューズが二足あった。どちらもおなじようなサイズだが、片方は小田嶋の物なのだろう。いずみがフローリングの廊下に立ったとき、後ろで波多野がドアを閉めた。「先に行ってて」と声をかけてくる。

明かりがついた突き当たりの部屋へ進むと、意外にこざっぱりとしたリビングキッチンだった。カウンターキッチンの前にダイニングテーブルが置いてあるが、ほとんど何ものっていない。キッチンの辺りにも、食器のたぐいが見当たらない。リビングへ目を移す。シンプルなソファにテレビ。人が隠れられそうな場所はない。

「わりとこまめに掃除するタチでね」

やってきた波多野をふり返り、いずみは思わず、尋ねてしまった。

「奥さんと、お子さんは？」

波多野がほほ笑んだ。

「死んだよ」

ぶん、と視界がゆれた。


……スポットライトが、灯《とも》っている。真上から、照らしている。光の輪郭が、ぼやけている。不自由な、思考と、身体。痛み。少しずつ、感覚がよみがえる。

カララ、と音がする。プラスチックの輪が、フローリングを転がる音。カラララ、と近づいてくる。目の端に映る、バスの玩具《おもちゃ》。ふん、ふーん――という鼻歌が聞こえる。

自分が、芋虫のようになっているのに気づいた。手首と足首にロープが食い込む感覚があり、その上からガムテープでぐるぐる巻きにされている。頭に、鈍い痛み。左目に液体が流れてくる。

痛みのもとから、赤い液体が。

ふん、ふーん。カラララ。

呼吸を、整えて。

「おはよう」

ワイシャツの男が電灯の真下に顔を出した。陰になって表情はわからなかった。たぶんほほ笑んでいるのだろうと思った。

「目を覚まさなかったらどうしようってやきもきしたよ。せっかくここまでお膳《ぜん》立てして一撃でおしまいじゃさ、つまんないもん」

「……ウチのお母さん」声を絞り出す。「心配性だから、連絡しないと、きっと、すぐ警察を呼ぶ」

「べつにいいよ。気にしない。もうずいぶん前から、何もかも、べつにいいんだ」

優しい口調だった。嘘がひとつもないように聞こえた。

カラララ……バスの玩具が、離れてゆく。

「おれが、どんな嘘をついてたか、わかった？」

いずみは唾《つば》を飲んだ。そして彼を見つめた。「……名前」

「そっ」しゃがんでのぞき込んでくる陰った顔がにっこり笑う。「波多野晋也って、嫁さんの初恋の人の名前なんだ。よく自慢されたなあ。すごい素敵な人だったんだって」

なんの自慢にもなってないんだけどね――と可笑《おか》しそうにいう。

「わざわざ名刺までつくったんだぜ。ちなみに職場は本物で、もし連絡があっても話を合わせてくれるよう事務の子に頼んでおいた」

「なん、で」

そこまでして？

「君に信用してほしかったからね」

なんで？　今度は目で尋ねた。

「こういう状況にするために決まってるだろ」

ふふっと笑い立ち上がる。

「あなた――」波多野を名乗っていたその男に、いずみは問う。「双海さん？」

「ははっ。ようやく呼んでくれたな」

こちらを見下ろし、ワイシャツのそでをまくる。「おまえら話題にもしなかったよな。被害者の家族なんか頭の中に存在すらしてなかったか？」

まあ、いいけどな――。双海が、ダイニングテーブルからウイスキーグラスをつかみひと口ふくんだ。

「小田嶋、さんは？」

「となりの部屋に転がってるよ。まだ生きてるんじゃない？　たぶんだけど」

グラスの氷がカランと鳴る。

「叫んでみる？　試してみなよ。その細いあごを粉々にしてあげるから」

双海の手にはゴルフクラブがにぎられていた。銀色のヘッドに、べったり血がついている。自分のものか、小田嶋のものか。きっとどちらも混ざっているのだろう。

頭部の痛みにかまっている余裕はなかった。縛られた手首と足首に力をこめてみるがびくともしなかった。呼吸を繰り返す。気を抜くと、恐怖にのまれてしまいそうだ。

「小田嶋さんと、連絡を取り合ってたというのは？」

「ああ、あれも嘘っぱち。あいつの住所を知ったのもここに拉致《らち》ってからだしね」

「じゃあ、どうやって」

「拉致ったかって？　簡単、簡単。あの夜、君を送るのをやめてあいつを誘っただけさ。口論になったのを謝ったら疑いもせずに車に乗ってくれた。あとはお決まりのコースだ。適当に同情してるふりをして、ちょうど嫁さんもいないからっていいくるめて、一杯やろうってここに連れ込んだんだ。で、すきをついてグラスの酒に睡眠薬を溶かした。いつも自分で使ってるやつをね」

そして動けないよう拘束した。

「あとで見せてやるよ。大の大人を監禁するってたいへんなんだぜ？　暴れないように騒がないようにぐるぐる巻きにして、なおかつ便所の世話もしなくちゃいけないんだからたまらない」

胃がキリキリする。おぞましい想像が、理性を溶かしてゆく。

「安心しなよ。変態みたいな真似はしない」

双海は空になったグラスをテーブルに置いた。いずみの頭上に移動し、見下ろしてくる。ゴルフクラブを目の前で、振り子のようにぶらぶらさせる。

「初めは、小田嶋なんかぜんぜん興味なかったんだ。佳代がなんで白鳥広場で死んだのか、なんで幸雄はスカイラウンジにいたのか。おかしいとは思ってたけど、だからって小田嶋にたどり着くのは無理だった。調べるやり方もわからなかったし、気力もなかった。あの事件があってから、死ぬことばかり考えてたからさ」

ぶらん、ぶらん。血のついたクラブが、右に左にゆれている。

「佳代について、警察は曖昧《あいまい》なごまかししか教えてくれなかった。屋内花壇から白鳥広場へ移動して被害に遭ったってくらいでね。わからなくもない。連中からすればみんな気の毒な被害者なんだろう。被害者同士が恨み合うような情報は、極力隠しておきたいってのは人情だよな。べつに誰が悪いって話でもないんだ。おれだって分別は残ってる。ずっと屋内花壇にいたとかいいやがるから、カマをかけてみたりはしたけど、それは当たってたわけだけど、だからって小田嶋の野郎が佳代を殺すつもりで突き飛ばしたとは思わない。奴の告白を聞いてるときも、ちゃんと冷静だった。どうしようもない。こいつも、どうしようもなかったんだって」

ぶらん、ぶらん。

「でも、ひどいだろ？　佳代はさ、幸雄が心配だっただけなんだ。急にあんな事態になって、迷子になった幸雄が心配で心配で、だから警備員に頼ったんだろ？　当たり前のことだろ？　少しくらい取り乱すのがふつうだろ？　なのにあのデブ、佳代のこと、『頭がおかしい』っていいやがった。いいやがった。なあ、聞いてただろ、片岡も」

振り子が速さを増す。

「それは、駄目だろ」

クラブの動きが止まる。すとん。左耳の横に落ちてくる。「はっ」と声がもれた。

「赦《ゆる》せないだろ。夫としては」

ひゅん、といずみの鼻先でスイングする。

「まあ先にあいつを襲ったせいでお茶会がなくなって、おまえをつかまえるのに小細工が必要になっちゃったんだけどな」

素性を知られている徳下に疑われるかもしれない。だから急いでいずみにコンタクトを取ったのだと双海は語った。

「もともとおれは、佳代と幸雄の最期が少しでもわかるならと思ってお茶会に参加したんだ。本音じゃあ期待してたわけじゃない。菊乃なんて婆《ばあ》さん、どうでもよかったしな。ある意味、軽い気持ちだった。せいぜいリハビリってとこでさ。だからびっくりしたよ。おまえがいるんだもん」

ひゅん。

「会えて、うれしかった。会うまでは、とくになんとも思ってなかった。それこそおまえも、気の毒な被害者のひとりだと思ってた。だけど不思議だな。会ってみたら、おまえ、意外に元気そうで、反吐《へど》が出そうになった」

声の明るさに、肌が粟立つ。

「これでも我慢したんだぜ。おまえが何を語るのか、幸雄に対してどう思っているのか、ぜんぶ聞くまでは我慢しようって」

だから優しくしてくれたのか。保坂から守ってくれたのか。すべてはいずみの告白を止めないために。

「毎回、理性がぶちぶちちぎれていくのを必死にこらえながらね。小田嶋の話を聞き終えて、もうこいつはやっちまおうって決めてさ。おまえの話はあとで呼び出してゆっくり聞こうと思ってた。なのにべらべらべらべらしゃべりだすもんだから、正直キレそうだったよ」

たしかにあのとき、双海は解散をうながしていたことを思い出す。

「おまえだって苦しんでる。まあ、それはわかった。でも足りない。ぜんぜん足りない」

ひゅん。

「殺さなくちゃ。幸雄のために、殺さなくちゃ」

「わたしは――」

「わかってる。おまえに責任はない。どうしようもなかったんだろう。恨まれるのはいい迷惑だよな。だが、丹羽は死んじまった。大竹も。それじゃあ駄目なんだよ。誰かが、罪を背負ってくれなくちゃ駄目なんだ。じゃないと永遠に、片がつかないじゃないか」

ひゅん、ひゅん、ひゅん。

「なあ、片岡」

すとん。

「正直に答えてくれ」

優しいほほ笑みに、冷たい瞳《ひとみ》がくっついている。

「なんで幸雄は、二発も撃たれなくちゃいけなかったんだ？」

どうしても、呼吸が荒れる。おさまりのつかない、ざわつきが、込み上げる。

双海が、変わらぬ口調でつづけた。

「古館って女――幸雄をラウンジに連れていったくそ女さ。あいつが告発した週刊誌の記事は目が腐るほど読んだよ。あいつはこう証言してるよな。『――びっくりして顔を上げたらK子と目が合った。すぐに男の子が撃たれて……。彼を抱きかかえて声をかけたけどまったく反応がなかった。感情が込み上げて犯人をにらみつけた、次の瞬間に、撃たれた』」

その記事は、いずみも穴があくほど読んでいる。双海は正しく暗唱していた。

「で、問題はおまえの証言だ。ついこないだ、お茶会でおまえはこういってた」

――小梢と、幸雄くんが撃たれて……。

――最後まで、小梢は、幸雄くんをかばおうとして……。

――それで、丹羽が、新しく取り出した拳銃で自分の頭を撃って……。

「まず答えろ。古館と幸雄。先に撃たれたのはどっちだ？」

「小梢。すぐあとに幸雄くんが」

「二連発でか」

かろうじて、うなずく。

「記事は嘘だというんだな」

「——あの子が勘ちがいしてるんだと思う」

「ふうん」

「あんなのまともな経験じゃないっ。あの子は撃たれたし、記憶がおかしくなってたって不思議じゃない」

「よし、わかった。次の質問だ」

すとん。今度はクラブのヘッドが、右耳のそばの床を打つ。

「幸雄は、後頭部と正面の、どっちを先に撃たれた？」

このとき気づく。子どもを殺された双海が、ラウンジでの処刑を、いずみとおなじくらい真剣に検討していることを。もしかすると被害者であるいずみたちに遠慮気味だった警察以上に。

「なんで、そんなことを——」

「わからないからさ。幸雄は五歳の子どもだぞ？　大人たちがみんな一発で殺されてるのに、なんであの子だけ二発撃たれなくちゃならない？　それも後ろと正面から」

「警察から、説明があったはず」

「それだっておまえの証言だろ？　『よく憶えてない』ってさ。ふざけやがって」

ひゅん。風切り音が通り過ぎる。

「なあ、片岡。ほんとのとこを聞かせてくれ。もう思い出してるんだろ？　お茶会のときは自信ある感じだったじゃないか」

床を、ヘッドが強く打つ。

「幸雄は、どうやって死んだんだ？」

弾けた頭。あっ、あっ、あっ。

「――小梢が撃たれて、倒れて。幸雄くんは彼女にすがりついて……それから、彼女とおなじように、幸雄くんは顔を上げて丹羽をにらみつけた」

表情なくこちらを見下ろす双海を、いずみは見返す。

「それで、正面から撃たれて。前のめりに倒れたところを、もう一発」

「なんで？」

「わからないっ。丹羽は、あいつはわたしをおびえさせて楽しんでた。わたしに罪の意識を植えつけようとしてた。だから――」

「ふざけんなよ、片岡」

びゅん、とクラブが鼻先を走った。ガチャンとグラスが割れる音がした。ヘッドが、目の前に突きつけられる。

「答えになってねえんだよ。古館が生きてんのに、なんでガキの幸雄を二発撃った？」

「知らない！　わたしにわかるわけないっ」

視界がゆれた。遅れて痛みがやってきた。頭を蹴られたのだ。

「それでもおまえはおれを納得させなくちゃいけないんだよ。それがあそこで生き残った人間の役目だろうが」

蹴りがもう一発。加減はしてくれたらしい。でないと一発で意識が飛んでいたはずだ。

「こんなの、意味ないっ」

痛みと恐怖があいまって涙があふれそうになった。それを必死にこらえた。踏ん張らないと心が壊れてしまう。もう戻ってこられない予感がする。

「知ってることはぜんぶ話した。もうこれ以上はない。——わたしだって納得なんかできてない。めちゃくちゃだと思ってる。でも……、これ以上、伝えようがない」

たくさん言葉を使っても、たぶん、ほんとうを伝えることは、できないから。

あの瞬間の行動や決断は、あの場所の、あの空気だったり感情の流れ、明るさ、すすり泣きや息づかいや温度といったすべてによってつくられていたから。

「説明すればするだけ、ちがってしまう」

誰にも、伝わらない。警官、医師、看護師、カウンセラー。彼らにできるのは、いずみの話をわかりやすく分類されたカテゴリーにあてはめることだけだった。せいぜい理解の仕草をするくらいだった。真澄でさえ、娘の体験をほんとうには理解できないし、いずみが抱え込んだわだかまりはまちがいなく、真澄の想像とぜんぜんちがうかたちをしている。

たぶん、小梢とも。

おなじ場所と時間を共有していても。事実を共有していても。

「だから……起こったことだけ、言葉にするしかできない。そうなんだから、そういうことなんだって、受け止めるしか」

「何も起こらなかった男はどうしたらいい？」

双海が、ぽつりと問いかけてきた。

「ずっと爆睡していた男は、何を言葉にすればいい？　おまえのいうとおりだ。いろんな、たくさんの要因が重なって、だからおれはあの日、佳代と幸雄といっしょにいるのがしんどくて、駐車場の車に逃げて、スマホをマナーモードにして、寝たんだ。ははっ。気持ちよかったよ。最高の眠りだった。なぜかそれは憶えてる」

双海がテーブルへ移動した。ゴルフクラブをにぎったまま、椅子に腰かけた。

「おれは、中身のない言葉すらもってない。嫁と子どもが殺されてるあいだ、ぐっすり寝てた。それだけだ」

彼の視線が、床の一点を見つめていた。バスの玩具があった。

「まあ、たしかに無意味だな。小田嶋をやっつけても、気が晴れるわけじゃなかったし」

でも――と、こちらを見る。

「このまま終わりってわけにもいかない」

「……なんで？」

「さっきもいっただろ？　片をつけなくちゃならない。そうしないと……」

語尾が消えた。痛いほどわかった。片をつけなくちゃならない。その気持ちは、裏返しなのだ。いまさら片なんか、つくわけないというあきらめの。

「片岡。おまえを生かしてやってもいい。その代わり、おまえはおれに、『小田嶋を殺せ』と命じろ」

いずみは唾を飲んだ。

「そしたらおれは、小田嶋をぶっ殺して警察を呼ぶ。おまえには手を出さない。これで終わりにする」

「待って」

「おまえは中途半端すぎるんだ。だからムカつく。ちゃんと罪を背負え。ちゃんと悪になれ」

双海は疲れた笑みを浮かべていた。無理やりつくったような笑みだった。それがよけいに、ゆるぎない意志の強さを感じさせた。

「簡単だろ？　ラウンジでもおまえはそうやった。ようするに『わたしを生かすために幸雄を殺せ』と丹羽に命じた。そうだろ？」

ちがう。ちがうが、おなじかもしれない。そしてちがってもおなじでも、双海にとっては変わらないのかもしれない。

「わかるよ。究極の状況だもんな。人間は、そういうもんだろ？　弱くて、臆病《おくびょう》で、身勝手だ。自分と他人のどっちかしか救えないなら、自分を救う。自分の家族と知り合いなら、家族を救う。知り合いと名前も知らない誰かなら、知り合いを救う。当たり前だ。

おまえは当たり前のことをしたんだ。だからいまも、当たり前をしてくれ。小田嶋なんてどうでもいいだろ？　自分の命には代えられないだろ？　そうじゃなきゃ、おまえは幸雄より小田嶋が大切ってことになる。そんなの、駄目だろ」

呪文《じゅもん》のようなつぶやきだった。

「小田嶋を殺せ――簡単な命令だ。おまえが殺すわけじゃない。殺《や》るのはおれ。そしておれは警察に、おまえにいわせたとちゃんと認める。おまえはいわされただけだ。誰も責めない」

「嫌っ」

いずみの声に、双海がきょとんと目を見張った。

「……嫌です」

「嫌？　は？　なんで？」

ゴルフクラブをにぎり直しながら訊いてくる。「嫌って、なんで？　何が嫌なんだよ？　幸雄は見捨てたくせに」

「ちがうっ。ちがう」

「だから、ちがうって、何がだよ」

「ぜんぶちがう！　あのときは、何もできなかった。丹羽にされるがままだった。手も足も出なくて、怖くて、頭が回らなかった。でも……、いまは、ちがう。あのときじゃない。ここはスカイラウンジじゃなくて、四月でもない。青空もない」

「何をいってる？」

「もう一度！　もう一度、あのときとおなじ場面になったら、おなじようにわたしは何もできないと思う。みんなが殺されるのを、黙って眺めているだけだと思う。でもだからって、いつでもそうだってわけじゃないっ」

「意味わかんねえよ。叫んでないでちゃんと説明してくれよ」

「ちゃんとなんて、できない。わたしだって、わからない。ただ、嫌なの。あなたの命令は、聞けない」

「殺されてもか」

「……死にたくない」

「なら命令するしかないんだよ。どっちかしか選べない。おまえの命か、小田嶋の命か」

いずみは唇を結んだ。歯を食いしばった。そうしないと嗚咽《おえつ》がもれそうだった。

「この期に及んで綺麗事《きれいごと》とはな」

双海が立ち上がった。

「おれが殺らないと思ってるのか？　あのときと、変わらない状況だって気づいてないのか？」

ぶらん、とゴルフクラブの振り子がゆれる。

「おまえ、バレエをやってたな。あと三秒で、膝《ひざ》をぶっ壊してやる」

心臓がぎゅうっと締めつけられた。吐き気がした。

「もう二度と歩けないくらいにしてやる。そうしたら、ぜったいいうぜ。『ごめんなさい、早く小田嶋を殺して』ってな」

目をつむる。我慢の壁を越え、涙がこぼれた。

それから、いずみは、うなずいた。

「はっ」双海の呆《あき》れたような笑いが聞こえる。「なんだ、それ。ほんとに中途半端な奴だな。はっきり言葉にしろよ」

「……いうと思う」

「あ？」

「膝を叩かれたら、いうと思う。あなたの言葉どおりに」

ごめんなさい、早く小田嶋を殺して――。

「だから――、膝を叩かれるまではいいません」

全身を丸めた。恐怖が身体中を駆けめぐった。一秒後、もしくは二秒後、激痛に未来を奪われる。この先、生き残っても、後悔しつづけることになる。

「馬鹿か？」

頭部に痛みが走った。蹴られた。それから肩に衝撃が走る。クラブのヘッドがめり込んでいる。

「いいかげんにしろ。我慢の限界だ。くそったれが」

双海が移動する。いずみの下腹部へ。スカートからむき出しになった足もとへ。

肩の痛みで、身をよじることすらできない。

「もう一度だけチャンスをやる。いえ。『小田嶋を殺せ』と」

ただの意地なんだろうと思う。ほんとうに、どうしようもない性格だ。

「――あとで、いいます」

息を止め、目をつむり、全身に力をこめた。後悔するのはわかっている。後悔しない方法はわからない。あのときもそうだった。わたしたちはいくつもの選択肢から、ひとつを選んだ。選びつづけた。その決断の理由は、説明できるようで、できやしない。

「くそが」

ドン。

床がゆれた。ゴルフクラブが、叩きつけられた。

「くそがっ」

もう一度怒鳴り声がして、どすんと音が響いた。

双海が、床に腰を下ろしていた。そのそばにゴルフクラブが転がっていた。しん、と静けさに包まれた。素っ気ない電灯に照らされた薄い茶髪はうなだれ、置物のようにじっとしていた。

「……人生はめちゃくちゃだ。やり直す気力もない」

深いため息が聞こえた。どうしようもないほど、長く。奈落《ならく》に転がり落ちていくようなその吐息は、鮎川のものとはちがい、ふたたび息を吸うことに、なんの希望ももっていない。

「あの事件以来、寝るのが怖くて仕方ないんだ。毎朝、目が覚めるたびに何かを失っている気がして、おかしくなりそうだ」

ゆっくり、こちらを向いた。

「おれに、死ねと命じてくれないか」

優しい声だった。

「そしたらベランダから飛び降りる。もちろん、君たちのために警察を呼んでから」

皮肉な笑みを浮かべる。それでいて誠実な、いまにも泣きだしてしまいそうな笑みを。

「いいだろ、それくらい。もう、赦してくれても」

「嫌です」

いずみはいった。彼の目を見て。

「嫌なんです。あなたに死んでほしくない。理由はよく、わかりません」

双海は鼻で笑った。皮肉ではなかった。伏せるように目をつむり、やがてポケットからスマホを取り出した。彼は、息を吸った。ベランダの窓は、閉まったままで。

10

「おかえり」

鍵を開ける音がして、いずみは玄関へ向かった。仕事帰りの真澄が靴を脱いでいた。コートにマフラーを巻いたままの姿で床に上がって「寒〜っ」と身体をこすった。

「南極みたい。自転車は冷蔵庫よ」

わけのわからないことをいいながら真澄は、いずみを通り越してキッチンへ向かった。その背中に声をかける。

「ちょっと出かけてもいい？」

「出かけるって――」

ふり返った真澄は目を丸めていた。腕時計を指す。「こんな時間に？」

「うん」

「どこへ？」

「ちょっと」

「誰と？」

「芹那。気晴らしに、お店にこいって」

真澄が眉《まゆ》を寄せた。芹那のことは嫌ってないはずだ。良い子とはかけ離れていても、彼女との付き合いをやめろといわれたことはない。

「お酒は飲まないよ。朝までに帰ってくるし」

「朝までって……」

迷いが感じられた。夜遊びを心配する気持ちと、ここ最近ふたたび引きこもっていた娘を送り出したい気持ちと。

「ねえ、お母さん」

先に、必要なことを伝える。

「じつは、この先、またちょっと騒がしくなるかもしれない。マスコミとか」

真澄の表情が曇った。「スワンの事件で？」

「うん」

「うん、て……。誰がそんな」

「ちがうの。わたしが、自分から」

「自分から？」

「そう」

「何を」

「ちょっとね」

いずみは床に視線を投げた。

「やめてよ」

真澄が、ごまかし半分の笑みをつくった。「やめてちょうだい。こないだだってたいへんだったのに。わたしに内緒で勝手をして、危険な目に遭って……」

「だから今回は話してる」

真澄は呆れたように頭を横にふった。額を指で押さえた。また白髪が増えたなと、いずみは思う。

「でも、やんなくちゃいけなくて。そうしないと前に進めないから」

「お母さんがいるでしょ？ ずっとあなたの味方よ」

「わかってる」

「だったらそれでいいじゃない。ゆっくりやっていくのよ。時間が経てば、きっと――」

「なかったことになる？」

真澄は口をつぐんだ。言葉の代わりにくたびれたため息をついた。意地悪だったかな――と、思わず目を伏せると、靴下をはいた自分のつま先が見えた。練習は休みっぱなしだけど、外向きに足を開くバレリーナの習慣はそのままだ。

「お母さん、わたしにバレエを習わせた理由を憶えてる？」

「……何よ、急に」

「お母さんがやってたからだって、いってたよね」

学生のあいだ。社会人になってからも、お父さんが亡くなるまで、レッスンをつづけていたのだと。

「やめちゃってずいぶん経つけど、でもいつか、いっしょのステージに立てたらいいねって。六十になっても七十になっても、ぜったい復帰するから、約束ねって」

なつかしい記憶。年齢も季節も忘れちゃったけど、あなたの声やふんわりとした表情の面影が、頭の片隅に残っている。

「わたしは、その約束を憶えてる」

もしもその髪がぜんぶ真っ白になって、肌がしわしわになって、レオタードがぜんぜん似合わなくなったって、わたしは恥ずかしくなんかない。お母さんを、みっともないなんて思わない。

「だから大丈夫」

はっきりと言葉にした。

「お母さんとの約束があるから、わたしは、きっとまちがわない」

真澄が天井をあおいだ。こんな説明で納得するわけがない。でも彼女ほど娘の強情さを知っている人はいないから、だからいずみは「行ってくるね」と声をかけ、「勝手にしなさい」と母は返した。呆れたように、はにかんで。

ハイツを出てドラッグストアの駐車場へ行くと、乗用車が駐《と》まっていた。この寒空の下、徳下は外でいずみを待っていた。

「風邪をひきますよ」

「夏にしかひかない体質なのです」

そんな体質は聞いたこともなかったが、くだらない会話にかまっている余裕がないほど、今夜は格別に寒かった。馬鹿丁寧な招きに従い後部座席に乗り込みながら、真澄に嘘をついたことに申し訳なさを覚えた。近いうちに必ず、芹那の店へ遊びに行くことで帳消しにしよう。

「何が可笑しいのです？」

エンジンをかけながら徳下が訊いてきた。

「我ながら身勝手だなあと思って」

「なるほど」

車が走りだす。何が「なるほど」なのか。いや、「なるほど」か。大の大人をこんな時刻に呼びつけて運転手をさせているのだから。

「傷は――」徳下がバックミラーを見ていた。「よくなりましたか」

「おかげさまで、見てのとおりです」

「幸いです。少しだけ安心しました」

「前を向いてください。徳下さんの運転のほうが心配です」

「たしかに」

徳下はうなずき、まったく交通量のない道へ車を慎重に合流させた。

双海に襲われてから、二週間ほど経っていた。警察の事情聴取に加えマスコミの攻勢もあって学校にも行けていない。いまさら焦りはなくなった。留年も覚悟してるし、中退という選択肢も現実味を帯びている。どのみち、もうひと山越えてから真澄とゆっくり相談しようと思っている。

「うかつでした。小田嶋さまの音信不通がわかった時点で、あの夜に明かされた彼と佳代さんのやり取りを考えれば、誰が何を起こすか想像できたはずなのです。彼が、青空駐車場で寝ていたと認めながら、それでも頑《かたく》なに波多野という偽名を使いつづけた理由をちゃんと考えていれば」

「わたしも、連絡先の交換を徳下さんに隠してました」

「伝える義務はありません。とにかく、もし片岡さまのお顔に傷でも残るようだったなら、わたくし、腹を切るほかありませんでした」

「やめてください。一円の得にもならない」

「後日、秀樹氏から慰謝料の提案をさせていただくことになると思います」

「それは、ちゃんともらいます」

助かります、と徳下がいう。

いずみが襲われた原因をお茶会に求めるのは自然だった。自主的な参加ではあったけど、いずみは未成年で、進行役の徳下が最後まで保護者への連絡を怠ったのは問題だろう。責任を押しつけるみたいで気の毒に思うけど、雇い主の秀樹がちゃんと責任を取りたいといっている以上、いずみに断る理由はない。お金は大事だ。ゲンキンな話だが、事実だからしょうがない。

　車は三郷駅を通過し、江戸川にかかる橋と逆方向へ進んだ。

「小田嶋さんの具合は？」

「はい。もうすぐ退院できるようです」

「そうですか。これで浜屋さんもひと安心ですね」

「身体のほうは、そうでしょう」

　双海のマンションで保護されたとき、小田嶋はかなり危険な状態だったらしい。そんな状態から、運なのか生命力なのか医学の進歩のおかげなのか、これといった後遺症もなく持ち直したという。しかし徳下がいうとおり、それで終わりというわけじゃない。負った心の傷がいつ癒《い》えるのか、正確なところはきっと誰にもわからない。

　浜屋が見舞いに通っていることも徳下から聞いていた。けれどいずみは彼女と連絡を取っていない。いずれ話す機会がくる。それまでは遠くから応援するにとどめるつもりだ。

　自首した双海は罪を全面的に認めているらしい。年明けには裁判がはじまる。彼に対する想いを言葉にするには、もう少し時間がかかるだろう。

　ともかく予定になかった事件だ。自分の計画をどのタイミングで行うのがベストか、考えなくてはならない。

　だが、その前に――。

「わがままを聞いてくれる、約束でしたね」

「はい。無下にお断りできる立場ではないのです」

大真面目にそんなことをいう。どこまでもとぼけた男だ。

「真相を教えてください。菊乃さんの死も、保坂さんや生田さんをお茶会に誘った理由も。徳下さんが知ってること、考えてること、何もかも」

夜の道はすいていた。どんな下手っぴだろうと事故を起こすのがむずかしいくらいに。

「あの日の、菊乃さんの動きを憶えておいでですか」

徳下に訊かれ、いずみはうなずきを返した。事件発生時、吉村菊乃はスカイラウンジにいた。恋人の安否を確かめるため防災センターへ向かった浜屋園子からラウンジに電話がかかってきて、菊乃はエレベーターで三階に下りた。

「菊乃さんは、大竹に背中を撃たれた浜屋さんを助けようとしていた」

「そう思われます。浜屋さまは電話のあと気を失ってしまい、ほんとうのところはわかりませんが」

浜屋はバックヤードにある非常階段の、一階と二階の中間に倒れていたという。

その後、菊乃はいったん三階のエレベーター乗り場に現れ、ここで幸雄くんを連れた小梢と鉢合わせる。小梢たちだけをエレベーターで上へ向かわせ、菊乃はバックヤードへ引き返した。

「ひとりでは浜屋さんを助けられそうになかった菊乃さんが、『上へ行って男性を呼んできてくれ』と小梢に頼んだんじゃないかというのが、徳下さんの想像でしたね」

次に菊乃は一階に現れる。黒鳥広場を、慌てふためいた足どりでエレベーター乗り場へ。箱を呼び寄せ、その場で倒れてしまう。体力的な要因、精神的な要因、どちらもあったのだろう。高齢の菊乃が長時間、極度の緊張状態にあったと考えればあり得る事態だが――。

「菊乃さんの様子は、あきらかにおかしかったと、徳下さんはいってました」

「一階のフロアに現れた時点で、すでに彼女は狼狽《ろうばい》していたのです。その原因が身体の変調からきたものだったのなら、そもそもエレベーターへ向かうような真似はしなかったでしょう」

「バックヤードで、菊乃さんを動揺させる、決定的な何かがあったと考えてるんですね」

菊乃の状況を想像する。目の前には背中を撃たれ気を失っている浜屋。老齢の自分では彼女を移動させることすらできない。救助のメッセンジャーを小梢に頼んだが、まったく音沙汰《おとさた》がない。さぞかしやきもきしただろう。スカイラウンジの面々は何をしているのか、浜屋は大丈夫なのか、犯人はどうしているのか……。

「いちばん考えられるのは、浜屋さんの容態が急変した、とかですよね」

「はい。おそらくそれに近いことがあったのです」

血を吐いたとか？　けれど浜屋は生き延びた。救助される何十分も前にそんな状態で命を落とさずに済むだろうか。

黙り込んだいずみを、徳下がちらりとうかがう。

「ポイントは、菊乃さんが一階に現れた点なのです」

ピンとこなかった。たしかに菊乃は初めエレベーターを三階で降り、次に小梢と鉢合わせたときも三階から乗ろうとしていたが。

「三階を使っていたのは、犯人が広場に潜んでいるかもしれないと考えたからですよね？」

大竹が移動したことをスカイラウンジの面々は知らなかった。犯人が近くにいるかもしれないとおびえるのはふつうの心理だ。

「徳下さん。わたし、テストって大嫌いなんです」

「これは失礼いたしました」

車はスムーズに進んだ。不思議なほど信号につかまらなかった。

「では何があったのか、わたくしの考えをお話しします。瀕死《ひんし》の浜屋さまをどうにか処置しようとしていた菊乃さんのもとに、べつの人物が現れたのです」

「べつの人物？」

「そう。大竹が白鳥広場のほうへ向かったことも、丹羽が二階のフロアを黒鳥広場へ進んでいることも承知していた人物です。応急処置の心得があり、止血用の布を手にしていた人間」

徳下が言葉をきった。リズムを整えるように。

「その人物に、こんなふうに怒鳴られたとしたらどうでしょう。『おい、何しているんだ！　ぜんぜん応急処置になっていないじゃないか！　あんた、彼女を殺す気かっ』」

心臓が縮みあがっても不思議じゃない。良かれと思ってしていたことを否定され、ショックを受けないはずがない。人命がかかった話ならばなおのことだ。

「やってきたのは何者だったのでしょうか。警察や救護班の突入はまだ先です。来場者の避難も大方終わっていた。防犯カメラに該当しそうな人物は映っていません。すると考えられるのはひとつです。その誰かは、第二防災センターの警備員が逃げたのと逆に、バックヤードを使って非常階段へやってきたのではないか」

防犯カメラがないルートを。

「そしてその人物は、重傷者を前におろおろする菊乃さんに思わず苛立《いらだ》ちをぶつけてしまった。何せ菊乃さんは素人です。彼はいいます。『ここはわたしが看《み》るから早く誰か呼んでこい』」

一階の犯人は白鳥広場のほうへ行った。もうひとりが二階から近づいているから気をつけろ――。

「おそらくその人物は、外に助けを呼びにいけというつもりで命じたのでしょう。けれど菊乃さんにとって、いちばん近くにいる誰かとは、スカイラウンジの面々でした」

外に出る近道の立体駐車場では来場者同士の事故が多発し、放置されたあちこちの車から防犯ブザーが鳴り響いている状態だった。

　そこで菊乃は黒鳥広場へ走った。一階のフロアを、エレベーターを目指し、必死に。自分のいたらなさを挽回《ばんかい》するために。浜屋の命を救うために。焦りもあっただろう。パニックにもなっただろう。その心中を想像し、胸が締めつけられる。

　徳下が淡々とつづけた。

「あの異常事態のなか、黒鳥広場のバックヤードに現れ得るのはどんな人物でしょう。たとえば犯人を追って、店舗に踏み入った人物ならば。倒れている被害者に商品だったシャツやセーターで応急処置をほどこし、その店のバックヤードに気づき、これを使えば先回りして犯人を捕まえられるのではないかと義務感にかられた人物ならば」

「――保坂さん」

　白髪の、いかめしい表情が頭に浮かんだ。威圧的な物言いが耳によみがえる。

「ちなみにですが『モルゲン』というアウトドアショップの店員は館内放送がかかったのを機にバックヤードから避難したそうです。そのとき彼は、その場にいた老人にいっしょに逃げるよう声をかけたそうです」

　保坂は逃げるより事態の確認を選んだが、バックヤードの存在は意識に刻まれた。

「だから、あの人をお茶会に誘ったんですか」

「初めからわかっていたわけではありません。まずは菊乃さんが亡くなった黒鳥広場付近で救助された人間を探し声をかけようと思っただけです。片岡さま、浜屋さま、保坂さま、それに古館さま。浜屋さまとは連絡がつかず、古館さまからは返事がありませんでした」

最後のお茶会で保坂は、二階のアパレルショップで保護されたと主張していた。だが、じつはそこからバックヤードを進んでいたのだ。これが彼のついた嘘だった。

「本人は認めたんですか」

「先日お会いし、おおむね合っていると伺いました。趣味の登山を通じて応急処置の心得があったそうです。事実、彼の処置のおかげでアパレルショップの女性と浜屋さまは助かった可能性が高い」

銃声におびえながら、それでも保坂は進んだ。バックヤードを走り丹羽を追い越し、黒鳥広場に着いて、非常階段に倒れている浜屋と菊乃を見つけた。

そして思わず怒鳴った。

「菊乃さんについて、彼はずっと頭を下げ、何度も『申しわけない』と繰り返しておられました」

イメージの中の保坂がゆらいだ。高圧的で尊大な態度がぼんやりかすみ、やがて残ったのは、勇敢で臆病《おくびょう》で、まちがいも犯す、ごくふつうの老人だった。

「秀樹氏に、保坂さまを責める意思はありません。もともと会合の目的も犯人捜しではなかった。見過ごせないほどに悪辣《あくらつ》な行いがあればべつですが、本心はそこではない。秀樹氏は、疑念を払拭《ふっしょく》したかっただけなのです。菊乃さんが自分勝手に逃げたせいで、スカイラウンジの人々が処刑されたのではないかという、疑いを」

そのためのお茶会だった。誰かを断罪し吊《つ》るし上げるためではなく、亡くなった母親への信頼を取り戻すための。

「生田さんは？　彼女をメンバーに選んだのはなぜですか」

「――彼と、おなじ理由です」

『彼』が双海を指しているのがわかった。

「どちらも、白鳥広場でご家族を失った」

「……え？」

双海はわかる。だが、生田も？

「これは独り言ですが――」と断ってから徳下は語った。「白鳥広場で最後に亡くなったご老人を憶えておいでですか。俵松太郎さんといいます。彼は認知症を患っており、あの日はご子息のお嫁さんが面倒をみていたそうです。事件が起こったとき、ふたりは二階エスカレーター㋔の辺りにいました。大竹から逃げるべく、彼女は白鳥広場のほうへお義父上《ちち》を引っ張っていきます。途中で丹羽が二階に上がってきて、今度はそれを避けるため一階へ。白鳥広場にたどり着き、けれどそこで、お義父上が動かなくなってしまった。噴水のへりに腰かけ、びくともしなくなったのです。理屈など通じません。状況を理解していたはずもない。そうこうしているうちに黒鳥広場のほうから人がやってくる。これは小田嶋さまと佳代さんでしたが、銃声が聞こえていた以上、彼女にとっては犯人と区別などつきません。ついに耐えきれず、お義父上を残し二階へ避難した」

徳下が息を吐く。

「亡くなった松太郎さんはあの日、老眼鏡を新調するためスワンを訪れていたそうです」

犯人が悪い——ではいけないの？

生田を名乗っていた女性の問いかけが思い出された。

被害者遺族となった彼女は警察の状況説明などのさい、おなじ白鳥広場で亡くなった佳代さんの名を耳にする機会があった。双海はそれを察し、生田の素性に当たりをつけていたのだろう。

「菊乃さんが亡くなった黒鳥広場。そして小田嶋さまがたどり着いた白鳥広場。ふたつの広場に関わる人間を選んで会合にお誘いしたのです。わたくしは——」徳下の声が重たくなった。「彼や彼女たちの話を聞いてみたかった。いえ、もっと偉そうに、彼らを救いたいとすら思っていたのです。心に残ったわだかまりを口に出してもらい、あるいは他人の話を聞くことで、この理不尽な悲劇に区切りをつけるお手伝いができないかと。あなたたちがこの理不尽な悲劇を、乗り越えるお手伝いを」

いったん、言葉をきって。

「——当事者にしかわからない。外の人間には解決できない。何をどうしたところで、取り返しようがない。それはそのとおりかもしれません。あきらめてのみ込むくらいしか、やりようはないのかもしれない。けれどわたくしは口惜《くや》しかった。悲劇の法則に、ほんの少しでも抗《あらが》いたかった」

「それはやっぱり」思うまま、いずみは吐き出す。「だいぶ、偉そうです」

ため息のような苦笑が聞こえた。「返す言葉もありません。わたくしは何ひとつみなさまの力になれず、それどころか新たな悲劇のきっかけをつくってしまった」

「でも機会をくれた」

意外そうに丸めた目がバックミラーに映った。照れくさくなり、いずみは窓へ視線を投げる。

生田も保坂も、お茶会に参加しつづけた。義務などないのに。自分の負い目が暴かれるかもしれないのに。それでも参加した。お金のためとは思えない。おびえだけでもない気がする。片がつかないじゃないか。そう嘆いたのは双海だった。悲劇には落とし前をつけなきゃいけないと、つぶやいたのは鮎川だった。

そしていずみもまた、この悲劇にケリをつける道を歩んでいる。

「最後に聞かせてください。徳下さんが想像している、スカイラウンジであったほんとうのことを」

「何も」

徳下はいいきった。

「何もありません。あなたと、古館さんの証言のとおりです」

いずみは、黙ってその言葉を受け止めた。窓の外を、鮨詰《すしづ》めになった同じような形の家々が過ぎてゆく。

道の向こうで、湖名川シティガーデン・スワンが闇に沈んでいた。

「知ってます」

「もうすぐです」

徳下を通じて伝えた無茶な願いを、秀樹は叶《かな》えてくれた。

とっくに営業が終了し、館内清掃も終わった時刻。明かりの落ちた本館の白鳥広場に、いずみと徳下は立っていた。およそ半年前、二十人を超える死者をだした場所はすでに営業を再開し、ささやかな慰霊碑だけが当時を偲《しの》んでいる。こうして事件は過去になってゆく。それは良いとも悪いともいえない現実なのだろうといずみは思う。

「もし」と徳下がいう。「相談事があればまた、お申しつけください。お話を聞くだけでも、飛んでいきます」

「大丈夫です」といずみは答える。「話を聞いてくれるだけなら、ちゃんとカウンセラーの先生がいるから」

水槽と沈黙。なぜか心地よいあの空間。乱暴な本音をぶつけても、水槽と沈黙は変わらずそこにあってくれる。北代はそこにいてくれる。

ガラス張りの天井を見上げる。高く高く、夜は空へのびていた。ここはまるで、暗い湖の底みたい。

「オデットは――」ひとりぼっちの気分で、声がこぼれた。

「オデットは、月の光の下でだけ、ほんとうの姿に戻るんです。白鳥の姿から美しく可《か》憐《れん》な姫に。じゃあ、オディールはどうなんでしょう。月の下の黒鳥も、ほんとうの姿になるんでしょうか」

だとしたら、それはどんな姿なのだろう。

徳下は答えなかった。いずみも望んでいなかった。そもそも黒鳥はそういう設定じゃないし、だからこれは、気まぐれな妄想だ。

「そうそう」徳下が人差し指を立てた。「伝え忘れるところでした。頼まれていた調査の件です。山路さんご一家は現在、親戚《しんせき》がお住まいの土地でちゃんと生活されているとのことです」

そうか。よかった。会ったこともない他人。その彼の幸福を願える自分が、少しだけ誇らしい。

脱いだコートを徳下にあずける。持ってきたトウシューズを履く。足首にリボンをしばる。

腕時計を見ながら、徳下がとぼけた声でいう。

「三十分以内でお願いしたいのです」

「ええ。ありがとう。徳下さん」

徳下が大きく目を丸めた。たんなるお礼にそこまでびっくりしなくてもいいじゃない。妙に可笑しかった。

屈伸をする。身体の節々をのばす。外気で冷えた筋肉が熱を帯びるのがわかる。

白鳥の泉――オデットの泉を背にして立つ。右足に体重をかけ、左足をのばす。右手をななめ上へ、左手をななめ下へ。ふっと一瞬、すべてが動きをなくす。静寂が固まる。

息を吸う。頭の中に、音楽をかける。チャイコフスキー作曲『黒鳥のパ《パ》・ド・ドゥ』。

踏み出す。ステップを、優雅な動きで。腕、足、背中、首、表情。すべてが合わさってひとつの形になり、できあがった形はゆるやかに流れ、次の形へ。

徳下を残し、いずみは進んだ。両腕を羽ばたかせながらステップを踏んだ。タイルのフロアはまっすぐに、ずっとずっとまっすぐに、奥へつづいていた。あり得ないステージがここにある。前へ進むためだけに存在するステージが。

徐々に速度が上がる。前進するストライドが大きくなる。そんなつもりはないのに、そんな振り付けでもないのに、止められない。わたしはやっぱり、黒鳥オディールに向いていない性格だ。

――あの子なら、黒鳥の妖《あや》しさもエロスも表現できるんだろうな。

とくにいまなら。右目を失った少女の黒鳥オディールを、不謹慎ではあるけれど、心から観てみたい。悔しいけれど、きっと素晴らしいんだろうって、そう思う。

暗がりのフードコートを横目に、ジャンプする。ジュテ。振り付けは、いよいよ適当に。頭の中を流れる曲に合わせてはいるけど、完全に創作だ。身体を止めたくなかった。前へ前へ進みつづけたかった。正しさを重んじるクラシックバレエの精神なんかくそくらえだ！

パドゥブレ、パドゥブレ。

こんな高速で？　その雑さに笑える。

ピルエット。

いきおいよく回転する。回転する、回転する。

――この先、わたしは黒を白に塗り替える。書き替える。

その前に、最後にもう一度だけ、あの記憶をなぞろう。悲劇の喪に服すため。

アティチュードターンをダブルで。

次は、子どもを撃つよ――。背中から聞こえる丹羽の声。わたしは反射的に視線を下げた。その先に、こちらを見上げる小梢の顔。

ドン。

息ができなかった。言葉につまった。両手と両膝で四つん這《ば》いになっていた、幸雄くんの後頭部が弾けていた。

あっ、あっ、あっ……と、小梢があえいだ。あえぎながら、うつ伏せに倒れた幸雄くんの両肩に手をかけた。彼はピクリとも動かなかった。小梢が、恐怖と怒りがせめぎ合う瞳で丹羽を見上げた。

銃口が、小梢に向いた。ドンと鳴った。頭が、のけ反った。小梢に両肩を抱きかかえられた幸雄くんの眉間に穴があいた。

ほらね！　丹羽がはしゃいだ。やっぱりこいつは悪だったんだ！　と、小梢を指さして。

小梢は、目の前の出来事が、自分の行動が、信じられないという顔をしていた。銃口を向けられ、とっさに幸雄くんを持ち上げ盾にしてしまった彼女は、幸雄くんの死体を呆然《ぼうぜん》と見つめていた。目を見開いて、まばたきもせずに。

アラベスク・プリエ。

丹羽が叫んだ。がっかりだ。がっかりだよっ。君はそうじゃないと思ってたのに！　君は、と彼は小梢を嗤《わら》う。

でも君もおんなじだった！　自分が助かるために他人を差し出すくそ野郎だった！　ぼくが自分の楽しみのためにたくさん人を殺したのと、少しも変わりはしなかった。でもそう、それは君だけじゃない。みんな自分の都合で、機会と能力と必要さえあるならば、殺すんだ。他人なんて、虫けらみたいに踏みにじるんだ。そう。それが正しい世界のあり方なんだ。恥じることはないよ、君。君は正しい。一ミリの疑いもなく、正しい。

シャッセ。

あっはっは！

いやあ、楽しかった。満足さ。ありがとう。真実を見せてくれてありがとう。これでぼくの物語はおしまいだ。

わたしの耳もとでささやきが聞こえる――この世界が不実ゆえ、我は喪に服す。

彼の手から日本刀が落ちた。新しい拳銃を取り出した。

ねえ、いずみ――彼はわたしを名前で呼ぶ。

がんばりなよ。負けちゃ駄目だよ、逃げちゃ駄目だよ。ちゃんと生きて、ちゃんと幸せになるんだよ。

ドン。

丹羽が倒れ、つられるようにわたしも膝を崩した。拳銃が床に落ちていた。わたしと小梢のあいだに、弾が一発残った拳銃が。

ピケ・アン・ドゥダン。

それを、小梢が、引っつかむ。彼女はわたしを見た。わたしも彼女を見ていた。彼女の膝で、幸雄くんが息絶えていた。

にぎった拳銃を、小梢は自分の眉間《みけん》に当てた。幸雄くんにあいた穴と、おなじ場所に。

次の瞬間、わたしは彼女の手を払った。ドンという銃声とともに、小梢の右目が吹っ飛んだ。弾はこめかみをななめに抜けた。

……救おう。と、思った自信はない。憶えているのは恐怖だ。このままひとりにしないでくれという恐怖。この状況を、わたしだけに背負わせないで。許さない。死ぬなんて許さない……。

身勝手な願い。あれは殺し合いだった。少なくともわたしは、生かすことで彼女を地獄にとどめようとした。

シェネ。

丹羽は小梢を悪と呼んだ。ほんとうにそうだろうか？　自分を守るために子どもを盾にするなんて、たしかに悪魔じみた所業かもしれない。高慢で嫉妬深く、執念深いサディスト。それはわたしも知っている。

けど、ちがう。そんな単純な話じゃない。

おそらくすべてはとっさに、ほんの出来心で、事故のように、行われた。保坂が丹羽を追ったように。菊乃を怒鳴ってしまったように。菊乃が、嫌っていたはずの浜屋の救出に危険をかえりみず向かったように、小梢は「助けてっ！」というわたしの叫びを聞いて、混乱のスワンへ踏み入った。ひとりぼっちの幸雄くんを見かけ、ほっておけずに、手を取った。そんな彼女を、たかだか死体で身を守ろうとしたくらいで悪と断じることが、いったい誰にできるんだろう。

フェッテ。汗と羽を、舞い散らせ。

わたしたちはあの日スワンで、あの一時間を、瞬間瞬間、決断と行動を繰り返しながら過ごした。首尾一貫とはほど遠く、善も悪もいっしょくたになったその混沌《こんとん》は、あるとき他人を助けようとし、次の場面では保身に走り、まちがいを犯したりもした。

わたしたちは白鳥であり、黒鳥だった。そのグラデーションの、どの色が選ばれるかは、本人にだってわからなかった。

ワルツステップ。軽やかに、のびやかに。

説明のしようがない感情の動き、迷いながらの決断、無意識の行動。けれど外の人間が求める答えは、白か黒だ。ようするにどっち？　悲劇の白鳥？　悪意の黒鳥？　あなた、どっちなの？

だから、わたしは白鳥になる。ほんとうを伝えることが、あまりにもむずかしすぎるから。いじめられるのも、お母さんが嗤われるのも嫌だから。バレエすら、許してもらえなくなるから。

だから羽を、まるごと白に塗り替えよう。しょせん真実なんてものが誰かを楽しませる物語でしかないのなら、せめてわたしたちはわたしたち自身のために演じることが許される。この世界への信頼を、つなぎとめておくために。

カブリオール。ありったけの力で、高く。

メッセージは受け取っていた。五月の告発記事に込められた小梢の想い。自分の罪が暴かれることへの恐れ。暴かれないままでいることへの恐れ。そしてわたしに対する問いかけ。どうする気？　スカイラウンジの真実を、どうするつもり？

トンベ・パドゥブレ・グリッサード。流れるように、連ねて。

体力は尽きかけていた。もはや振り付けも何もなく、ただただステップじみた足どりで走っているだけだった。悲鳴をあげる筋肉を無視して、なりふりかまわずジャンプする。

グラン・ジュテ。どこまでも、遠くへ。

たどり着く、黒鳥広場。オディールの泉の前で、倒れかけるのを必死にこらえる。視界がチカチカし、溺《おぼ》れるように天を仰ぐ。

ガラス張りの天井の向こうに真っ黒な空が広がっている。わたしはそのキャンバスに、大きな丸い月を探す。

ポケットに入れたICレコーダー。それを取り出し、息を整え、口もとに当てる。

「丹羽は、あなたの次に幸雄くんを二発撃って、最後の弾で自殺した」

録音をストップし、深呼吸をひとつつく。この訂正の意味を、あの子ならきっとわかるはず。あなたは幸雄くんを盾になんてしていない。

小梢。わたしの返事はここにある。お茶会で録音した音声を、鮎川に託しあなたへ届ける。みんなが真剣に議論を交わしているから、保坂の叱責《しっせき》や小田嶋の動揺が、生田のしれっとしたごまかしや徳下の追及があるからこそ、ちゃんとあなたに伝わるはずだ。

これがわたしの、本気の「シナリオ」なんだって。

わたしは、あなたの罪を塗り直す。あの場所で起こった出来事、醜い諍《いさか》い。傍観者として生き残ってしまった自分の負い目も、あなたを救った身勝手さえも、ぜんぶきれいに書き替える。

主人公たちが理不尽な悲劇を乗り越える、とてもわかりやすい「物語」に。

世間の関心が高いうちに幕を上げよう。小梢を取材した週刊誌の記者に声をかけるか、徳下に頼ってメディアを探すか。雑誌よりテレビのインタビューがいい。欲をいえば記者会見を開きたい。さすがに大げさな気もするけど、双海に襲われた事件の熱が残っているうちならチャンスはありそうだ。沈黙を貫いてきた疑惑の被害者が真実を語りはじめるという「場面」、カメラのフラッシュという「演出」。こちらを見つめる「観客」。世間が納得しやすい物語の、その登場人物となることで、わたしたちは乗り越える。ふたりが振り付けを合わせれば、きっとできる。

——わかってる。まやかしだ。乗り越えられるはずがない。吐き気がするような暴力、いくつもの死。忘れる魔法があるなら教えてほしい。自分にできたはずの行動、してはいけなかった行動。救えたかもしれない命、救いようがなかったという実感。あなたは悪くない——そんな慰めの言葉すら呪いたくなる衝動を、飼いならすなんて不可能だ。なぜ、わたしが？　怒鳴ろうが嘆こうが答えは返ってこない。反省は無意味で、後悔は傲慢《ごうまん》だ。世界は気まぐれな悪意に満ちている。ひたすら身体を丸め、部屋に閉じこもっているほうが、いくらか安全にちがいない。

顔色をうかがい、びくびくふるえながら？　残酷だったね、運が悪かったね、残念でした、はい、おしまい——ってな感じ？　はっ。笑わせるな。

乗り越えられるとは思わない。もう取り返しはつかないし、抱えていくしかないんだろう。だけど馬鹿げてる。あきらめるなんて、馬鹿げてる。たかがこの程度の悲劇。こんなふざけた理由で踊れなくなるなんて、まっぴらごめんだ。

あなただってそうでしょ？　負けず嫌いで意地っ張り。わたしとおんなじ種類の人間。二十センチ高くなった世界の景色に、大いにはしゃいだ者同士。

忘れない。あなたにいじめられたこと。勝手な対抗意識、わがままな呼び出し。あなたがスカイラウンジまで、わたしを助けにきてくれたこと。あの一瞬。あなたと見つめ合ったひと時。あなたの右目が最後に映したわたしの姿。貯水池のデッキで踊るはずだったあなたのオディールを、いつか見たいと思うから、わたしは病院の屋上で、あなたを想って踊った。黒鳥と対になる白鳥を。あなたがブラボーと評してくれた、あのオデットを。

目をつむり、白い羽をまとった未来を思い浮かべる。わたしは「観客」の前でたどたどしく、けれどしっかりと口にする。このひと月で頭にたたき込んだ死者たちの名前。彼らが被害に遭った場所とともに。ひとりひとり順番に、漏らすことなく、悼むのだ。そのときわたしは、泣くだろう。半分は「お芝居」かもしれない。そしてもう半分の感情は、きっと永遠に、誰にも説明できないたぐいのものだ。たとえばわたしは記者会見の席にのぞんでなお、ぜったいに謝らない。それだけは口にしないと決めている。どれほど求められても、楽になれるのだとしても、ぜったいに。

できないし、したくない。しちゃいけない。でもその理由を説明する、確かな言葉を、わたしはまだもっていない。

だからこの気持ちは、わたしたちの罪といっしょに、なくしてしまわないように、今夜心の湖に、そっと沈めておこうと思う。

レコーダーの録音ボタンを押す。遠い夜空を見上げ、呼びかける。大嫌いなあなたに贈る締めくくりのメッセージ。ふたりきりのカーテンコール。

「踊ろう、小梢。いつかいっしょに、『白鳥の湖』を」

スワンでやるのもいいかもしれない。貯水池にステージを組むのもありだ。とても素敵な「物語」。力を合わせ、悲劇を打ち負かしたヒロインたちのストーリー。

残る問題は、どちらがオディールを踊るか、だ。

ささやかな笑みはすぐに消え、何もかもが静まった。目を閉じるとどこからか、水面を打つ羽ばたきが聞こえた。その響きは力強く、澄んでいて、ほんの少し、おののいている。

解説

瀧《たき》井《い》朝《あさ》世《よ》

埼玉県のベッドタウンにある国内最大級のショッピングモール、湖名川《こながわ》シティガーデン・スワン。この施設で四月八日の日曜日の午前十一時、惨劇が起きる。男二人が日本刀や3Dプリンタで作製した大量の銃を携えて施設の両側から侵入、約一時間にわたって動画を撮影しながら殺戮《さつりく》に及んだあげく自害したのだ。死者二十一名、重軽傷者十七名。映像は当日、複数の動画サイトに投稿された。その顚末《てんまつ》が七十ページ近くにわたり複数の視点から克明に記されていくが、これはプロローグだ。

呉勝浩《ごかつひろ》の九作目となる本作『スワン』は二〇一九年に単行本が刊行され、翌年第四十一回吉川英治文学新人賞、第七十三回日本推理作家協会賞（長編および連作短編集部門）を受賞した。また、著者にとって初となる直木賞ノミネートも果たしている。

中学生時代に映画の面白さに目覚め、大学では映像学科に進んだ著者だけに、小説の創作でも映画からインスピレーションを得ることは多いようだ。単行本刊行時に何度かインタビューする機会があったが、その際、本作の外郭を作ったのはドゥニ・ヴィルヌーヴ監督の『静かなる叫び』（二〇〇九年）とケネス・ロナーガン監督の『マンチェスター・バイ・ザ・シー』（二〇一六年）だったと語ってくれた。

『静かなる叫び』は一九八九年にカナダのモントリオール理工科大学で実際に起きた銃乱射事件を題材とし、事件当日の犯人の青年や被害に遭う複数の学生たちの様子をじっくり追っていく作品だ。生き残った学生のその後も少しだけ描かれるが、これが突き刺さる。

『マンチェスター・バイ・ザ・シー』は主演のケイシー・アフレックがゴールデングローブ賞やアカデミー賞で主演男優賞を受賞した話題作のため、観た人も多いだろう。ボストン郊外で便利屋を営むリー・チャンドラーが兄の危篤の知らせを受けて故郷のマンチェスター・バイ・ザ・シーに向かうが間に合わず、さらに兄が遺言で高校生の甥《おい》、パトリックの後見人に自分を指名していると知る。パトリックと一緒に暮らすために故郷に戻らなければならなくなるリーだが、彼にとってこの町には辛い記憶があるのだった。

無差別殺人を扱った『静かなる叫び』は分かりやすいが、『マンチェスター～』がなぜヒントになったのか。この二作が共通して〝悲劇のその後〟を描いていると考えれば理解できるだろう。『スワン』も無差別殺人そのものではなく、事件当事者の〝その後〟を描いた物語なのだ。

思えばデビュー作『道徳の時間』や『スワン』の次に発表した『おれたちの歌をうたえ』など、著者のいくつかの作品は悲惨な事件のその後を扱っている（ネタバレになるものもあるので詳しくは書かない）。理不尽な出来事に直面した人々がその後どう生きるのかは、著者にとって大きなテーマなのかもしれない。それはサバイバーズ・ギルト（災害や事故で生き残った人々が抱く罪悪感）の問題だけに留《とど》まらない。

そのテーマ性は事件の後日に開かれる奇妙なお茶会の様子から明らかになっていく。大手企業の取締役社長の母で、事件で命を落とした吉村菊乃《よしむらきくの》の死の真相を知るために開かれたこの集まりに呼ばれたのは五人の男女。視点人物となるのは女子高校生の片岡《かたおか》いずみだ。彼女はスワン内のスカイラウンジで犯人が九人を射殺後自害した現場に居合わせており、他の被害者を見殺しにしたと世間から誹謗《ひぼう》中傷を浴びている。まだ16歳の少女に対して非常に過酷な仕打ちであるが、いずみは非常に冷静だ。事件について詳細に調べる彼女は懸命に現実、そして自分の苦痛と闘っているように見える。だが二一四ページ二行目の彼女の心のつぶやきに、読者はぎょっとさせられる。いずみが抱える秘密は何か。そう、本作は犯人捜しのような分かりやすいミステリではない。

本作ではいくつもの理不尽が描かれる。まずは何よりも、大量無差別殺人。犯人たちの動機は短絡的であり、スワンにいた人々の大半は彼らとは無関係だ。因果関係があればよいわけではないが、理由もなく突然ここまでの恐怖にさらされることがあっていいのか。事件後、いずみが教師の鮎川《あゆかわ》にバレエ『白鳥の湖』のチャイコフスキーのオリジナル版と改変されたプティパ版について語る場面が象徴的で、事件に対する思いもうかがえる。

「でもチャイコフスキー版のほうがマシだと思うところもあります。（中略）悪意に筋道がついている感じです。それがプティパ版ではぞんざいになる。王子やオデットに向けられる魔女の悪意に理由はなくて、ただそのようにあるとしか思えないほど理不尽なんです」

次に、マスコミや世間の苛烈《かれつ》な反応。昨今のSNS社会だからこその現象だろう。初めは事件の犯人たちが責められ、次に警察の対応がやり玉にあげられ、その次に警備員たちが批判され、そして、いずみも標的となる。しかし彼女に何ができたというのだろうか。緊急事態において、人は冷静に行動できるだろうか。冷静に行動したとして、それが正解だといえるのか。不測の事態が起きた時に下した決断が正解だったのか誤りだったのかは、結果が出なければ分からない。もしいずみが違う行動をとっていたとしても、それが理想的な結果になったとは限らないのだ。しかし無関係な人間は事後に、あたかも自分だったら〝正解〟の行動がとれたかのように人を断罪する。苦しいのは、どうしても被害者である当人も、自分を責めてしまう点だ。いずみも語っている。

「（略）あのときなかった選択肢が、まるであったかのように思えてくるんです。どうしてその選択肢を、正解を、わたしは選べなかったんだろうって」

事件とは直接関係のないところで個人的に刺さったのは、いずみが鮎川から、劣等感から彼女をいじめていた古館小梢《ふるたちこずえ》が克服して前に進んでいる、と言われた時の思いだ。〈待ってよ、と思った。適当な美談にしないでくれ、と。彼女のせいでわたしが受けた

屈辱や孤独や、痛み。それを勝手に、彼女が成長するための、小石程度のハードルに置き換えないで〉

その心の叫びは痛いほどよく分かる。いじめ事件ではよく、このように周囲の人間がいじめられた側に理解を求めるケースがある。都合のよい物語を仕立て上げて被害者に押し付ける残酷さは、スワンの事件での世間の反応にも通じている。

では、物語を作ることは罪なのか。本書はそこにも踏み込んでいく。〈どんな方法を使っても、ほんとうを正しく伝えるなんて不可能で、だからわたしたちはこの先、とてもわかりやすく黒と白に塗られた世界で生きていくほかないのだ〉と考えるいずみは、やがてある決断を下す。それは諦《あきら》めではなく、〈世界への信頼が回復〉するための手段だ。想像を絶する苦しみの中にいるのに、彼女はまだ、世界を、自分の人生を諦めていない。

この先いずみはどのような人生を辿《たど》るのか。実は『静かなる叫び』も『マンチェスター・バイ・ザ・シー』も、悲劇を完全に乗り越える話ではない。きっと彼女も一生心の傷を抱えていくだろう。だがいずみは、世界を、自分の人生への信頼を諦めていない。それこそが本作の重要なテーマであり、希望である――と思うのだが、著者は執筆開始時にそこまで意図していなかったようだ。

呉勝浩は事前にプロットを作るタイプの作家ではない。それを承知してもなおインタビューで度肝を抜かれたのは、第一回のお茶会でのいずみの「スワンにいませんでした」という台詞は、その場面になるまで考えていなかったという話。つまり、その先の展開もノープランだったのだ。だからこそ登場人物たちの言動が予定調和的でないのだと納得するが、それであの胸打つ終盤にまで持っていく筆力に感服してしまう。それはこの物語を無理に悲劇を乗り越える美談に仕立て上げようとせず、誠実にいずみという少女と向き合ったからこそ、たどり着いた結末なのだろう。こういう希望のあり方を書いてくれる作家がいるという事実は、少しだけ、〈世界への信頼の回復〉へと繋《つな》がっている。

本作を、榊原大祐さんに。

本書は、二〇一九年十月に小社より刊行された
単行本を加筆修正のうえ、文庫化したものです。

スワン

呉《ご》 勝浩《かつひろ》

令和4年 7月25日　初版発行
令和5年 5月15日　7版発行

発行者●山下直久

発行●株式会社KADOKAWA
〒102-8177　東京都千代田区富士見2-13-3
電話　0570-002-301（ナビダイヤル）

角川文庫 23255

印刷所●株式会社KADOKAWA
製本所●株式会社KADOKAWA

表紙画●和田三造

ISBN 978-4-04-112757-5　C0193

◆◇◇

角川文庫発刊に際して

角　川　源　義

第二次世界大戦の敗北は、軍事力の敗北であった以上に、私たちの若い文化力の敗退であった。私たちの文化が戦争に対して如何に無力であり、単なるあだ花に過ぎなかったかを、私たちは身を以て体験し痛感した。西洋近代文化の摂取にとって、明治以後八十年の歳月は決して短かすぎたとは言えない。にもかかわらず、近代文化の伝統を確立し、自由な批判と柔軟な良識に富む文化層として自らを形成することに私たちは失敗して来た。そしてこれは、各層への文化の普及滲透を任務とする出版人の責任でもあった。

一九四五年以来、私たちは再び振出しに戻り、第一歩から踏み出すことを余儀なくされた。これは大きな不幸ではあるが、反面、これまでの混沌・未熟・歪曲の中にあった我が国の文化に秩序と確たる基礎を齎らすためには絶好の機会でもある。角川書店は、このような祖国の文化的危機にあたり、微力をも顧みず再建の礎石たるべき抱負と決意とをもって出発したが、ここに創立以来の念願を果すべく角川文庫を発刊する。これまで刊行されたあらゆる全集叢書文庫類の長所と短所とを検討し、古今東西の不朽の典籍を、良心的編集のもとに、廉価に、そして書架にふさわしい美本として、多くのひとびとに提供しようとする。しかし私たちは徒らに百科全書的な知識のジレッタントを作ることを目的とせず、あくまで祖国の文化に秩序と再建への道を示し、この文庫を角川書店の栄ある事業として、今後永久に継続発展せしめ、学芸と教養との殿堂として大成せんことを期したい。多くの読書子の愛情ある忠言と支持とによって、この希望と抱負とを完遂せしめられんことを願う。

一九四九年五月三日

角川文庫ベストセラー

ライオン・ブルー　呉　勝浩

田舎町の交番に異動した耀司は、失踪した同期・長原の行方を探っていく。やがて町のゴミ屋敷から出火し、家主・毛利の遺体が見つかる。耀司は長原が失踪直前に毛利宅に巡回していたことを摑むが……。

罪の余白　芦沢　央

高校のベランダから転落した加奈の死を、父親の安藤は受け止められずにいた。娘はなぜ死んだのか。自分を責める日々を送る安藤の前に現れた、加奈のクラスメートの協力で、娘の悩みを知った安藤は。

悪いものが、来ませんように　芦沢　央

助産院に勤めながら、不妊と夫の浮気に悩む紗英。育児に悩み社会となじめずにいる奈津子。2人の異常な密着が恐ろしい事件を呼ぶ。もう一度読み返したくなる心理サスペンス！

いつかの人質　芦沢　央

幼いころ誘拐事件に巻きこまれて失明した少女。12年後、彼女は再び何者かに連れ去られる。少女はなぜ、二度も誘拐されたのか？　急展開、圧巻のラスト35P！　注目作家のサスペンス・ミステリ。

バック・ステージ　芦沢　央

もうすぐ始まる人気演出家の舞台。その周辺で次々起きる4つの事件が、二人の男女のおかしな行動によって思わぬ方向に進んでいく……一気読み必至、大注目作家の新境地。驚愕痛快ミステリ、開幕！

角川文庫ベストセラー

最後の記憶　綾辻行人

脳の病を患い、ほとんどすべての記憶を失いつつある母・千鶴。彼女に残されたのは、幼い頃に経験したというすさまじい恐怖の記憶だけだった。死に瀕した彼女を今なお苦しめる、「最後の記憶」の正体とは？

眼球綺譚　綾辻行人

大学の後輩から郵便が届いた。「読んでください。夜中に、一人で」という手紙とともに、その中にはある地方都市での奇怪な事件を題材にした小説の原稿がおさめられていて……珠玉のホラー短編集。

フリークス　綾辻行人

狂気の科学者J・Mは、五人の子供に人体改造を施し、〝怪物〟と呼んで責め苛む。ある日彼は惨殺体となって発見されたが!?――本格ミステリと恐怖、そして異形への真摯な愛が生みだした三つの物語。

殺人鬼　――覚醒篇　綾辻行人

90年代のある夏、双葉山に集った〈TCメンバーズ〉の一行は、突如出現した殺人鬼により、一人、また一人と惨殺されてゆく……いつ果てるとも知れない地獄の饗宴。その奥底に仕込まれた驚愕の仕掛けとは？

殺人鬼　――逆襲篇　綾辻行人

伝説の『殺人鬼』ふたたび！　……蘇った殺戮の化身は山を降り、麓の街へ。いっそう凄惨さを増した地獄の饗宴にただ一人立ち向かうのは、ある「能力」を持った少年・真実哉！　……はたして対決の行方は?!

角川文庫ベストセラー

Another (上)(下)　綾辻行人

1998年春、夜見山北中学に転校してきた榊原恒一は、何かに怯えているようなクラスの空気に違和感を覚える。そして起こり始める、恐るべき死の連鎖！名手・綾辻行人の新たな代表作となった本格ホラー。

霧越邸殺人事件〈完全改訂版〉(上)(下)　綾辻行人

信州の山中に建つ謎の洋館「霧越邸」。訪れた劇団「暗色天幕」の一行を迎える怪しい住人たち。邸内で発生する不可思議な現象の数々…。閉ざされた〝吹雪の山荘〟でやがて、美しき連続殺人劇の幕が上がる！

深泥丘奇談《みどろがおかきだん》　綾辻行人

ミステリ作家の「私」が住む〝もうひとつの京都〟。その裏側に潜む秘密めいたものたち。古い病室の壁に、長びく雨の日に、送り火の夜に……魅惑的な怪異の数々が日常を侵蝕し、見慣れた風景を一変させる。

深泥丘奇談《みどろがおかきだん》・続《ぞく》　綾辻行人

激しい眩暈が古都に蠢くモノたちとの邂逅へ作家を誘う。廃神社に響く〝鈴〟、閏年に狂い咲く〝桜〟、神社で起きた〝死体切断事件〟。ミステリ作家の「私」が遭遇する怪異は、読む者の現実を揺さぶる——。

Another エピソードS　綾辻行人

一九九八年、夏休み。両親とともに別荘へやってきた見崎鳴が遭遇したのは、死の前後の記憶を失い、みずからの死体を探す青年の幽霊、だった。謎めいた屋敷を舞台に、幽霊と鳴の、秘密の冒険が始まる——。

角川文庫ベストセラー

暗い宿　有栖川有栖

廃業が決まった取り壊し直前の民宿、南の島の極楽めいたリゾートホテル、冬の温泉旅館、都心のシティホテル……様々な宿で起こる難事件に、おなじみ火村・有栖川コンビが挑む！

壁抜け男の謎　有栖川有栖

犯人当て小説から近未来小説、敬愛する作家へのオマージュから本格パズラー、そして官能的な物語まで。有栖川有栖の魅力を余すところなく満載した傑作短編集。

赤い月、廃駅の上に　有栖川有栖

廃線跡、捨てられた駅舎。赤い月の夜、異形のモノたちが動き出す――。鉄道は、私たちを目的地に運ぶだけでなく、異界を垣間見せ、連れ去っていく。震えるほど恐ろしく、時にじんわり心に沁みる著者初の怪談集！

小説乃湯　お風呂小説アンソロジー　有栖川有栖

古今東西、お風呂や温泉にまつわる傑作短編を集めました。一入浴につき一話分。お風呂のお供にぜひどうぞ。熱読しすぎて湯あたり注意！　お風呂小説のすばらしさについて熱く語る!?　編者特別あとがきつき。

幻坂　有栖川有栖

坂の傍らに咲く山茶花の花に、死んだ幼なじみを偲ぶ「清水坂」。自らの嫉妬のために、恋人を死に追いやってしまった男の苦悩が哀切な「愛染坂」。大坂で頓死した芭蕉の最期を描く「枯野」など抒情豊かな9篇。

角川文庫ベストセラー

怪しい店　有栖川有栖

誰にも言えない悩みをただ聴いてくれる不思議なお店〈みみや〉。その女性店主が殺された。臨床犯罪学者・火村英生と推理作家・有栖川有栖が謎に挑む表題作「怪しい店」ほか、お店が舞台の本格ミステリ作品集。

狩人の悪夢　有栖川有栖

ミステリ作家の有栖川有栖は、今をときめくホラー作家、白布施と対談することに。「眠ると必ず悪夢を見る」という部屋のある、白布施の家に行くことになったアリスだが、殺人事件に巻き込まれてしまい……。

濱地健三郎の霊《くしび》なる事件簿　有栖川有栖

心霊探偵・濱地健三郎には鋭い推理力と幽霊を視る能力がある。事件の被疑者が同じ時刻に違う場所にいた謎、ホラー作家のもとを訪れる幽霊の謎、突然態度が豹変した恋人の謎……ミステリと怪異の驚異の融合！

軌跡　今野　敏

目黒の商店街付近で起きた難解な殺人事件に、大島刑事と湯島刑事、そして心理調査官の島崎が挑む。(「老婆心」より) 警察小説からアクション小説まで、文庫未収録作を厳選したオリジナル短編集。

熱波　今野　敏

内閣情報調査室の磯貝竜一は、米軍基地の全面撤去を前提にした都市計画が進む沖縄を訪れた。だがある日、磯貝は台湾マフィアに拉致されそうになる。政府と米軍をも巻き込む事態の行く末は？　長篇小説。

角川文庫ベストセラー

鬼龍
今野 敏

鬼道衆の末裔として、秘密裏に依頼された「亡者祓い」を請け負う鬼龍浩一。企業で起きた不可解な事件の解決に乗り出すが……恐るべき敵の正体は？ 長篇エンターテインメント。

陰陽
鬼龍光一シリーズ
今野 敏

若い女性が都内各所で襲われ惨殺される事件が連続して発生。警視庁生活安全部の富野は、殺害現場で謎の男・鬼龍光一と出会う。祓師だという鬼龍に不審を抱く富野。だが、事件は常識では測れないものだった。

憑物
鬼龍光一シリーズ
今野 敏

渋谷のクラブで、15人の男女が互いに殺し合う異常な事件が起きた。さらに、同様の事件が続発するが、その現場には必ず六芒星のマークが残されていた……警視庁の富野と祓師の鬼龍が再び事件に挑む。

豹変
鬼龍光一シリーズ
今野 敏

世田谷の中学校で、3年生の佐田が同級生の石村を刺す事件が起きた。だが、取り調べで佐田は何かに取り憑かれたような言動をして警察署から忽然と消えてしまった――。異色コンビが活躍する長篇警察小説。

殺人ライセンス
今野 敏

高校生が遭遇したオンラインゲーム「殺人ライセンス」。ゲームと同様の事件が現実でも起こった。被害者の名前も同じであり、高校生のキュウは、同級生の父で探偵の男とともに、事件を調べはじめる――。

角川文庫ベストセラー

おそろし　三島屋変調百物語事始　宮部みゆき

17歳のおちかは、実家で起きたある事件をきっかけに心を閉ざした。今は江戸で袋物屋・三島屋を営む叔父夫婦の元で暮らしている。三島屋を訪れる人々の不思議話が、おちかの心を溶かし始める。百物語、開幕！

あんじゅう　三島屋変調百物語事続　宮部みゆき

ある日おちかは、空き屋敷にまつわる不思議な話を聞く。人を恋いながら、人のそばでは生きられない暗獣〈くろすけ〉とは……宮部みゆきの江戸怪奇譚連作集「三島屋変調百物語」第2弾。

泣き童子　三島屋変調百物語参之続　宮部みゆき

おちか1人が聞いては聞き捨てる、変わり百物語が始まって1年。三島屋の黒白の間にやってきたのは、死人のような顔色をしている奇妙な客だった。彼は虫の息の状態で、おちかにある童子の話を語るのだが……。

三鬼　三島屋変調百物語四之続　宮部みゆき

此度の語り手は山陰の小藩の元江戸家老。彼が山番士として送られた寒村で知った恐ろしい秘密とは⁉　せつなくて怖いお話が満載！　おちかが聞き手をつとめる変わり百物語、「三島屋」シリーズ文庫第四弾！

あやかし草紙　三島屋変調百物語伍之続　宮部みゆき

「語ってしまえば、消えますよ」人々の弱さに寄り添い、心を清めてくれる極上の物語の数々。聞き手おちかの卒業をもって、百物語は新たな幕を開く。大人気「三島屋」シリーズ第1期の完結篇！